六朝文学史

戴建业 著

上海文艺出版社

果麦文化 出品

"何曾料到"与"未曾做到"

——写在九卷本"戴建业作品集"出版之前

三年前，我出过一套五卷本的作品系列，书肆上对这套书反响热烈，其中有些书很快便一印再印，连《澄明之境：陶渊明新论》这种学术专著也居于图书畅销榜前列。今年果麦文化联合上海文艺出版社，慨然为我推出九卷本的"戴建业作品集"，它比我所有已出的著作，选文更严，校对更精，装帧更美。

时下人们常常嘲笑说，教授们的专著只有两个读者——责编和作者。我的学术著作竟然能成为畅销书，已让我大感意外；即将出版的这套"戴建业作品集"，多家文化出版机构竞相争取版权，更让我喜出望外。

我的一生有点像坐过山车。

中学时期我最喜欢的是数学，在1973年那个特殊岁月，我高中母校夫子河中学竟然举办了一次数学竞赛，我在这场两千多名高中同学参与的竞赛中进入了前三名。一个荒唐机缘让我尝到了"当诗人"的"甜头"，于是立下宏志要当一名诗人。1977年考上大学并如愿读中文系后，我才发现"当诗人"的念头纯属头脑发昏，自己的志趣既不在当诗人，自己的才能也当不了诗人。转到数学系的希望落空后，只好硬着头皮读完了中文系，毕业前又因一时心血来潮，误打误撞考上了唐宋文学方向的研究生。何曾料到，一个中学时代的"理科男"，如今却成了教古代文学的老先生，一辈子与古代诗歌有割不断的缘分。

从小我就调皮顽劣，说话总是口无遮拦，因"说话没个正经"，没少挨父母打骂。先父尤其觉得男孩应当沉稳庄重，"正言厉色"是他长期给我和弟弟做的"示范"表情，一见我嘻嘻哈哈地开玩笑就骂我"轻佻"。何曾料到这种说话方式，后来被我的学生和网友热捧为"幽默机智"。

我长期为不会讲普通话而苦恼，读大学和研究生时，我的方音一直是室友们的笑料，走上大学讲坛后因不会讲普通话，差点被校方转岗去"搞行政"。何曾料到，如今"戴建业口音"上了热搜榜，网上还不断出现"戴建业口音"模仿秀。

1985年元月，研究生毕业回到母校华中师范大学后，为了弄懂罗素的数理逻辑，我还去自学高等数学《集合论》。这本书让我彻底清醒，不是所有专业都能"从头再来"，三十而后再去读数学已无可能。年龄越大就越是明白自己的本分，从此便不再想入非非，又重新回到读研究生时的那种生活状态：每天早晨不是背古诗文便是背英文，早餐后不是上课就是读书作文，有时也翻译一点英文小品，这二十多年时光我过得充实而又平静。近十几年来外面的风声雨声使我常怀愤愤，从2011年至2013年底，在三年时间里我写了四百多篇文化随笔和社会评论，因此获得网易"2012年度十大博客（文化历史类）"称号。澳门大学教授施议对先生、《文艺研究》总编方宁先生，先后热心为我联系境外和境内出版社。当年写这些杂文随笔，只想发一点牢骚，说几句真话，何曾料到，这些文章在海内外产生了相当广泛的影响，博得"十大博客"的美名，并在学术论文论著之外，出版了系列杂文随笔集。

或许是命运的善意捉弄，或许是命运对我一向偏心，我的短处常常能"转劣为优"，兴之所至又往往能"歪打正着"，陷入困境更屡屡能"遇难成祥"。大学毕业三十周年时，我没日没夜地写下两万多字的长篇纪念文章，标题就叫《碰巧——大学毕业三十周年随感》。的确，我的一生处处都像在"碰巧"。也许是由于缺少人生的定力，我一生都在命运之舟上沉浮，从来都没有掌握过自己的命运，因而从不去做什么人生规划，觉得"人生规划"就是"人生鬼话"。

说完了我这个人，再来说说我这套作品。

这套"戴建业作品集"由三部分组成：六本学术专著和论文集，两本文学史论，一本文化社会随笔。除海外出版的随笔集未能收录，有些随笔杂文暂不便选录，已出版的少数随笔集版权尚未到期，另有一本随笔集刚签给了他家出版社，部分文献学笔记和半成品来不及整理，有些论文和随笔不太满意，有些学术论文尚未发表，业已发表的文章和出版的专著，只要不涉及版权纠纷，自己又不觉得过于丢脸，大都收进了这套作品集中。

每本书的缘起、特点与缺憾，在各书前的自序或书后的后记都有所交代，这里只谈谈自己对学术著述与随笔写作的期许。

就兴趣而言，我最喜欢六朝文学和唐宋诗词，教学上主要讲六朝文学与唐代文学，学术上用力最多的是六朝文学，至于老子的专著与庄子的论文，都是当年为了弄懂魏晋玄学的副产品，写文献学论文则是我带博士生以后的事情。文学研究不仅应面对作品，最后还应该落实到作品，离开了作品便"口说无凭"，哪怕说得再天花乱坠，也只是瞎说一气或言不及义。我在《澄明之境：陶渊明新论》初版后记中说过："古代文学研究的真正突破应当表现为：对伟大的作家、伟大的作品、重要的文学现象、著名的文学流派和社团，提供了比过去更全面的认识、更深刻的理解，并做出更周详的阐释、更缜密的论述。从伟大的作家身上不仅能见出我们民族文学艺术的承传，而且还可看到我们民族审美趣味的新变；他们不仅创造了永恒的艺术典范，而且表现了某一历史时期精神生活的主流，更体现了我们民族在那一历史时期对生命体验的深度。"虽心有所向，但力有未逮，研究伟大作家和伟大作品，既需要相应的才气，也需要相应的功力，可惜这两样我都不具备。

差可自慰的是，我能力不强但态度好，不管是一本论著还是一篇论文，我都希望能写出点新意，并尽力使新意言之成理，即使行文也切记柳子厚的告诫，决不出之以"怠心"和"昏气"，力求述学语言准确而又优美。

对于文化随笔和社会评论，我没有许多专家教授的那种"傲慢与偏见"。论文论著必须"一本正经"，而随笔杂文可以"不衫不履"；论文论著可以在官方那里"领到工分"，而随笔杂文却不算"科研成果"。因此，许多人从随笔杂文的"无用"，推断出随笔杂文"好写"。殊不知，写学术论文固然少不得才学识，写杂文随笔则除了才学识之外，"还"得有或"更"得有情与趣。仅仅从文章技巧来看，学术论文的章法几乎是"千篇一律"，随笔杂文的章法则要求篇篇出奇，只要有几篇章法上连续重复，读者马上就会掉头而去。

我试图把社会事件和文化事件视为一个文本，并从一个独特的文化视角进行审视，尽可能见人之所不曾见，言人之所未尝言。如几个月前北京大学校长林建华念错字引起网络风波，我连夜写下一万两千多字的长文《"鸿鹄之志"与网络狂欢——一个审视社会心理的窗口》，在见识的深度之外，还想追求点笔墨趣味。近几年我从没有中断过随笔杂文的写作，只是藏在抽屉里自娱自乐，倒不是因为胡说八道而害怕见人，恰是因文章水平偏低而羞于露脸，像上面这篇杂文仅给个别好友看过，没有收进任何一本随笔集里。

我一生都对自己的期望值不高，"何曾料到"最后结局是如此之好，而我对自己的文章倒是悬的较高，可我的水平又往往"未曾做到"。因此，我的人生使我惊喜连连，而我的文章却留下无穷遗憾。

自从我讲课的视频在网上广为流传以来，无论在路上还是在车上，无论是在武汉还是在外地，无论是男性还是女性，地不分南北，人不分老幼，总有粉丝要求与我合影留念。过去许多读者喜欢看我的文章，现在是许多粉丝喜欢听我讲课。其实，相比于在课堂上授课，我更喜欢在书斋中写作，我写的也许比我讲的更为有趣。

我赶上了互联网的好时代，让我的文章和声音传遍了大江南北；我遇上了许多好师友好同事，遇上了许多好同学好学生，遇上了许多好粉丝好网友，还遇上了许多文化出版界的好朋友，让我有良好的成长、学习和工作环境。我报答他们唯一的办法，是加倍地努力，加倍地认真，写出更多更好的作品，录下更多更好的课程，以不负师友，不负此生！

戴建业

2019年4月15日

剑桥铭邸枫雅居

目录

绪论：魏晋南北朝文学的基本特征

　　文学史所说的魏晋南北朝文学是指上起东汉末建安下讫隋朝统一这一历史阶段的文学。

　　过去无论是作家还是批评家，对这近四百年的文学创作不无偏激的指责多于平心静气的研究，如唐代大诗人李白就说"自从建安来，绮丽不足珍"(《古风》之一)，一笔抹杀了建安后的全部诗歌创作；宋代文豪苏轼就走得更远了，在称道韩愈"文起八代之衰，而道济天下之溺"(《潮州韩文公庙碑》)时，间接地否定了整个东汉后的文章。其实，这一历史时期的文学不仅是汉代与唐代文学之间承前启后的桥梁，它本身也具有不容低估的艺术成就和极具特色的艺术魅力：既产生了像陶渊明这样的大诗人，又涌现出许多文学集团；既创作了华美精工的骈体文，又将五、七言古诗推向繁荣兴盛，并且为后来五、七言近体诗的产生积累了大量的艺术经验；既拓展了文学表现的题材，又丰富了诗文的艺术表现力。

第一节　人世沧桑与士人觉醒

这一历史时期是典型的"乱世"。东汉末年的动乱使东汉帝国分崩离析，各据一方的豪族军事集团之间混战连年，建安年间曹操逐渐统一北方，孙氏占有江东，刘备独霸西南，三国鼎立的局面得以形成。不久西晋短暂的统一结束了三国分治，但很快又是皇族争权的"八王之乱"，接下来便是北方游牧民族入主中原，造成南北方长期的分裂。四百年来国与国之间的征战，民族与民族之间的攻伐，统治集团内部的争权夺利，杀伐、阴谋、血污一直伴随着历史的脚步。战乱使得原本经济发达、文化昌明的中原地区荒凉凋敝，连长安一带也"白骨盈积，残骸余肉，臭秽道路"(《晋书·食货志》)，甚至连首善之区洛阳也"垣墙皆顿擗，荆棘上参天"(曹植《送应氏二首》其一)。不仅平民百姓大批死于战乱饥荒，贵族文人也有许多死于杀戮瘟疫。

这一历史时期也是典型的"衰世"。魏晋南北朝各政权多是短命王朝，除北魏和东晋享国超过百年以外，其他王朝都像流星一样倏兴倏灭，南朝的四个王朝中享国最长的宋代也不过延续了五十九年，而短命的齐代则只存在了二十多年光景。由于大多数政权的寿命不长，更由于一直处于内乱外患的夹击之中，魏晋南北朝各王朝相对来说都是弱势政权。这种"弱"既指国势的衰弱，也指对外政策的软弱，当然也指对内控制的薄弱。

随着东汉帝国大厦的崩塌，国家原来的意识形态也失去了规范人们行为、统一人们思想的能力，烦琐的经学逐渐为士人所厌弃，儒家的价值观念越来越受到人们的怀疑，集中体现儒学观念的名教日益成为人们嘲讽的对象，出现了许多非孔弃礼、离经叛道之士。于是，士人由从前主要是伦理的存在变为精神的个体，由东汉末年寻求群体的认同变为后来追求个性的卓异，由希望成为群体的现世楷模变为渴望个体的精神超越。这就是人们所常言的魏晋南北朝"人的觉醒"——不用说，这是指其时士人个体的觉醒。

士人个体的觉醒深刻地改变了他们的理智生活和精神生活。

魏晋南北朝虽然历代统治者都多次下诏敦崇儒学，但在思想界"不尊儒术"却成了时尚（《晋书·裴頠传》）。东汉末年儒学独尊的局面就已被打破，士人纷纷"叛散五经，灭弃风雅"（仲长统《见志诗二首》其二），没有了统一的价值观念，没有了统一的是非标准，思想便既混乱又活跃，"户异议，人殊论，论无常检，事无定价"（曹丕《典论》佚文）。到正始年间嵇康更无所顾忌地声称自己"非汤武而薄周孔"（《与山巨源绝交书》），甚至认为儒家的道德有违人的本性："推其原也，六经以抑引为主，人性以从欲为欢，抑引则违其愿，从欲则得自然……故仁义务于理伪，非养真之要术；廉让生于争夺，非自然之所出也。"（《难张辽叔自然好学论》）对儒家名教的厌倦进一步激发了对道家老庄的兴趣，嵇康就坦承"老子、庄周，吾之师也"(《与山巨源绝交书》)。这标示了时代思想与学术趣味的巨大变化。

这一历史时期,以老庄思想为核心的玄学风靡士林,由于国家对人们思想控制的减弱,这给思想界留下某些自由思考的空间,士人表现出空前的理论热情,在理论上辨名析理、寻幽探微。士人清谈的主要话题是有与无、言与意、名教与自然的关系,但玄学的重心并非要探讨宇宙的本体,而是追寻一种新的理想人格。这种理想人格即人们所说的"魏晋风流"或"魏晋风度",它具体展现为玄心、洞见、妙赏、深情。(冯友兰《论风流》,《三松堂学术论集》,北京大学出版社1984年版)

一旦挣脱了名教的桎梏,僵硬的礼仪和迂腐的教条不仅不能束缚人们的思想行为,甚至那些伪善的礼法之士还成了人们的笑柄,"口不论人过"的阮籍在《咏怀》中也说那些名教中人,"尊卑设次序,事物齐纪纲。容饰整颜色,磬折执圭璋。堂上置玄酒,室中盛稻粱;外厉贞素谈,户内灭芬芳。放口从衷出,复说道义方",这种虚伪做作的丑态令人作呕。曹操在几次"求贤令"中,公开要求僚属发现和荐举那些"不仁不孝""盗嫂受金"的才士。曹丕也不喜欢那种峨冠博带规行矩步的行为,史称"魏文慕通达而天下贱守节"。魏晋名士们毫不隐晦地说"礼岂为我辈设也"(《世说新语·任诞》),他们许多人在行为上放纵不羁,或"脱衣裸形在屋中",如刘伶;或丁母丧却"饮酒食肉",如阮籍;更有甚者居丧期间与奴婢私通,如阮咸(《任诞》)。行为"不自检括"不限于以上几人,周顗于大庭广众之下"露其丑秽"而"颜无怍色"，他对此还不无得意地辩解说："吾若万里长江，何能不千里一曲？"（同上）蔑弃礼法和放纵无检非但不受责难，反而为士人所乐道和仿效，"甚者名之为'通'，次者名之为'达'"（《德行》刘孝标注），行为"通达"而不拘礼教，成为一时盛行的士风。

既然已不拘泥于名教的礼节，既然不在乎儒家的节操，人们就不再膜拜外在于人的气节、忠义和德行了，只有内在于人的气质、个性、才情、风度才为大家所仰慕。与赫赫武功和烈烈节操相比，他们更看重超群的智慧和惊人的才华，不仅桓温与殷浩这样的当朝显贵"常有竞心"（《品藻》），一般士人也常明里暗里进行"才智较量"，不只每次清谈几乎就是一次"比智擂台赛"，有时清谈双方发誓要"共决优劣"，即使平时闲谈也离不开品评才智高下："刘令言始入洛，见诸名士而叹曰：'王夷甫太解明，乐彦辅我所敬，张茂先我所不解，周弘武巧于用短，杜方叔拙于用长。'"（同上）他们对别人的才华满口赞叹，对自己的才华同样也信心满满："或问顾长康：'君《筝赋》何如嵇康《琴赋》？'顾曰：'不赏者，作后出相遗。深识者，亦以高奇见贵。'"（《文学》）

六朝士人富于智也深于情。"嵇康与吕安善，每一相思，千里命驾。"（《简傲》）竹林七贤中人王戎自负地认为："情之所钟，正在我辈。"（《伤逝》）连一代枭雄桓温也生就一副温柔心肠："桓公北征经金城，见前为琅邪时种柳，皆已十围，慨然曰：'木犹如此，人何以堪！'攀枝执条，泫然流泪。"（《言语》）人们摆脱了礼法的束缚和矫饰，便自然地坦露出人性中纯真深挚的情怀，"桓子野每闻清歌，辄唤奈何，谢公闻之，曰：'子野可谓一往有深情。'"任性不羁的阮籍："当葬母，蒸一肥豚，饮酒二斗，然后临诀。直言：'穷矣！'都得一号，因吐血，废顿良久。"（《任诞》）南朝著名作家江淹写有优美动人的《恨赋》和《别赋》，将人生之恨与离别之情写得让人"泣下沾巾""黯然销魂"。

士人们把礼法名教扔诸脑后，追求人格的独立和精神的自由，绝不为功名利禄而扭曲自我，任性而行是他们所向往的生活方式，也是他们所企慕的人生境界。"王子猷居山阴，夜大雪，眠觉，开室，命酌酒，四望皎然。因起彷徨，咏左思《招隐诗》。忽忆戴安道。时戴在剡，即便夜乘小船就之。经宿方至，造门不前而返。人问其故，王曰：'吾本乘兴而行，兴尽而返，何必见戴？'"（《任诞》）陶渊明在《归去来兮辞》中也感叹说："已矣乎，寓形宇内复几时！曷不委心任去留？胡为乎遑遑兮欲何之？"任彭泽县令才八十余日便"眷然有归欤之情"，更在《归园田居》中如释重负地说："久在樊笼里，复得返自然。"

在爱智、重才、深情之外，六朝士人们同样也非常爱美，荀粲就十分偏激地说"妇人德不足称，当以色为主"（《惑溺》）。我们在六朝的典籍中随处可以见到人们对飘逸风度的欣赏，对漂亮外表的赞美："嵇康身长七尺八寸，风姿特秀。见者叹曰：'萧萧肃肃，爽朗清举。'""潘岳妙有姿容，好神情。少时挟弹出洛阳道，妇人遇者，莫不连手共萦之。左太冲绝丑，亦复效岳游遨，于是群妪齐共乱唾之，委顿而返。"(《容止》)士人们向内发现了自我，必然导致他们能向外发现自然，品藻人物与流连山水相辅相成，有时二者直接融为一体，仙境似的景物与神仙般的人物相映生辉："王武子、孙子荆各言其土地人物之美。王云：'其地坦而平，其水淡而清，其人廉且贞。'孙云：'其山崔巍以嵯峨，其水㳻渫而扬波，其人磊砢而英多。'""王子敬云：'从山阴道上行，山川自相映发，使人应接不暇。若秋冬之际，尤难为怀。"(《言语》)此前几乎没有人对自然美有如此细腻深刻的体验。

因此，六朝文学表现了一种新的人生观：汉代文学中所赞美的与儒学相关联的道德、气节、操守退居到了相对次要的地位，对个体存在的喟叹、珍惜与依恋日益成为表现的中心；对外在事物的铺陈逐渐冷淡，而对个体生命体验的表现则达到了前所未有的广度与深度。

第二节　文的自觉与美的追求

用鲁迅先生的话来说，魏晋南北朝是一个"文学的自觉时代"（《魏晋风度及文章与药及酒之关系》，《鲁迅全集》第三卷）。人的自觉与文的自觉是紧密联系的两个方面：人的自觉是其时文学所表现的主题，而文的自觉则是人的自觉的表现形式。文的自觉主要表现为如下的几个方面：

（一）对文学价值的重估。汉人仅仅把文学看成是"成教化，助人伦"的工具，并没有认识到文学自身的独立价值，文学家本人也难免有一种自卑感，认为辞赋属于壮夫不为的"雕虫小技"，统治者更是将文人当作"倡优犬马"畜之。到了魏晋时期，传统所看重的"立德修身"观念开始动摇，外在的功名富贵又像过眼云烟，只有文学作为人的精神创造才可能流芳百世，曹丕在《典论·论文》中所说的观点很有代表性："盖文章，经国之大业，不朽之盛事。年寿有时而尽，荣乐止乎其身，二者必至之常期，未若文章之无穷。是以古之作者，寄身于翰墨，见意于篇籍，不假良史之辞，不托飞驰之势，而声名自传于后。"这种对文学价值的看重是对人自身价值追求的必然延伸。

（二）对文学与非文学的区别。这种区别又可细分为两个方面，第一是将文学从广义的学术中分化出来，把文学看成是不同于学术的一个独立门类。汉人所谓"文学公卿"中的"文学"其实是指学术或儒术，他们并没有认识到文学与学术的区别。到了南朝才将文学与儒学、史学并列，南朝宋范晔在《后汉书》中始列《文苑列传》，并将它与《儒林列传》并立。这不仅显示在南朝人心目中"文苑"与"儒林"有了分别，也表明在他们眼里"文苑"与"儒林"可以比肩。第二，将文学作品与应用文一类的非文学作品区别开来，魏晋南北朝文人对文学的审美特征有了较深刻的体认，并开始从理论上对文学的内涵和外延进行界定。曹丕《典论·论文》中所说的"文本同而末异，盖奏议宜雅，书论宜理，铭诔尚实，诗赋欲丽"，还只是泛说各文体的艺术特征，而且文学与非文学还没有区别开来，到陆机的《文赋》对各文学体裁就有了更深刻的理解："诗缘情而绮靡，赋体物而浏亮，碑披文以相质，诔缠绵而凄怆。"到了南朝就有了"文""笔"之分，如《宋书·沈怀文传》："（弟）怀远颇闲文笔。"颜延之在回答皇帝的询问时也明确地将"文"与"笔"区分开来："竣得臣笔，测得臣文。"（《宋书·颜延之传》）梁元帝在《金楼子·立言篇》中说："夫子门徒，转相师受，通圣人之经者谓之儒。屈原、宋玉、枚乘、长卿之徒，止于辞赋，则谓之文。今之儒，博穷子史，但能识其事，不能通其理者，谓之学。至如不便为诗如阎纂，善为章奏如伯松，若此之流，泛谓之笔；吟咏风谣，流连哀思者，谓之文。"刘勰在《文心雕龙·总术》中对"文"与"笔"的阐述更清楚明了："今之常言，有文有笔，以为无韵者笔也，有韵者文也。"凡是以偶语韵语来抒情写意的就称之为"文"，而非偶语韵语写成的应用文就统称为"笔"。"文"必须"唇吻道会"和文采斐然，而"笔"则不要求声调上的用韵和语言上的藻饰。《文选》是现存最早的一部文学作品选集，昭明太子将经籍子史等非文学作品摒弃于选本之外，认为文学作品必须"事出于沉思，义归乎翰藻"。如果不是对文学的特性有了理性的自觉，就不可能对"文"与"笔"作出如此明确的划分。

（三）对文学创作过程、创作心理、创作个性、文学形式进行理论探讨。魏晋南北朝的文学理论和文学批评所取得的成就，在我国古代不仅是空前的，在漫长的封建社会也几乎是一座难以逾越的理论高峰。从曹丕的《典论·论文》到陆机的《文赋》，再到钟嵘的《诗品》和刘勰的《文心雕龙》,《诗品》系统地阐述汉魏至南朝诗歌发展的源流和各诗人的艺术成就与特征,《文心雕龙》更是构架宏伟,体系严密,第一次突破了长期以来重体验而轻思维、长于艺术感受却弱于抽象思辨的局限。一直到明清还有人赞叹"《文心》体大而虑周,《诗品》思深而意远"(章学诚《文史通义》)。这一时期的文学理论几乎涉及文学创作的各个方面:创作主体、创作过程、创作心理、创作思潮、写作素材,乃至文学本质、文学流派、文学风格、文体特征、语言锤炼等。这是文学自觉的理论反映。

(四)对文学形式美的追求。魏晋南北朝作家们对文学形式美的追求达到了执着甚至狂热的地步,"俪采百字之偶,争价一句之奇,情必极貌以写物,辞必穷力而追新"(刘勰《文心雕龙·明诗》)。虽然东汉散文就出现了骈偶现象,但只到了魏晋南北朝以后作家才自觉进行骈文创作,西晋时骈文才开始成熟和定型,并逐渐在文坛上取得统治地位,不管文学创作还是应用文写作都用骈体,到了南朝可以说是骈文的一统天下。诗歌创作也同样出现排偶化现象,曹丕、曹植的诗歌比乃父更加华美,陆机、潘岳等人的诗歌中就有大量的偶句,至谢灵运、颜延之更是踵事增华,到齐代的沈约、谢朓更将新发现的汉语四声运用到诗歌创作中来,自觉地追求诗歌语言的音韵美,出现了后世常说的"永明体"。梁陆厥在《与沈约书》中说:"性别宫商,识清浊,特能适轻重,济艰难。古今文人,多不全了斯处,纵有会此者,不必从根本中来。"沈约对自己自觉地将声律应用于诗歌创作更有几分自豪和得意:"自灵均以来,此秘未睹,或暗与理合，匪由思至。"沈约所说的确是事实，过去的诗人对诗歌声律还只是"暗与理合"，还没有达到一种自觉的追求。如果没有南朝诗人们对诗歌对偶、音韵艰苦的探索，就不可能有唐代成熟的律诗和绝句。

第三节　文学的发展历程与文体的基本特征

　　诗歌仍是这一历史时期作家们最看重的文学样式，其中他们最倾心的是五言诗，锺嵘就认为"五言居文词之要，是众作之有滋味者也，故云会于流俗"（《诗品序》）。四言诗除曹操、嵇康、陶渊明等人仍有佳作外，很少有诗人创作出动人的篇章，这一诗体逐渐归于沉寂和衰微。七言诗曹丕等人就开始尝试写作，并产生了像《燕歌行》这样优美的作品，后来又有鲍照《拟行路难》长句。齐梁以后写七言诗的人稍多，但七言古诗要到唐代才真正成熟和繁荣。五言古诗则名家辈出，名作如云，从三曹父子、建安七子到左思、陶渊明，再从南朝谢灵运、鲍照、谢朓到北朝庾信，都为诗坛留下了至今仍传唱不衰的名篇。魏晋南北朝诗歌有鲜明的时代特征：第一，这一时期的诗歌受玄学的影响很深，不仅仅是"正始明道，诗杂仙心"，也不仅仅"江左篇制，溺乎玄风"（刘勰《文心雕龙·明诗》），就是在陶渊明、谢灵运和谢朓的诗作中也或明或暗地留有玄言的痕迹，更不用说像孙绰、许询等人的玄言诗了。以玄言哲理入诗一方面能增加诗的理趣，能深化诗人的体验，另一方面又可能使诗缺乏形象，因而使诗"理过其辞，淡乎寡味"。第二，各体诗歌语言越来越骈俪，音韵越来越和谐，意象越来越密集，为后世格律诗的形成积累了大量的艺术经验。

魏晋南北朝的文赋也取得了很高的成就，欧阳修所谓"晋无文章"（李公焕《笺注陶渊明集》卷五引）的论断有失公允。这一历史时期的文赋较之两汉的风格体式更为丰富多样，更追求抒情性和艺术性。这时的赋主要以抒情小赋为主，除左思等少数作家外，很少有人再写汉代那种皇皇大赋了，赋不重视外在景物的铺陈而注重内心情意的抒写，加之辞赋作家特别讲究声律、藻饰、用典、骈偶，因而，此时的辞赋既体物浏亮又情韵悠然，既丽辞如绣，又声调悦耳，像王粲的《登楼赋》、陶渊明的《归去来兮辞》、江淹的《别赋》《恨赋》、庾信的《小园赋》等都是一时的代表作。此时的文章中骈体文基本占统治地位，碑、铭、序、表、记、传、书信各种文体主要以骈文写成，即使是论说文也多为骈体，甚至像《文心雕龙》这样的文艺理论著作也以骈体行文，徐陵、庾信等人的骈文甚至出现了四六相间成文的句式。北朝的文章也不断模仿南朝，从官方制诰到民间应酬多用骈体，更不用说文人自觉的文学创作了。只有地理学著作《水经注》和记述洛阳寺庙兴废的《洛阳伽蓝记》还属于散体。魏晋南北朝骈文的语言，其妙处在于其整饬精工，其流弊则在于其程式僵化，所以它既让许多人惊叹，同时又招致不少人的责难。

小说在魏晋南北朝已初具雏形，这时的作家虽然还没有创作小说的自觉意识，但在叙述故事情节、描写人物性格上的艺术技巧颇有可观。通常将此时的小说按其内容分为"志怪"和"志人"两类。志怪小说描述鬼神怪异和佛道神灵，受到佛教、道教鬼怪迷信的影响，有些来于民间传说和神话寓言。志人小说则与东汉末年以后的人物品藻风气有关，其代表作《世说新语》主要记述魏晋名士的逸闻和清谈，常常一举一动和只言片语就能使人物活灵活现，其语言更隽永有味，赢得了历代读者的喜爱，还有不少人把它作为案头或枕边常备读物。

魏晋南北朝文学有某些共同的时代特征，更有某些历史的承续性，但各朝代的时代风格又有很大的差异，建安文风既不同于西晋，晋文风又有别于齐梁，南朝的文风更异于北方。

建安诗坛以三曹父子为中心，以建安七子为羽翼。三曹父子不仅本人"雅爱诗章"，而且都能"体貌英逸"，所以建安诗坛上"俊才云蒸"。刘勰在《文心雕龙·时序》评论其时的诗文说："观其时文，雅好慷慨，良由世积乱离，风衰俗怨，并志深而笔长，故梗概而多气也。""风衰俗怨"激发了诗人对苦难的怜悯，"世积乱离"又激起了他们统一天下的豪情壮志，"雅好慷慨"和"梗概多气"，便成了建安文学的情感基调，并由此形成特有的时代风格——"建安风骨"。

正始时期伴随着司马氏集团的阴谋篡权，充满了陷害、猜忌、恐怖乃至屠杀，此时的现实已经没有建安那种慷慨任气的社会环境，此时的文学创作自然也就失去了建安诗文中那种高昂奋发的精神，正始作家由建安父辈们外在事功的追求，转向了精神上理想人格的建立。当时玄学的兴盛以及现实的严峻，忧生之嗟与理性思索成了文学表现的主要内容。其时的代表作家是阮籍和嵇康。

西晋享国五十余年，文学创作以太康这十年最为繁荣，作家群体也以这十年最为强盛，锺嵘《诗品序》中说："太康中，三张、二陆、两潘、一左，勃尔复兴，踵武前王，风流未沫，亦文章之中兴也。"因此，人们以太康诗歌作为西晋诗歌的代表，严羽《沧浪诗话·诗体》还专列有"太康体"。太康文学风格上的主要特点追求语言的华丽，形式的对偶和描写的繁缛。骈文在这一时期基本定型。江左诗坛"溺乎玄风"，无论是写景、抒情还是言事，每种题材的诗歌都渗透了玄理。一百多年来诗坛为玄言诗所笼罩。江左诗坛十分沉寂，直至晋宋之交才产生了伟大诗人陶渊明。

宋代元嘉和齐代永明是古典诗歌两次"诗运之转关"，出现了所谓"元嘉体"和"永明体"。谢灵运开拓了山水诗这一题材，鲍照的七言长句及寒士不平之鸣，都是一时之秀。永明时期以沈约、谢朓为首的诗人们自觉运用四声来创作，从此诗人自觉追求诗歌的音韵美，成为后来我国格律诗的先导。诗风上永明体变元嘉诗的典雅拙涩为清浅流丽。梁陈文学一直为人诟病，虽然它的确有不少值得人们诟病的地方，但这两朝作家不仅扩展了诗文的表现题材，也丰富了诗文的表现技巧，还创作了不少仍为大家传诵的骈文和诗赋。

北朝文学由于历史与地域的原因，与南朝文学的发展并不平衡，虽然它在发展过程中受南朝文学的影响越来越深，但始终并没有完全失去自身的"河朔之气"。南北朝后期，随着南朝文人羁留北方，随着南北文人的交往越来越频繁，文学创作出现了南北同风合流的现象，庾信"暮年诗赋动江关"就是南北文风融合的成功典型。短命的隋朝在文学创作上是南北朝文风融合的延续，它也是后来唐代文学与魏晋南北朝之间的桥梁。

各朝代文学的发展历程和基本特征，我们将在后面的章节中作详细的阐述。

第一章

建安风骨与正始之音

建安诗歌通常是指汉末建安元年至魏明帝太和年间（约196—232）这一时期的诗歌创作。建安三曹父子都"雅爱诗章"，建安七子又都齐聚邺下，建安诗坛可谓"彬彬之盛"（钟嵘《诗品·序》）。其时"天下大乱，豪杰并起"（《三国志·王粲传》），国家的动乱分裂激起了一代士人统一天下的壮志豪情，而"人之觉醒"的社会思潮与人命危浅的社会现实，又引发了诗人们死生无常的喟叹和对个体生命的依恋，这样就形成了以慷慨悲凉为情感基调的"建安风骨"。

正始是魏废帝曹芳的年号（240—249），正始诗歌则包括魏明帝太和末年至西晋立国（约233—265）这一历史阶段的诗歌创作。这一历史时期，屠杀、陷害、猜忌、恐怖伴随着司马氏集团阴谋篡权的全过程，建安那种相对开明的政治风气烟消云散，慷慨任气的社会环境没有了，"酒酣耳热，仰而赋诗"的文学氛围消失了，因而正始诗歌也就失去了建安诗歌中那种高昂奋发的精神。如果说建安父辈们关注的是外在事功的追求，那么正始诗人注重的则是理想人格的建立。当时玄学的兴盛以及现实的严峻，使得忧生之嗟与理性思索成了正始诗歌最突出的特征。

从建安风骨到正始之音，诗歌完成了由"汉音"到"魏响"的历程，完成了从乐府民歌向文人诗歌的转变，五言古诗由此而走向成熟，并产生了像曹操、曹植、阮籍这样的杰出诗人。

第一节　曹氏父子的诗歌创作

曹氏父子既是曹魏政权的中心人物，也是建安诗坛上的当然领袖，这不仅是由于他们的政治地位，不仅是由于他们三人都"体貌英逸"爱惜人才，更是由他们三人的创作实绩决定的。曹操固然开一代诗风，曹丕也妙善诗章，曹植更是"才高八斗"。他们的诗歌代表了建安诗歌的最高成就。

曹操（155—220），字孟德，沛国谯（今安徽省亳州市）人。父亲曹嵩为东汉后期宦官曹腾的养子，虽然汉末官至太尉，但其出身却十分低微，当时人们就"莫能审其生出本末"（《三国志·魏书·武帝纪》）。曹操少时任侠放荡，"机警"而有"权数"，很早就被人视为"命世之才"，并被当世的名士许劭评为"治世之能臣，乱世之奸雄"（《三国志·魏书·武帝纪》裴松之注）。他果然在汉末的群雄角逐中击败了众多对手：伐董卓，灭袁术，斩吕布，败袁绍，建安十三年受封为丞相，"挟天子以令诸侯"，成了北方事实上的统治者。

曹操具有多方面的艺术修养，草书、音乐、围棋、方药都达到了他那个时代的第一流水平，即使骂他"汉世奸贼"的人也不得不承认他"多才多艺"。他的大部分光阴都在戎马生涯中度过，因此他的诗歌也大多在马背上哼成。史载"（太祖）御军三十余年，手不舍书，昼则讲武策，夜则思经传，登高必赋，及造新诗，被之管弦，皆成乐章"（《三国志·魏书·武帝纪》注引《魏书》）。由于他的家世并非显贵门第，他轻视烦琐礼仪而崇尚通脱，鄙弃虚饰而注重实效，又由于他良好的音乐素养，现存的二十多首诗歌全是能"被之管弦"的乐府诗，且多属于来自民间的"相和歌"一类。这一类乐歌当时文人很少亲手写作，曹操从不受传统和偏见的束缚，他发现了这一艺术形式的真正价值，在他大力提倡和成功实践的影响下，诗人们才认识到它的艺术潜力，并使这一民间文学逐渐向文人诗歌转变。

曹操诗歌所抒写的情感内容主要包括两个方面：一是伤时悯乱，一是述志抒怀。

前者的代表作如《薤露行》，被清沈德潜视为"汉末实录"（沈德潜《古诗源》卷五），而《蒿里行》更是被明末钟惺誉为"诗史"（《古诗归》卷七）：

关东有义士，兴兵讨群凶。初期会盟津，乃心在咸阳。

军合力不齐，踌躇而雁行。势利使人争，嗣还自相戕。淮南弟称号，刻玺于北方。铠甲生虮虱，万姓以死亡。白骨露于野，千里无鸡鸣。生民百遗一，念之断人肠。

此诗用乐府旧题"叙汉末时事"（方东树《昭昧詹言》卷一），叙写了汉末兴讨董卓的关东义师的聚散过程与原因。联军将帅各有野心，人人都想称王称霸，连军阀兄弟之间也居心叵测。其弟袁术在南边称帝，其兄袁绍在北方"刻玺"，致使国家战祸连年，更给人民带来深重的苦难。诗人以凝练的语言勾勒了一幅汉末的历史画卷，诗情沉郁，诗境阔大。

后者的代表作有《短歌行》：

对酒当歌，人生几何？譬如朝露，去日苦多。慨当以慷，忧思难忘。何以解忧，唯有杜康。青青子衿，悠悠我心。但为君故，沉吟至今。呦呦鹿鸣，食野之苹。我有嘉宾，鼓瑟吹笙。明明如月，何时可掇？忧从中来，不可断绝。越陌度阡，枉用相存。契阔谈讌，心念旧恩。月明星稀，乌鹊南飞。绕树三匝，何枝可依？山不厌高，海不厌深。周公吐哺，天下归心。

"人生几何"的生命焦虑与统一天下的壮志雄心交织于诗中，正因为意识到人生苦短，才有"早建王业"的急迫（张玉毂《古诗赏析》卷八），以让个人的生命在伟大的事业中成就其壮丽，让有限的人生在宏伟的功业中获得永恒。从"对酒当歌，人生几何"的低沉发端，到"周公吐哺，天下归心"的高亢结尾，诗人从忧己"年往"过渡到"忧世不治"（曹操《秋胡行》），流年易逝的生命恐惧激起了他重整乾坤的英雄主义豪情。诗人以刚健有力的语言，跌宕起伏的章法，抒写自己悲壮的情怀，展露自己雄强的气魄，沈德潜评此诗"沉雄俊爽，时露霸气"（《古诗源》卷五）。

《观沧海》也是一首借景抒情的绝唱：

> 东临碣石，以观沧海。水何澹澹，山岛竦峙。树木丛生，百草丰茂。秋风萧瑟，洪波涌起。日月之行，若出其中。星汉灿烂，若出其里。幸甚至哉，歌以咏志。

已入秋天仍然"百草丰茂"，"秋风萧瑟"中"洪波涌起"，吐纳日月，包容星汉，诗人笔下的大海既生意盎然又雄浑博大，联想到他那"老骥伏枥，志在千里；烈士暮年，壮心不已"的壮怀，再看看他那"山不厌高，海不厌深。周公吐哺，天下归心"的气度，谁都会明白生机勃勃而又汪洋浩瀚的大海正是诗人自己的写照，诗人自己就像他笔下的大海一样具有"吞吐宇宙气象"（沈德潜《古诗源》卷五）。

曹操诗歌宏伟的气魄、强劲的力度、阔大的境界，在建安诗坛上无与其匹。他不仅使乐府民歌成为富于艺术个性的文人诗歌，开创了"借古乐府写时事"的先河，而且以他大气弥漫的笔力使逐渐僵化的四言古诗重现生机。清人吴乔对此曾有公允的评论："作四字诗，多受束于《三百篇》句法，不受束者，惟曹孟德耳。"(《围炉诗话》卷二) 汉代诗人模仿《诗经》的四言诗，大多数是毫无生命力的赝品，只有"孟德能于《三百篇》外，独辟四言声调，故是绝唱"(陈祚明《采菽堂古诗选》卷五)。

曹丕(187—226)字子桓，曹操次子，建安二十二年(217)立为魏太子，二十五年(220)代汉自立，史称魏文帝。作为一个政治家，他没有乃父的魄力、雄心、胆略和气度，在政治上乏善可陈，但作为一个诗人和学者，他又很有才华，并且有多方面的建树，刘勰称其"乐府清越，《典论》辩要"(《文心雕龙·才略》)，史家称其"天资文藻，下笔成章"(《三国志·魏书·文帝纪》)。他的《典论·论文》和其他文赋另章阐述，这里只谈谈他的诗歌。

曹丕的诗歌从题材上大致可分为三类：纪宴游、述征战和写男女相思。

曹丕留守邺城时与文士们常相聚游宴，他在《又与吴质书》中回忆当年的生活说："昔日游处，行则连舆，止则接席，何曾须臾相失。每至觞酌流行，丝竹并奏，酒酣耳热，仰而赋诗。当此之时，忽然不自知乐也。"他的《于玄武陂作诗》《芙蓉池作诗》《夏日诗》《孟津诗》《善哉行》等诗，或写山水的秀丽，或写歌女的妍姿，或写诗酒的豪纵，都是他当年公子生活的反映。又由于他"生于中平之季，长于戎旅之间"(《典论·自序》)，青少年时常随父征战，即位皇帝天下仍未统一，《饮马长城窟行》《黎阳作》《至广陵于马上作》，都是记述军事征伐生涯。他的宴游诗较乃父华丽，而征战诗则不及其父沉雄。他最为人称道的是那些写游子思妇相思的诗作，这一类作品最能体现他的艺术个性，如《燕歌行二首》其一：

秋风萧瑟天气凉，草木摇落露为霜。群燕辞归雁南翔，念君客游思断肠。慊慊思归恋故乡，君何淹留寄他方？贱妾茕茕守空房，忧来思君不敢忘，不觉泪下沾衣裳。援琴鸣弦发清商，短歌微吟不能长。明月皎皎照我床，星汉西流夜未央。牵牛织女遥相望，尔独何辜限河梁？

这是我国现存最早最成熟的七言古诗。它以少妇在秋夜里独白的形式，表达她对"淹留他方"丈夫的深沉思念。全诗押平声韵，且句句用韵，其情掩抑低徊，其调婉转舒缓，其言清丽含蓄，恰到好处地表现了思妇缠绵悱恻的思绪。王夫之认为此诗"倾情倾度，倾色倾声，古今无两"（《古诗评选》卷一）。

沈德潜在《古诗源》卷五中说："孟德诗犹是汉音，子桓以下纯乎魏响。子桓诗有文士气，一变乃父悲壮之习矣。要其便娟婉约，能移人情。""汉音"与"魏响"的区别主要就在于诗风的质朴与华丽，汉乐府大部分是采自民间的歌谣，诗歌语言还带有民歌的浑朴，曹操的诗歌语言古直，所以说其诗"犹是汉音"，而曹丕则主张"诗赋欲丽"（《典论·论文》），所以他的诗歌语言也就由质朴而趋于典丽。

但曹丕毕竟去汉未远，诗歌犹带民歌风味，诗语清丽但不纤巧，音调和谐而又明快。他的诗歌的确没有其父那般沉雄悲壮，但娟秀婉约，风华掩映，则是他身上"文士气"的独造之境。

曹植（192—232），字子建，曹丕同母弟。曾封陈王，死后谥"思"，世称陈思王。他和兄长曹丕一样"生乎乱，长乎军"（《陈审举表》），时代的动乱激起了他济世的雄心，年轻时就希望自己能"戮力上国，流惠下民，建永世之业，流金石之功"，绝不愿只"以翰墨为勋绩，以辞赋为君子"（《与杨德祖书》），生命的后期最使他害怕的就是"生无益于事，死无损于数"（《求自试表》），并发出了"闲居非吾志，甘心赴国忧"（《杂诗》之五）的呼喊。他自幼就表现出过人的才华，文章诗赋援笔立就，一度深得曹操的赏爱，认为他是"儿中最可定大事"（曹操《临淄侯曹植犯禁令》）的一个。曹植对自己的治国才能就像对自己的文学才能一样自负，在《陈审举表》中说自己年轻时"数承教于武皇帝，伏见行师用兵之要，不必取孙吴而暗与之合"。但从其一生的言行来看，他放纵任性而行事疏阔，好发空言却缺乏实际才干，这使他后来失宠于父王，也导致他后来人生的悲剧。建安二十五年曹操病逝，曹丕代汉称帝后，他受尽了皇兄皇侄的冷遇、猜忌和监视，过着名为藩侯实为囚徒的生活。

他的生活和创作以曹丕称帝为界分为前后两期。

前期的诗歌或描写他公子生活的放纵浮华，或抒写他建功立业的理想抱负，诗情意气风发，诗语词采飞扬，《名都篇》和《白马篇》是他前期的代表作：

名都多妖女，京洛出少年。宝剑直千金，被服丽且鲜。斗鸡东郊道，走马长楸间。驰骋未能半，双兔过我前。揽弓捷鸣镝，长驱上南山。左挽因右发，一纵两禽连。余巧未及展，仰手接飞鸢。观者咸称善，众工归我妍。我归宴平乐，美酒斗十千。脍鲤臇胎虾，寒鳖炙熊蹯。鸣俦啸匹侣，列坐竟长筵。连翩击鞠壤，巧捷惟万端。白日西南驰，光景不可攀。云散还城邑，清晨复来还。

　　白马饰金羁，连翩西北驰。借问谁家子，幽并游侠儿。少小去乡邑，扬声沙漠垂。宿昔秉良弓，楛矢何参差。控弦破左的，右发摧月支。仰手接飞猱，俯身散马蹄。狡捷过猴猿，勇剽若豹螭。边城多警急，虏骑数迁移。羽檄从北来，厉马登高堤。长驱蹈匈奴，左顾凌鲜卑。弃身锋刃端，性命安可怀？父母且不顾，何言子与妻？名编壮士籍，不得中顾私。捐躯赴国难，视死忽如归。

　　《名都篇》"无所寄托"，只是抒写"游玩之乐，骑射之巧"（参见陈祚明《采菽堂古诗选》卷六，王尧衢《古唐诗合解》卷三），诗中极意夸张京洛宴会的丰盛，少年骑术射技的高超，是诗人早年"斗鸡走马""妖女美酒"浮游生活的写照。《白马篇》也是他前期的代表作之一，清朱乾在《乐府正义》卷十二中说："此寓意于幽并游侠，实自况也。子建《自试表》云：'昔从武皇帝，南极赤岸，东临沧海，西望玉门，北出玄塞，伏见所以用兵之势，可谓神妙。而志在擒权馘亮，虽身分蜀境，首悬吴阙，犹生之年。'篇中所云'捐躯赴难，视死如归'，亦子建素志，非泛述矣。"诗中这位身手矫捷武艺高超的游侠，为了保家卫国而视死如归的献身精神，是他青年时精神风貌的缩影。清沈德潜认为"《名都》《白马》二篇，敷陈藻彩，所谓修词之章也"（沈德潜《古诗源》卷五）。这两首诗无论抒情写意都酣畅淋漓，大量的排比句奔腾而下，恰到好处地表现了诗人下笔琳琅的才华、血气奔涌的激情和慷慨豪迈的气势。

　　他前期受尽了父王的宠爱和众人的恭维，是在众星捧月中度过的，他与当时年轻的政治家、诗人有密切的交往和广泛的联系，因此他写了不少赠答之作和游宴之章，"置酒高殿上，亲友从我游。中厨办丰膳，烹羊宰肥牛。秦筝何慷慨，齐瑟和且柔"，《箜篌引》中开头这几句描写的就是这种宴游生活，此外这类作品还有《公宴》《斗鸡》等篇。建安诗人此类诗作很多，这说明日常生活也成为诗歌的表现题材，只是曹植这类作品词采更加华丽，笔力更加酣畅。更难能可贵的是，这位年轻的诗人并没有沉溺于宴游走马，他十分关注社会的战乱和人民的疾苦，如《送应氏二首》之一：

　　　　步登北芒阪，遥望洛阳山。洛阳何寂寞，宫室尽烧焚。垣墙皆顿擗，荆棘上参天。不见旧耆老，但睹新少年。侧足无行径，荒畴不复田。游子久不归，不识陌与阡。中野何萧条，千里无人烟。念我平常居，气结不能言。

东汉都城居然"荆棘上参天",繁荣富庶的中原竟然"千里无人烟",可见战争给社会造成的破坏之大,给人民带来的痛苦之深。不同于其他前期诗情那样恣肆放浪,也不同于前期诗语那样逞才敷彩,这首诗写得凄凉哀伤,沉郁厚重。

后期的诗歌主要抒发生命价值不能实现的焦虑,雄心不能施展的苦闷和对社会与人生的悲剧性体验。曹植一方面意识到流光易逝,"人生处一世,去若朝露晞"(《赠白马王彪》),"生存华屋处,零落归山丘"(《箜篌引》);另一方面他又"愿得展功勤,输力于明君。怀此王佐才,慷慨独不群"(《薤露行》),因而当他后期被排挤被闲置后,他心中就一直笼罩着壮志成空的阴影。《美女篇》《七哀诗》《杂诗》《赠白马王彪》《吁嗟篇》《野田黄雀行》是他后期的代表作,这些诗歌是他在压抑、痛苦、悲伤中的哀号,最能代表建安诗歌慷慨悲壮的时代风格,也代表了他诗歌的最高成就。

他这种悲壮哀伤的情感有时运用比兴的手法,寄寓于美女思妇的幽怨之中,如《美女篇》:

> 美女妖且闲,采桑歧路间。柔条纷冉冉,落叶何翩翩。攘袖见素手,皓腕约金环。头上金爵钗,腰佩翠琅玕。明珠交玉体,珊瑚间木难。罗衣何飘飘,轻裾随风还。顾盼遗光彩,长啸气若兰。行徒用息驾,休者以忘餐。借问女何居,乃在城南端。青楼临大路,高门结重关。容华耀朝日,谁不希令颜?媒氏何所营?玉帛不时安。佳人慕高义,

求贤良独难。众人徒嗷嗷，安知彼所观。盛年处房室，中
夜起长叹。

　　此诗以美女曲高和寡盛年不嫁，喻自己壮志难酬怀才不遇。诗
的前面写美女容颜服饰的美丽，接下来写她居所门第的华贵，结尾
再写她求贤择偶的苦心，以及独处房室的冷况，突出表现了个体生
命价值不能实现的焦虑不安。曹植最大的愿望是"名挂史笔，事列
朝荣"，最害怕的是"微才弗试，没世无闻"，而他的后半辈子恰恰
像他所说的"圈牢之养物"一样"禽息鸟视"，在政治上一无所为，
"盛年处房室，中夜起长叹"，发出"长叹"的不同样也是诗人自己
吗？元刘履《选诗补注》卷二中说此诗："子建志在辅君匡济，策功
垂名，乃不克遂，虽授爵封，而其心犹为不仕，故托处女以寓怨慕
之情焉。"此诗通篇用比体，抒情写意含蓄委婉，语言华丽但不艳俗，
典雅而又非常自然，清叶燮认为"《美女篇》可为汉魏压卷……意致
幽眇，含蓄隽永，音节韵度皆有天然姿态，层层摇曳而出，使人不
可仿佛端倪，固是空千古绝作"。

　　他处于逆境中对人生世事有了更深的体验，后期的述志诗总笼
罩着一层哀怨、愤恨、痛苦的情调，《赠白马王彪》是其中最优秀的
诗章之一。该诗写于黄初四年朝京师的归藩途中，作者朝京师时先
吃了曹丕拒见的闭门羹，后又遭受胞兄曹彰（任城王）暴薨的打击，
他的精神受到极大震动。他在诗前的小序中说："黄初四年五月，白
马王、任城王与余俱朝京师，会节气。到洛阳，任城王薨。至七月，

与白马王还国。后有司以二王归藩，道路宜异宿止，意毒恨之。盖大别在数日，是用自剖，与王辞焉，愤而成篇。""愤"与"恨"是这首诗的情感"底色"，此外诗中还织进了生离死别的悲剧性体验，和对人生的依恋与对事功的执着，如诗的第五、六章：

> 太息将何为？天命与我违。奈何念同生，一往形不归。孤魂翔故域，灵柩寄京师。存者忽复过，亡没身自衰。人生处一世，去若朝露晞。年在桑榆间，影响不能追。自顾非金石，咄唶令心悲。

> 心悲动我神，弃置莫复陈。丈夫志四海，万里犹比邻。恩爱苟不亏，在远分日亲。何必同衾帱，然后展殷勤。忧思成疾疢，无乃儿女仁。仓卒骨肉情，能不怀苦辛？

钟嵘在《诗品》卷上中评其诗说："骨气奇高，词采华茂，情兼雅怨，体被文质。""骨气奇高"是指他的诗情慷慨悲壮，气势雄强飞动，文词遒劲有力；"词采华茂"是指他才思富艳，诗语流丽精工。前人认为："繁华损枝，膏腴害骨。"刘勰在《文心雕龙·风骨》中也说："瘠义肥辞，繁杂失统，则无骨之征也；思不环周，索莫乏气，则无风之验也。""华辞"与"骨气"原为两个彼此排斥的美学范畴，而曹植却将它们二者有机地统一在一起。他的诗歌既笔力雄健，又词采华茂，在富丽的语言中显出雄浑的气象。慷慨悲壮是建安诗歌的时代风格，"诗赋欲丽"也是建安诗人的普遍共识，所以"骨气"

与"华辞"并不是曹植所独有，只是他比别人更为突出而已，就骨气而言他比时人更为雄强，就词采来说他显得更为华丽，在"五色相宣，八音朗畅"这方面，仲宣、公幹无法与他抗衡（沈德潜《古诗源》卷五）。他之所以能兼二者之长，与他个人的人生际遇和个性气质有关。锺惺对此有精当的论述："子建柔情丽质，不减文帝，而肝肠气骨，时有磊块处，似为过之。"（《古诗归》卷七）

曹植诗歌中乐府诗约占一半，但他的乐府诗大部分"无诏伶人，故事谢丝管"（刘勰《文心雕龙·乐府》），范文澜先生评注说："子建诗用入乐府者，惟《置酒》（《大曲》《野田黄雀行》）、《明月》（《楚调》《怨诗》）及《鼙舞歌》五首而已，其余皆无诏伶人。"也就是说他的乐府诗基本上都是不入乐演唱的徒诗，他的乐府诗与汉乐府相比，有雅俗之分与华质之别，这说明曹植在乃父的基础上进一步使乐府歌辞文人化。另外，他写乐府诗又使他的非乐府诗能熟练地借鉴乐府的长处，如《赠白马王彪》使用连章体，每章之间又使用顶针修辞，还有《美女篇》等诗明显吸取了乐府民歌的技巧。另外，他的诗歌语言典雅华丽而又流畅明快，兼具文人诗的气质与乐府民歌的神韵，难怪锺嵘称其"体被文质"了。

曹植是建安文坛上一位众体兼善的作家，也是建安时期最杰出的诗人，人们甚至将他与唐代大诗人杜甫并列，"备诸体于建安者，陈王也；集大成于开元者，工部也"（胡应麟《诗薮》内编卷二）。清吴淇在《六朝选诗定论》卷五中也说：《选》诗有子建，唐诗有子美，各际中集大成之诗人也。盖汉道创于苏、李，盛于曹、刘；唐制始于沈、宋，盛于李、杜耳。"其诗不仅当时好评如潮，后世同样影响深远。

第二节　建安七子及建安诗风

建安诗坛上的代表无疑是三曹父子和"建安七子"。"建安七子"之称出自曹丕《典论·论文》："今之文人，鲁国孔融文举，广陵陈琳孔璋，山阳王粲仲宣，北海徐幹伟长，陈留阮瑀元瑜，汝南应玚德琏，东平刘桢公幹。斯七子者，于学无所遗，于辞无所假，咸以自骋骥騄于千里，仰齐足而并驰。"

其实，将孔融放在七子中并不协调。第一，他的年龄比曹操还要长两岁，可以说是其他六人的父辈；第二，他的政治立场也与其他六人不同。他不仅未曾做过曹操的僚属，还多次嘲讽和反对过曹操，并最终被曹操所杀，而另外的六人则都为曹氏效力。再说，建安十三年（208）秋孔融被杀时，王粲还远在荆州未入邺城，应玚、刘桢也可能因年轻尚未入邺，邺下文人集团严格地说是在这一年才形成，孔融既未必愿意也没有机会参加他们的活动。刘勰在历数建安诗人时，就没有将孔融列入其中：

自献帝播迁，文学蓬转，建安之末，区宇方辑。魏武以相王之尊，雅爱诗章；文帝以副君之重，妙善辞赋；陈思以公子之豪，下笔琳琅。并体貌英逸，故俊才云蒸。仲宣委质于汉南，孔璋归命于河北，伟长从宦于青土，公幹徇质于海隅，德琏综其斐然之思，元瑜展其翩翩之乐，文蔚、休伯之俦，子叔、德祖之侣，傲雅觞豆之前，雍容衽席之上，洒笔以成酣歌，和墨以借谈笑。

这儿所列的十三位建安作家，三曹父子每人各用两句来论析，王粲、陈琳、徐幹、刘桢、应场、阮瑀都是"建安七子"之一，每人各用一句来评述，路粹（字文蔚）、繁钦（字休伯）、邯郸淳（字子叔）、杨修（字德祖）四人则每人合用一句来说明。每人所占的位置、篇幅，标明了各人在文坛上地位的高低和成就的大小。刘勰所论应该说较为允当，但"建安七子"已约定俗成，并为历代文学史家所接受，我们这里仍以"建安七子"为中心阐述建安作家群体，但不局限于这七人。

邺下文人集团的形成约在建安九年曹操定邺之后，建安二十二年邺城发生疾疫，"徐、陈、应、刘一时俱逝"（曹丕《又与吴质书》），王粲也在这年死于征吴途中，次年繁钦病逝，建安二十四年杨修被杀，建安二十五年曹丕代汉后迁都洛阳，这时建安文人集团的骨干大都零落星散。这一文人集团虽然只历时十五六年，但它在我国文学史上具有重大意义。它基本集中了全国作家精英，且创作出许多不朽的杰作，并形成了鲜明的群体风格，而这一群体风格就是那个时代风格的代表，其创作实绩也堪称我国文学史上的一个高峰，"建安风骨"更是后世诗人效仿的典范。

为了完成统一天下的大业，实现建功立业的理想，了却"带金佩紫"的夙愿，建安文人才聚于曹操麾下，繁钦《川里先生训》中的志愿道出了建安文人的共同心声："处则抗区外之志，出则规非常之功，实哲士之高趣，雅人之远图。故吕尚垂翼北海，以待鹰扬之任；黄绮削迹南山，以集神器之赞。"曹操"但为君故，沉吟至今"渴求贤才的态度，"山不厌高，海不厌深"的胸襟，以及士人"绕树三匝，何枝可依"的现实，使邺下的文人对曹操充满了感激，对前途充满了希望，他们满怀热情地"怜风月，狎池苑，述恩荣，叙酣宴，慷慨以任气，磊落以使才"（《文心雕龙·明诗》）。

建安七子中以王粲（177—217）的成就最高，被刘勰誉为"七子之冠冕"（《文心雕龙·才略》）。粲字仲宣，山阳高平（今山东省邹县）人，出身于世家，曾祖、祖父皆为汉三公。粲少时就有"异才"之名，汉末大乱往荆州依刘表，建安十三年归顺曹操。王粲的诗歌创作可分为前后两期，建安十三年以前的诗歌，或反映汉末战乱所造成的惨象，表现自己忧国忧民之情，或抒写流寓荆州的失意情绪，表达自己壮志难酬的苦闷，如《七哀诗三首》第一、二首：

西京乱无象，豺虎方遘患。复弃中国去，委身适荆蛮。亲戚对我悲，朋友相追攀。出门无所见，白骨蔽平原。路有饥妇人，抱子弃草间。顾闻号泣声，挥涕独不还。"未知身死处，何能两相完？"驱马弃之去，不忍听此言。南登霸陵岸，回首望长安。悟彼下泉人，喟然伤心肝。

——《七哀诗三首》其一

荆蛮非我乡，何为久滞淫？方舟溯大江，日暮愁我心。
山冈有余映，岩阿增重阴。狐狸驰赴穴，飞鸟翔故林。流
波激清响，猴猿临岸吟。迅风拂裳袂，白露沾衣衿。独夜
不能寐，摄衣起抚琴。丝桐感人情，为我发悲音。羁旅无
终极，忧思壮难任。

——《七哀诗三首》其二

前首写于汉末动乱时诗人"委身适荆蛮"途中的所见、所闻、
所感，"出门无所见，白骨蔽平原"，满眼都是白骨的惨象让人恐怖，
"路有饥妇人，抱子弃草间。顾闻号泣声，挥涕独不还。'未知身死
处，何能两相完？'"妇人的号泣谁听了都会心酸。诗人选取白骨与
弃子两个场面，真切而又深刻地反映了汉末的乱象和人民的苦难。
何焯、沈德潜等人都说此诗为杜甫"三吏三别"之祖（参见何焯《义
门读书记》、沈德潜《古诗源》）。后首写滞留荆州的孤寂凄凉，有志
不获骋，有才不见用，望江望山听猿听鸟，眼之所见耳之所闻，无
一不引起自己的羁旅之悲和思乡之情。民族的灾难和个人的不幸交
织在一起，使这两首诗的情调哀婉凄怆，凄怆中又蕴含着除暴弥乱
平定天下的热望。

归曹后他写了一些"述恩荣，叙酣宴"的诗作，如《公宴诗》说：

"今日不极欢，含情欲待谁？见眷良不翅，守分岂能违？古人有遗言，君子福所绥。愿我贤主人，与天享巍巍。克符周公业，奕世不可追。"可见他此时的处境与心境大不同于在荆州的时期，从诗中热烈的气氛和欢快的格调看，他对曹操坦露忠诚和极力奉承是出自真心。当然，后期写得最多的是对功名的追求，如《从军诗五首》：

　　从军有苦乐，但问所从谁。所从神且武，焉得久劳师？相公征关右，赫怒震天威。一举灭獯虏，再举服羌夷。西收边地贼，忽若俯拾遗。陈赏越丘山，酒肉逾川坻。军中多饶饶，人马皆溢肥。徒行兼乘还，空出有余资。拓地三千里，往返速若飞。歌舞入邺城，所愿获无违。昼日献大朝，日暮薄言归。外参时明政，内不废家私。禽兽惮为牺，良苗实已挥。窃慕负鼎翁，愿厉朽钝姿。不能效沮溺，相随把锄犁。熟览夫子诗，信知所言非。

——《从军诗五首》其一

　　朝发邺都桥，暮济白马津。逍遥河堤上，左右望我军。连舫逾万艘，带甲千万人。率彼东南路，将定一举勋。筹策运帷幄，一由我圣君。恨我无时谋，譬诸具官臣。鞠躬中坚内，微画无所陈。许历为完士，一言犹败秦。我有素餐责，诚愧伐檀人。虽无铅刀用，庶几奋薄身。

——《从军诗五首》其四

这五首诗几乎首首都有对功名的热望，有对曹操的赞美，对自己的期望值既高，用世之心更切。时时总把"圣君"曹操挂在嘴上，一时歌颂他的神威，一时又夸耀他的谋略，无疑有真心的佩服敬仰，可能也有图"表现"的现实考虑。如该组诗中第二首就说"弃余亲睦恩，输力竭忠贞。惧无一夫用，报我素餐诚"，这里面有表态献忠的成分，也有为国立功的豪情。这几首诗格调高昂浑厚，节奏明快有力，写出了出兵与战争的声威气势。

王粲诗风前后期有所变化，锺嵘《诗品》卷上《魏侍中王粲》说："其源出于李陵。发愀怆之词，文秀而质赢。在曹、刘间别构一体。方陈思不足，比魏文有余。"所论似主要就前期诗歌而言，流落汉南前后诗情悲怆幽怨，谢灵运也称他"家本秦川，贵公子孙，遭乱流寓，自伤情多"（《拟魏太子邺中集八首·王粲》）。前期诗歌的确文辞秀逸而气势赢弱，归曹后的诗歌如《从军诗五首》等，则显示出某些豪健的笔力，就再不能说"文秀而质赢"了。

建安七子中另一位著名的诗人是刘桢（？—217），字公幹，东平宁阳（今山东省宁阳县）人。父刘梁为汉宗室后裔，东汉后期曾"以文学见贵"（《三国志·王粲传》裴松之注引《文士传》）。桢少以才学知名，八九岁时就能诵《论语》、诗、论及辞赋数万言，能言善辩，与人争论应声而对，词锋锐利激烈。以文才被曹操辟为丞相掾属，为人亢直而傲岸，曾因在大庭广众之中平视太子夫人甄氏被刑，刑竟署吏，建安十六年转为五官中郎将文学。

《诗品·魏文学刘桢》论其诗说："仗气爱奇，动多振绝，真骨凌霜，高风跨俗。但气过其文，雕润恨少。然自陈思以下，桢称独步。"刘勰在《文心雕龙·体性》中说："公干气褊，故言壮而情骇。"我们来看看他的名作《赠从弟诗三首》：

泛泛东流水，磷磷水中石。蘋藻生其涯，华叶纷扰溺。
采之荐宗庙，可以羞佳客。岂无园中葵，懿此出深泽。

——《赠从弟诗三首》其一

亭亭山上松，瑟瑟谷中风。风声一何盛，松枝一何劲。
冰霜正惨凄，终岁常端正。岂不罹凝寒？松柏有本性。

——《赠从弟诗三首》其二

凤凰集南岳，徘徊孤竹根。于心有不厌，奋翅凌紫氛。
岂不常勤苦，羞与黄雀群。何时当来仪？将须圣明君。

——《赠从弟诗三首》其三

三诗中"首章'蘋蘩'（当作'蘋藻'）喻其品之洁……次章'松柏'喻其守之正，出于性之自然而非强勉……末章'凤凰'喻其志之高，却又非沮溺一流，一味独善其身者"（吴淇《六朝选诗定论》卷六）。这三首咏物诗分别以蘋藻、松柏、凤凰来赞美坚贞高洁的品性，既是对从弟的称扬，也是对从弟的期望，更是他自己人格的写照。生长于磷磷水中的蘋藻高洁得一尘不染，亭亭山上的松柏挺拔傲寒，南岳的凤凰不苟流俗，志在高远。我们从松柏的"终岁常端正"，凤凰的"奋翅凌紫氛"和"羞与黄雀群"中，不是分明能感受到诗人那刚直不阿、孤高脱俗的品性吗？由此我们也能体会出公幹诗"贞骨凌霜，高风跨俗"的笔力与格调。

《赠徐幹诗》一诗可能写于服刑期间，向友人表达自己精神上的压抑苦闷，"起坐失次第，一日三四迁"，形象地表现他坐立不安、举止失次的神态。刘桢高傲而又戆直，自尊而又敏感，遭遇打击后比常人要承受更多的痛苦，另外正因为高傲戆直的个性，他受到委屈有了怨气后必定要抒发出来，结尾"仰视白日光，皦皦高且悬。兼烛八纮内，物类无颇偏。我独抱深感，不得与比焉"几句，毫不隐晦地抒写自己受到不公打击后的愤激不平，流露出他那亢直不驯的品性，突出地表现了诗风"其情真，其味长，其气胜"的特点。

刘桢和其他建安诗人一样，也写了一些宴游诗，如《公宴诗》《斗鸡诗》《射鸢诗》等，这些诗内容上只是写友人之间的游乐和对曹操的奉承，但其中有些篇章仍表现了诗人的艺术个性，如《斗鸡诗》："利爪探玉除，瞋目含火光。长翘惊风起，劲翮正敷张。轻举奋勾喙，电击复还翔。"无论是刻画的形象还是诗中的气势都凶猛强悍。

刘桢诗以气驱词，因情起势，基本以气势取胜，元好问在《论诗绝句三十首》中说："曹刘坐啸虎生风，四海无人角两雄。"后世诗论家也多半是欣赏他诗中的这种奇情盛气。

建安七子中的孔融、陈琳、阮瑀、徐幹、应玚等人并不以诗名世，但有些人留下了少数优秀诗篇，如陈琳的《饮马长城窟行》：

> 饮马长城窟，水寒伤马骨。往谓长城吏，慎莫稽留太原卒！官作自有程，举筑谐汝声！男儿宁当格斗死，何能怫郁筑长城。长城何连连，连连三千里。边城多健少，内舍多寡妇。作书与内舍，便嫁莫留住。善事新姑嫜，时时念我故夫子！报书往边地，君今出语一何鄙？身在祸难中，何为稽留他家子？生男慎莫举，生女哺用脯。君独不见长城下，死人骸骨相撑拄。结发行事君，慊慊心意关。明知边地苦，贱妾何能久自全？

边夫的血泪铸就了长城的雄伟，“君独不见长城下，死人骸骨相撑拄”，这种对人民苦难深厚的同情胜过无数篇长城礼赞，它揭示了血淋淋的历史真实。

建安七子之外值得重视的诗人是蔡琰，字文姬，她是汉末著名文学家蔡邕的女儿，建安时期一位杰出的女诗人。现存诗三首：五言和骚体《悲愤诗》各一篇，骚体《胡笳十八拍》一篇。三篇的真伪问题学术界尚有争议，但一般认为五言《悲愤诗》为蔡琰所作。该诗描写了她在董卓之乱中被掳入胡和被赎回国的经过，从她个人的见闻和亲历中可以看到胡兵的残暴、人民的凄惨和时代的苦难，“马边悬男头，马后载妇女……欲死不能得，欲生无一可”，其情状令人恐怖扼腕，“存亡永乖隔，不忍与之辞。儿前抱我颈，问母欲何之：

'人言母当去，岂复有还时？阿母常仁恻，今何更不慈？我尚未成人，奈何不顾思？'"母子分别的场面叫人肝肠寸断。她在汉末战乱的悲惨遭遇是当时女性遭遇的一个缩影，此诗是这位女诗人用自己的生命绘成的历史画卷。

建安诗风的主要特点是慷慨悲凉，人们常将这种时代风格概括为"建安风骨"。"慷慨"是指情感的浓烈激越，"悲凉"是指情感的悲壮苍凉。汉末的战乱分裂激起士人奋发蹈励的意气，统一天下的热望鼓荡着他们慷慨激昂的心灵，同时被两汉经学禁锢了三百多年的心灵开始觉醒，当时人命危浅的现实更使他们体认到人生的珍贵，更体认到生命短暂与人生无常的悲哀，这样建安文人们常常"乐往哀来，凄然伤怀"（曹丕《与吴质书》）。曹植在《前录自序》中也说自己"雅好慷慨"。繁钦《与魏太子书》中回忆当年宴游时的情景说，无论听泉听乐还是看水看山，文人们"莫不泫泣殒涕，悲怀慷慨"。不管建安诗人的艺术个性有多大的差别，慷慨悲凉几乎是所有诗歌的共同特征，如前人评曹操诗歌说："曹公古直，甚有悲凉之句"（锺嵘《诗品》），"此老诗歌中有霸气"（谭元春《古诗归》）。连被认为有"文士气"的曹丕其诗也不乏"高古之骨，苍凉之气"（锺惺《古诗归》）。曹植就更不用说了，其诗"情兼雅怨"又"骨气奇高"（见前），王粲诗歌善"发愀怆之词"（锺嵘《诗品》），刘桢诗"仗气爱奇"（见前）。对于建安诗歌的时代风格及其形成原因，刘勰有两则精当的论述："文帝、陈思，纵辔以骋节；王、徐、应、刘，望路而争驱；并怜风月，狎池苑，述恩荣，叙酣宴，慷慨以任气，磊落以使才，造怀指事，不求纤密之巧；驱辞逐貌，唯取昭晰之能，此其所同也。"（《文心雕龙·明诗》）"观其时文，雅好慷慨，良由世积乱离，风衰俗怨，并志深而笔长，故梗概而多气也。"（《文心雕龙·时序》）

以刚健有力的语言表现一种奋发蹈励的意气，一种慷慨高亢的激情，一种苍凉悲壮的情怀，在艺术上呈现出一种强劲的力度，一种沉雄的气势——这便是"建安风骨"的主要特征。

第三节　阮籍与正始诗歌

正始时期有两大文人群体，即所谓"正始名士"和"竹林名士"。前者的代表人物是何晏、王弼，他们主要长于哲学思辨，在哲学史上开创了玄学的新时代，至于他们的诗歌创作却不值得称道，刘勰就毫不客气地说"正始明道，诗杂仙心，何晏之徒，率多浮浅"（《文心雕龙·明诗》），王弼、何晏等人或者完全没有留下诗篇，或者根本就没有创作过诗歌。"竹林名士"包括阮籍、嵇康、山涛、王戎、向秀、阮咸、刘伶七人，其中阮籍和嵇康的诗歌成就最高，刘勰同一文中接着说："唯嵇志清峻，阮旨遥深，故能标焉。"阮籍是正始诗坛上当之无愧的主帅，其次嵇康也写了不少优秀的诗篇，不过嵇康精神活动侧重于"思"而不是"诗"，其理论贡献与散文成就都在他的诗歌之上。

正始时期曹魏政权转向衰微，从高平陵之变司马氏集团控制朝政，到司马师、司马昭相继执政，并最后取曹魏而代之的这十几年间，一直伴随着政治恐怖和血腥杀戮，仅高平陵之变这一次的杀戮就使天下"名士减半"（《三国志·魏书·王凌传》注引《汉晋春秋》），拥护曹魏政权而不与司马氏合作的名士，如夏侯玄、毌丘俭、诸葛诞和嵇康等，几年后又相继遭到杀害。士人在这种杀机四伏的环境中，时时"但恐须臾间，魂气随风飘"，许多人有一种"终身履薄冰"的惶恐（阮籍《咏怀》其三十三）。面对司马氏时代的来临，士人们根据各自不同的政治背景和价值理想迅速分化：或投靠司马氏卖身求荣，或酣饮沉醉故作旷达以全身远祸，或保持人格尊严不与司马氏集团合作。不同的立场选择也就决定了不同的命运：有人高升，如山涛；有人沉沦，如阮籍；有人被杀，如嵇康。

司马氏集团以冷酷残忍的手段篡夺政权，为了掩盖这种不忠不义的行为，为了给篡位制造舆论和进行粉饰，他们又竭力提倡礼法推崇名教，这样就造成社会上层的道德虚伪。名教与自然的学理争辩背后隐藏着政治权力的争夺。士人们并不想搅进政治的旋涡，当何晏等人以《老子》为根基的玄学在政治实践中陷入困境时，"以庄周为模则"的竹林名士聚集于河内山阳（《三国志·魏书·王粲传》附），随着玄学的根基由老子转向庄子，玄学家们关注的重心也由国家的无为而治转向了个体的精神自由。与建安时期文人内在于曹魏政权不同，正始时期大部分文人与司马氏集团疏离或对抗，因而在阮、嵇的诗歌中很难听到建功立业的豪迈歌唱，很难感受到奋发进取的乐观精神。他们常常抒写超世绝群的理想，表现遗世独立的人格，而忧生之嗟与愤世之叹更是此时诗歌常见的主题，不仅阮籍诗中"颇多感慨之词"（锺嵘《诗品·晋步兵阮籍》），嵇康"集中诸篇"也同样"多抒感愤"（陈祚明《采菽堂古诗选》卷八）。另外，由于玄学的兴盛，阮、嵇等人既是诗人也是玄学家，玄学已成了他们精神生活的一部分，此时诗歌便不可避免地出现了哲理化的趋向，"思"常伴随着"诗"，诗中有深微的体验，也有深刻的思考。这样，正始诗歌在六朝诗歌中别具风味，阮籍、嵇康等人的诗歌被后人称为"正始体"（严羽《沧浪诗话·诗体》）。

阮籍（210—263），字嗣宗，陈留尉氏（今河南省尉氏县）人，父阮瑀为建安七子之一。生长于建安那个慷慨激昂的时代，"籍本有济世志"，史载"籍容貌瑰杰，志气宏放"，"尝登广武，观楚、汉战处，叹曰：'时无英雄，使竖子成名！'登武牢山，望京邑而叹，于是赋《豪杰诗》"（《晋书·阮籍传》）。他青少年时期就立志远大，并十分注重砥砺自己的品行和培养自己的才能："昔年十四五，志尚好诗书。被褐怀珠玉，颜闵相与期。"（《咏怀》十五）"少年学击剑，妙伎过曲城。英风截云霓，超世发奇声。"（《咏怀》六十一）因身处"魏、晋之际，天下多故，名士少有全者，籍由是不与世事，遂酣饮为常"。阮籍是魏晋之间一颗痛苦的灵魂，"时率意独驾，不由径路，车迹所穷，辄恸哭而反"（《晋书·阮籍传》）。阮籍的性格原本就很复杂，一方面他是时人眼中"至慎"的典范，另一方面史书又说他疾恶如仇；一方面"志气宏放""有济世志"，另一方面又"傲然独得""不与世事"。这养成了他双重的人格理想，既想成为儒家所崇尚的理想人物，积极承担社会责任以立功扬名，鄙弃庄子逍遥放旷的人生态度，"泰山成砥砺，黄河为裳带。视彼庄周子，荣枯何足赖。捐身弃中野，乌鸢作患害。岂若雄杰士，功名从此大"（《咏怀》三十八），同时又向往庄子逍遥尘外的人生境界，"与造物同体，天地并生，逍遥浮世，与道俱成"（《大人先生传》），认为汲汲乎富贵奔走于权门，"岂若遗世物，登明遂飘飙"（《咏怀》八十一）。

这样他的代表作《咏怀》八十二首所抒写的情感内容也非常复杂，是他对时代与人生体验、感悟和沉思的结晶，忧生和讽世是《咏怀》的两大主题。颜延之说："嗣宗身仕乱朝，常恐罹谤遇祸，因兹发咏，故每有忧生之嗟，虽志在刺讥，而文多隐避。"（《文选》卷二十三李善注引）

"忧生"之作几乎占了《咏怀》诗的半数以上，其中有的写政治迫害的哀伤，有的写面对现实的恐惧，如：

> 嘉树下成蹊，东园桃与李。秋风吹飞藿，零落从此始。
> 繁华有憔悴，堂上生荆杞。驱马舍之去，去上西山趾。一
> 身不自保，何况恋妻子。凝霜被野草，岁暮亦云已。
>
> ——《咏怀》其三

> 徘徊蓬池上，还顾望大梁。绿水扬洪波，旷野莽茫茫。
> 走兽交横驰，飞鸟相随翔。是时鹑火中，日月正相望。朔
> 风厉严寒，阴气下微霜。羁旅无俦匹，俯仰怀哀伤。小人

计其功，君子道其常。岂惜终憔悴，咏言著斯章。

——《咏怀》其十六

时令正值"朔风""阴气"，四野是一片草木零落，繁华憔悴、凝霜被野的时候又恰逢洪波滔天，禽兽在茫茫旷野中飞驰，无处不阴森恐怖、动荡不宁，诗人描写这些景象到底喻指什么虽不能一一坐实，但从"驱马舍之去，去上西山趾。一身不自保，何况恋妻子"以及"走兽交横驰""朔风厉严寒"等语看，诗中的人生感伤和身心"憔悴"可能都与他"身仕乱朝"的处境有关。由此我们能理解诗人大醉六十日逃避与司马氏联姻的苦衷，也能体谅他被迫为司马氏写劝进表的无奈。

从《古诗十九首》到建安诗人，都留下了许多感叹时光流逝和人生无常的诗篇，而超越生死的途径不外乎两条：或是拼命享乐以挥霍人生，如"生年不满百，常怀千岁忧。昼短苦夜长，何不秉烛游？为乐当及时，何能待来兹"；或是建功立业以求不朽，如"老骥伏枥，志在千里；烈士暮年，壮心不已"，与之相应，有的诗歌放纵低沉，有的诗歌高亢壮烈。放纵也好，壮烈也罢，二者都找到了各自解脱生死的方式，而阮籍诗中人生短暂的喟叹又与社会迫害的恐惧连在一起，他不仅要超越生死的生理限度，还得躲避社会上人为的陷阱，"天网弥四野，六翮掩不舒。随波纷纶客，泛泛若浮凫。生命无期度，朝夕有不虞"（《咏怀》四十一），他既忧虑"朝阳不再盛，白日忽西幽"（《咏怀》三十二），时常"咄嗟行至老"（《咏怀》七十七），也担心"世务何缤纷，人道苦不遑"（《咏怀》三十五），"险路多疑惑，明珠未可干"（《咏怀》六十九），对他来说，"人道"甚至比"天道"更加可怕，"忧生"与"忧世"紧密相关，这使他的生死之嗟更多了一层凄怆的情调：

> 一日复一夕，一夕复一朝。颜色改平常，精神自损消。胸中怀汤火，变化故相招。万事无穷极，知谋苦不饶。但恐须臾间，魂气随风飘。终身履薄冰，谁知我心焦！
>
> ——《咏怀》其三十三

> 一日复一朝，一昏复一晨。容色改平常，精神自飘沦。临觞多哀楚，思我故时人。对酒不能言，凄怆怀酸辛。愿耕东皋阳，谁与守其真？愁苦在一时，高行伤微身。曲直何所为？龙蛇为我邻。
>
> ——《咏怀》其三十四

两首诗起笔都连用四个"一"字，节奏急促跳荡，显示了诗人内在情绪的紧张烦躁。"知谋苦不饶"流露了他无计挽颓年的绝望，"凄怆怀酸辛"表现了他对现实的痛苦感受，"胸中怀汤火"则反映了他灵魂所受的煎熬，"终身履薄冰，谁知我心焦"更流露了他内心的惶惶不安，这种不安、绝望和痛苦，既是对个人生死的体验，也是他畏世惧祸的结果。

阮诗的另一重要主题是"讽世"，即前人所说的《咏怀》"志在刺讥"。这些讽世之作大都写得扑朔迷离，很难指实诗中所讥刺的人事，只有少数作品才点明了所讽的对象，如：

> 洪生资制度，被服正有常。尊卑设次序，事物齐纪纲。容饰整颜色，磬折执圭璋。堂上置玄酒，室中盛稻粱。外厉贞素谈，户内灭芬芳。放口从衷出，复说道义方。委曲周旋仪，姿态愁我肠。
>
> ——《咏怀》其六十七

> 修途驰轩车，长川载轻舟。性命岂自然，势路有所由。高名令志惑，重利使心忧。亲昵怀反侧，骨肉还相仇。更希毁珠玉，可用登遨游。
>
> ——《咏怀》其七十二

作为正始时期的名士，他的人生态度和价值理想自然也就受到玄学的影响，名教礼法与他的人生态度和行为方式格格不入，他曾公开喊出"礼岂为我辈设也"。前一首诗通过对礼法之士矫揉造作的丑态，揭露礼法之士的伪善面目，使人看到名教对人性的扭曲，那些正人君子都有双重面具：彬彬有礼的外表掩饰着肮脏的灵魂。后一首诗则是对当朝权贵的一幅素描：虽然他们每个人的为官之道各有不同，但本质上没有什么两样，都是见"高名"就争，见"重利"

就抢，至亲好友也各怀鬼胎，亲人骨肉也彼此反目，争名争利争权使他们完全丧失了人性，"委曲周旋仪，姿态愁我肠"，谁见了他们这副虚伪而又丑恶的神态都会深恶痛绝。

此外，《咏怀》中还有少数诗歌正面抒写自己的理想抱负，如第三十九首：

> 壮士何慷慨，志欲威八荒。驱车远行役，受命念自忘。良弓挟乌号，明甲有精光。临难不顾生，身死魂飞扬。岂为全躯士，效命争战场。忠为百世荣，义使令名彰。垂声谢后世，气节故有常。

诗中这位为国捐躯战死沙场的壮士，显然寄寓了他的价值理想和人生追求，可以看到诗人尽管嘲笑礼法之士，但骨子里仍然肯定儒家的忠义和气节，诗中那种慷慨悲壮的情调完全是建安诗风的回响。

锺嵘《诗品》评其诗说："其源出于《小雅》，无雕虫之功。而《咏怀》之作，可以陶性灵，发幽思。言在耳目之内，情寄八荒之表。洋洋乎会于《风》《雅》，使人忘其鄙近，自致远大。颇多感慨之词。厥旨渊放，归趣难求。"李善《文选》注也说《咏怀》"文多隐避，百代之下，难以情测"。明清的诗论家也称"《咏怀》诸篇，文隐指远"（张溥《汉魏六朝百三家集题辞》），"阮公《咏怀》，反复零乱，兴寄无端"（沈德潜《说诗晬语》）。诗情兴寄无端，表现隐约曲折，是阮籍诗歌最突出的艺术特征。我们来看看《咏怀》其一：

> 夜中不能寐，起坐弹鸣琴。薄帷鉴明月，清风吹我襟。
>
> 孤鸿号外野，翔鸟鸣北林。徘徊将何见，忧思独伤心。

关于此诗的意旨前人有许多的猜测和附会，多数解释都是说诗中的"孤鸿"是喻"贤士"，而"翔鸟"是指司马师等权臣。这种比附臆测的解诗方法，不仅不能把握全诗的旨趣，反而破坏了诗歌的美学韵味。就诗歌本身而论，它是诗人细腻地抒发一种无法解脱、无处倾诉、无人理解的沉哀。是什么原因造成人们对此诗理解上的困难呢？

阮籍以前的诗人所抒写的痛苦与哀愁，都是由具体的人与事所引起，这种类型的诗歌给读者的理解带来了方便，但也给读者的想象设立了障碍，诗歌能与实际生活直接一一对应很容易限制它内涵的深度与广度。阮籍的大多数诗歌不是抒写具体人事引起的情绪波动，而是对宇宙、社会、人生的一种综合透视与体验。他将黑暗的社会、腐败的政治、多难的人生内化为一种忧伤的情绪，一种痛苦的感受，而在抒写这些情绪和感受时又省略了造成自己忧伤痛苦的环境和原因，表达的是纯心灵的境界。这样，一方面诗歌本身的意蕴丰厚了，留给读者想象的空间开阔了，形成了"言在耳目之内，情寄八荒之表"的美学效应；另一方面，它又给读者的索解带来了一定的困难，内涵的丰富和浓缩让读者无法讲清楚诗人的具体所指，他的诗歌像浩瀚的大海一样莫测深广。阮籍诗歌是在明朗单纯的乐府民歌和文人拟乐府诗歌基础上的一次巨大的飞跃，他扩展和加深了诗歌的内在意蕴，开掘和丰富了诗歌的艺术潜力。

另一位代表诗人嵇康（223—262），字叔夜，谯郡铚（今安徽省宿县西南）人。父亲嵇昭曾任督军粮侍御史。康幼年失怙，因从小就显得"旷迈不群"，所以他是在母兄的怜爱和娇惯中长大成人的。虽然"家世儒学"（嵇喜《嵇康传》），但他自己"不涉经学"，在这种"不训不师"（《幽愤诗》）自由自在的学习环境中，他较早便在学问上达到了既"博洽多闻"（嵇喜《嵇康传》）又融会贯通的境界，步入成年时已是著名的思想家、诗人、书法家和音乐家。理论上他独树一帜，《声无哀乐论》《养生论》成了魏晋玄学清谈的主要论题；他的音乐理论深刻而又新颖，史称其音乐演奏"声调绝伦"（《晋书·嵇康传》）；书法上他"妙于草制"（唐张怀瓘《书断》），书法风格个性鲜明；另外他还是一位画家，唐代仍存有其绘画真迹。

由于他的才华，也由于他的风采，更由于他的人格，嵇康成为正始时期也是中国文学史上最具魅力的人物之一。他是"竹林七贤"的核心，"竹林之游"的所在地即在他山阳的寓所。他宣布与山涛绝交，但山涛却始终如一地称道他；他与向秀同为正始时期思想界的领袖，他锻铁时向秀自愿为之鼓排；"七贤"之外的名士吕安也同样"服康高致，每一相思，辄千里命驾"（《晋书·嵇康传》）。人们佩服他卓越超群的盖世奇才，也赞叹他那"龙章凤姿，天质自然"的仪表风度（《世说新语·容止》注引《康别传》）。史载嵇康"身长七尺八寸，风姿特秀。见者叹曰：'萧萧肃肃，爽朗清举。'"(《世说新语·容止》)。人们在赞美他风采的同时又非常景仰他的人格，如山涛就曾十分叹服地说："嵇叔夜之为人也，岩岩若孤松之独立；其醉也，傀俄若玉山之将崩。"(《容止》)

作为一个正始时期的名士，他公开声称自己"非汤武而薄周孔"，并坦言"老子、庄周，吾之师也"(《与山巨源绝交书》)，在《难自然好学论》中还说"六经为芜秽""仁义为臭腐"，因而他提出了"越名教而任自然"的著名命题："夫称君子者，心无措乎是非，而行不违乎道者也。何以言之？夫气静神虚者，心不存于矜尚；体亮心达者，情不系于所欲。矜尚不存乎心，故能越名教而任自然；情不系于所欲，故能审贵贱而通物情。物情顺通，故大道无违；越名任心，故是非无措也。"(《释私论》)一个人在社会中应"越名教而任自然"，就是说他的言行应依从他自己的本性，超越名教的清规戒律和条条框框，要做到这样就不能理会社会的毁誉，不存有是非成见，也就是他所说的"心无措乎是非"。可是人们如果只按自己的本性行事，那是否会经常违背事物的本质呢？要怎样才能既"无措乎是非"又不违乎道呢？这就要求人们"情不系于所欲"，能"情不系于所欲"就能"审贵贱而通物情"，他在《答难养生论》中从另一层面阐述了这一问题："故世之难得者，非财也，非荣也，患意之不足耳。意足者，虽耦耕甽亩，被褐啜菽，莫不自得。不足者，虽养以天下，委以万物，犹未惬然。则足者不须外，不足者无外之不须也。无不须，故无往而不乏；无所须，故无适而不足。不以荣华肆志，不以隐约趋俗，混乎与万物并行，不可宠辱，此真有富贵也。"为人坦然无私，摆脱尘世的是非，言行"循性而动"，不因贵贱而扭曲自己的本性，是他理想的人生境界。

就嵇康的人格而言的确可说是"体亮心达"，在现实生活中他从来不愿意"降心顺俗"，不屑于隐藏自己的思想情感，"刚肠疾恶，轻肆直言，遇事便发"（《与山巨源绝交书》）。

他现存诗歌五十多首，其中有不少诗歌表现对世俗的愤激和对权奸的鄙视，如："俗人不可亲，松乔是可邻。何为秽浊间，动摇增垢尘"（《五言诗三首》其三），"详观凌世务，屯险多忧虞。施报更相市，大道匿不舒"（《答二郭三首》其三）。他猛烈抨击"权智相倾夺"（《答二郭三首》其三）的上层社会，《幽愤诗》中还将矛头指向魏帝身边的小人："曰予不敏，好善暗人。子玉之败，屡增惟尘。大人含弘，藏垢怀耻。民之多僻，政不由己。"

由于人世的险恶和政治的黑暗，他大部分诗歌都是抒写他企求超脱尘世的理想，《游仙诗》幻想自己"飘飘戏玄圃，黄老路相逢。授我自然道，旷若发童蒙。采药钟山隅，服食改姿容"，他之所以想羽化成仙，就是因为他决心远离俗世小人："长与俗人别，谁能睹其踪？"他在绝笔《幽愤诗》中也表达了自己"采薇山阿，散发岩岫。永啸长吟，颐性养寿"的愿望。

他的诗歌是他风神、气质和人格的自然流露，《赠兄秀才从军十九首》是其代表作，下面二首尤其为人称道：

良马既闲，丽服有晖。左揽繁弱，右接忘归。风驰电逝，
蹑景追飞。凌厉中原，顾盼生姿。

——《赠兄秀才从军十九首》其九

息徒兰圃，秣马华山。流磻平皋，垂纶长川。目送归
鸿，手挥五弦。俯仰自得，游心太玄。嘉彼钓叟，得鱼忘筌。
郢人逝矣，谁可尽言？

——《赠兄秀才从军十九首》其十四

前首不仅写出了秀才骑在马上"左揽繁弱，右接忘归"的敏
捷，写出了他"风驰电逝，蹑景追飞"的勇猛，更写出了他"良马既
闲""顾盼生姿"的风致。后首更是诗人飘逸洒脱风神的写照，"目送
归鸿，手挥五弦"典型地体现了超然自得飘逸洒脱的魏晋风度，倾
倒了无数诗人、画家和历代读者，东晋大画家顾恺之就曾慨叹说：
"画'手挥五弦'易，'目送飞鸿'难。"（《世说新语·巧艺》）

刚直不阿的个性，光明磊落的人格，自然洒脱的风度，使嵇康
诗歌呈现出峻切而又秀逸的风格特征。《文心雕龙·体性》说："叔夜
俊侠，故兴高而采烈。"嵇康诗的确既有"侠"的一面——峻峭刚烈，
也有"俊"的一面——飘逸秀朗。锺嵘认为"晋中散嵇康"诗"颇似
魏文。过为峻切。讦直露才，伤渊雅之致。然托谕清远，良有鉴裁，
亦未失高流矣"（《诗品》卷中）。"峻切"二语已成为嵇诗的定评，"高
流"之赞也堪称允当。

第二章

太康诗人与江左诗风

文学史上许多朝代的优秀作家好像赴宴似的，常常在某个历史阶段成群结队地涌来接着又不约而同地离去，如建安邺下诗人、南朝"元嘉三雄"、唐代"开元天宝诗人诸公"，还有我们正要阐述的太康诗人群体。西晋享国五十余年，文学创作以太康这十年最为繁荣，诗人群体也以这十年最为强盛，锺嵘《诗品序》中说："太康中，三张、二陆、两潘、一左，勃尔复兴，踵武前王，风流未沫，亦文章之中兴也。"因此，人们以太康诗歌作为西晋诗歌的代表，严羽《沧浪诗话·诗体》还专列有"太康体"。太康诗歌在艺术上的主要特点是"结藻清英，流韵绮靡"（刘勰《文心雕龙·时序》），诗人普遍追求语言的华丽，形式的对偶，描写的繁缛，只有极少数诗人能独拔于时流。

江左诗坛"溺乎玄风"，无论是写景、抒情还是言事，每种题材的诗歌都渗透了玄理。正始玄学兴盛后，从何晏、阮籍、嵇康直到陆机、潘岳，以玄理入诗已成风气，只是到了东晋更为变本加厉，出现了以孙绰、许询为代表的玄言诗人，他们常以韵文的形式陈述玄学义理，"诗必柱下之旨归，赋乃漆园之义疏"（《文心雕龙·明诗》），有些诗歌"平典似《道德论》"（锺嵘《诗品·序》）。此时为诗论家所称道的只有郭璞的《游仙诗》能跳出玄言诗的窠臼而别开蹊径，因而刘勰说它在当时"挺拔而为俊"（《文心雕龙·明诗》）。东晋末年产生了伟大诗人陶渊明，我们将在后面的章节中论述。

第一节　陆机、潘岳与太康诗歌

晋立国后十六年灭吴（280），结束了近六十年的分裂割据局面，可晋王朝并没有呈现出任何威加海内的盛世气象，统治者既没有什么远略宏图，士人也没有任何理想抱负。这个时代没有激情也没有冲动，此时的士人没有大喜也没有大悲，政无所谓准的，士无所谓操行。

这种时代特征是如何形成的呢？

统一了全国的司马氏集团虽然造就过短暂的繁荣与平静，但并没有在全国建立良好的政治秩序，也未能在士人中确立自己的道德权威。司马炎看到魏因宗室孤弱而失去政权，便派同姓诸侯领重兵镇守要地，从一个极端走向了另一个极端，为诸王的内乱埋下了祸根。司马炎死后的宫廷争权导致诸王之间的混战，酿成历史上著名的"八王之乱"，东汉末年内迁的少数民族首领趁势纷纷拥兵自立，内乱外患加速了西晋政权的崩溃。司马氏集团提倡"名教"，可当朝权臣的种种丑行又践踏了名教本身，司马氏祖孙欺君篡位更是对名教准则的嘲弄。尽管统治者用杀戮恐吓压制了反对派和批评者，用威逼利诱笼络收买了许多士人，尽管司马炎名正言顺地取得了政权，并且事实上已经统辖了四境，开国后还不断显示"宽弘""仁恕"，可靠武力和阴谋登上皇位的统治者不可能树立起自己的道德形象。这时基本上不存在政治上的反对派，嵇康被杀后向秀到洛阳就范，吴亡后陆机兄弟入洛称臣，几乎所有士人都接受晋王朝这一已成的事实，但整个社会没有昂扬向上的活力，朝野士人也缺乏刚直不阿的正气，反而到处弥漫着苟且、贪婪和奢侈之风。礼法之士司马氏的爪牙何曾生活之奢华令人咋舌，石崇敛财斗富更是人所共知，王戎、和峤等人嗜财到了近乎病态的程度。士人们生活上以玉食锦衣相夸，以奢侈豪华为荣，在政治上却毫无操守可言，立身处世以保家自全为其准则，连史家也感叹朝臣"无忠謇之操"。石崇所谓"士当身名俱泰"（《晋书·石崇传》）道出了一代士人的心声。

元康以后朝政日非，诸王以及各政治势力之间争权日趋激烈，士人们为了自己"身名俱泰"，不得不在权臣中寻找自己的靠山和保护伞，而随着各派政治势力的起伏消长，他们又得见风使舵以改变依附的对象。如当贾谧"权侔人主"的时候，文人们"莫不尽礼事之"，还将他肉麻地吹捧为当世的贾谊，在他周围形成了重要的文人集团"二十四友"，攀附者中几乎包括当时文坛上所有第一流的作家：潘岳、陆机、陆云、欧阳建、石崇、挚虞，甚至还有左思、刘琨。这些人巴结贾谧的目的显然是为了飞黄腾达。《晋书·潘岳传》载："岳性轻躁，趋势利，与石崇等诣事贾谧，每候其出，与崇辄望尘而拜。""趋势利"而不惜出卖自己的人格和尊严，潘岳和石崇在当时很有代表性，"二十四友"这一文学集团也可以说是西晋文坛的缩影。诸王之间争权并无政治上的是非，文人们投靠谁也没有什么道德标准，完全是根据个人利益来依违取舍，如陆机原本身预"二十四友"之列，贾谧失势又帮助赵王伦诛贾谧而赐爵关中侯，很快他又参与赵王伦篡位，赵王伦被诛后又转身投靠成都王颖，作为颖的都督攻打长沙王乂，这种朝秦暮楚的行为除了诱于官爵利禄外，实在找不出任何道义上的理由。《晋书·陆机传》在肯定"机天才秀逸，辞藻宏丽"的同时，又说"然好游权门，与贾谧亲善，以进趣获讥"。

诗人人格的卑微导致诗歌格调的卑弱，从整体上看，太康诗人既没有建安诗人那种建功立业的慷慨豪情，也没有正始诗人那种追求理想人格的勇气，人的觉醒在建安和正始诗人那儿表现为对人生价值的肯定，对人生的意义的追寻，在太康诗人这里却变成了对人生的苟且，对名誉与财富的占有和贪婪。在西晋诗歌中难得见到壮阔的现实生活，也难得体验到崇高的人生境界，即使那些叹老伤逝的诗篇，也缺乏"对酒当歌，人生几何"的历史深度，更没有"烈士暮年，壮心不已"的壮烈情怀，此时诗人写得最多也写得最好的是儿女之间的绮丽情思，是悼亡伤逝的个人悲叹，"儿女情多，风云气少"(《诗品·晋司空张华》),锺嵘当年给张华的诗评,其实也准确地道出了西晋诗歌的创作倾向。

太康诗歌在艺术上的主要特征是繁缛绮丽,这基本上是南朝人的共同看法,锺嵘对西晋诗人的评论几乎都要用到"华美""华艳""繁富"或"绮靡"等字眼,说陆机诗"才高辞赡,举体华美",潘岳诗"烂若舒锦",张协诗"词采葱蒨",张华诗"其体华艳""务为妍冶",张载诗"繁富可嘉"。刘勰《文心雕龙·明诗》总论西晋诗风说:"晋世群才,稍入轻绮,张潘左陆,比肩诗衢,采缛于正始,力柔于建安,或析文以为妙,或流靡以自妍,此其大略也。"同为梁人的沈约也以"缛旨星稠,繁文绮合"(《宋书·谢灵运传论》)品其诗。繁缛绮丽在艺术上主要表现为:辞藻的华丽、句式的排偶和描写的繁复。

陆机和潘岳的诗歌体现了太康一代诗人的审美趣味,是太康一代诗风的典型代表,时人和后人都将他们并称为"潘陆"。

陆机(261—303)和陆云(262—303)兄弟,吴郡吴县华亭(今上海市松江区)人,为吴国名将之后,吴亡九年后一到洛阳便名动京城,陆机的才华犹为世所重。他是创作上的多面手,诗、文、赋都取得了较高的成就,其诗在锺嵘《诗品》中列为上品,文、赋也多为世人所称道,其中《文赋》更是文学批评史上的杰作。

他在《文赋》中说"诗缘情而绮靡","缘情"强调诗歌必须表现作者内心的情感,不只是美刺讽谏政治教化的工具;"绮靡"是指诗歌应当辞藻华丽优美动人。锺嵘认为陆机诗歌"其源出于陈思",曹植是使汉乐府由质变丽的关键诗人，陆机更在曹植的基础上踵事增华，比起曹植来他的诗歌更加"辞藻宏丽"，诗语句式也更趋于骈偶。如《苦寒行》：

> 北游幽朔城，凉野多险难。俯入穹谷底，仰陟高山盘。凝冰结重磵，积雪被长峦。阴云兴岩侧，悲风鸣树端。不睹白日景，但闻寒鸟喧。猛虎凭林啸，玄猿临岸叹。夕宿乔木下，惨怆恒鲜欢。渴饮坚冰浆，饥待零露餐。离思固已久，寤寐莫与言。剧哉行役人，慊慊恒苦寒。

此诗属乐府《相和歌·清调曲》，原辞为曹操所作，陆机此篇是模拟曹操的《苦寒行》，但二者在艺术风貌上却大异其趣。从这首诗中我们能看到陆机诗歌艺术的某些基本特征。首先，此诗虽是模拟乐府民歌，但它尽可能不用口语、俗语和常用语，而大量选用书面词汇，因而诗歌语言越来越华丽典雅；同时还将虚词剔出诗外，尽可能以实词代替它，这样诗歌意象越来越密集。其次，曹操诗歌中的散行单句在这里变成了大量的偶句，譬如"俯入"与"仰陟"、"凝冰"与"积雪"、"阴云"与"悲风"、"不睹"与"但闻"、"猛虎"与"玄猿"等等。不过，这些偶句在整体上对偶，在字与字之间却不过分拘泥，因而此诗的骈偶句并不很呆板滞涩，尽管少了曹操同题诗那份疏宕之气。最后，此诗运用了赋铺陈排比的手法，描写"苦寒"可谓穷形尽相，"凝冰"加上"积雪"，"阴云"又伴"悲风"，饮"坚冰"而餐"零露","俯入"之所见,"仰陟"之所闻,无一而非"苦寒"。这种罗列铺叙的结果的确给人以"繁缛"的艺术感受,刘勰在《文心雕龙·才略》中说:"陆机才欲窥深,辞务索广,故思能入巧而不制繁。"

他的《赴洛道中作二首》更是人们广为传诵的作品:

　　总辔登长路,呜咽辞密亲。借问子何之?世网婴我身。永叹遵北渚,遗思结南津。行行遂以远,野途旷无人。山泽纷纡余,林薄杳阡眠。虎啸深谷底,鸡鸣高树巅。哀风中夜流,孤兽更我前。悲情触物感,沉思郁缠绵。伫立望故乡,顾影凄自怜。

　　　　　　　　　　　　　　　——《赴洛道中作二首》其一

　　远游越山川,山川修且广。振策陟崇丘,案辔遵平莽。夕息抱影寐,朝徂衔思往。顿辔倚嵩岩,侧听悲风响。清露坠素辉,明月一何朗!抚枕不能寐,振衣独长想。

　　　　　　　　　　　　　　　——《赴洛道中作二首》其二

此二诗抒写诗人初离故乡的凄切心情和赴洛途中的孤独感受,"伫立望故乡,顾影凄自怜""抚枕不能寐,振衣独长想",通过"伫立""顾影""抚枕""振衣"这一连串的动作,写出了他满腹愁绪和一腔哀怨,抒情写意细腻而又含蓄。语言虽不像《苦寒行》那么刻炼，但仍然装点了许多华美工稳的偶句，如"永叹遵北渚，遗思结南津""山泽纷纡余，林薄杳阡眠""虎啸深谷底，鸡鸣高树巅""振策陟崇丘，案辔遵平莽""夕息抱影寐，朝徂衔思往"。

陆机在太康诗坛上不失为最有才华的诗人之一，只是他太看重辞藻的绮靡华丽，在诗中大量使用骈偶句，诗歌语言因雕炼太过，有些地方难免拙涩冗累，南朝人就已有"缀辞尤繁"之叹，唐宋以后招致更多的讥评，其中清沈德潜的批评较有代表性："士衡诗亦推大家，然意欲逞博，而胸少慧珠，笔又不足以举之，遂开出排偶一家。西京以来空灵矫健之气，不复存矣。降自梁、陈，专攻队仗，边幅复狭，令阅者白日欲卧，未必非士衡为之滥觞也。"（《古诗源》卷七）沈氏的批评并非全无道理，只是有些话说过了头。应该说陆机绝非毫无灵气的诗人，对社会、人生和自然的感受都相当敏锐，对诗歌的创作心理和艺术技巧，既有独到的体会也有深刻的认识，但他有意造排偶句使语言失去灵动，而拟古之作又抑制了他的艺术个性，好像他的诗情诗境诗句都是在模拟甚至蹈袭前人（参见清贺贻孙《诗筏》）。

陆机诗歌另一个致命弱点是缺乏力度，诗情没有打动人心的力量，诗风也缺乏刚健遒劲的笔力，因而他的诗歌读后"未能感人"（《古诗源》卷七）。清陈祚明认为这是由于陆诗"造情既浅，抒响不高"，他进一步分析其中的原因说："夫破亡之余，辞家远宦，若以流离为感，则悲有千条；倘怀甄录之欣，亦幸逢一旦。哀乐两柄，易得淋漓，乃敷旨浅庸，性情不出……大较衷情本浅，乏于激昂者

矣。"(《采菽堂古诗选》卷十）

潘岳（247—300）字安仁，荥阳中牟（今河南省中牟县）人。岳少年即以才华颖异被乡邑"号为神童"，弱冠一走上仕途便入贾充府中为掾，由于"才名冠世，为众所疾，遂栖迟十年"，很长一段时间郁郁不得志。后历任河阳令、长安令、著作郎、散骑侍郎、给事黄门侍郎等职。史载潘岳"妙有姿容"（《世说新语·容止》），为人"性轻躁，趋世利"（《晋书·潘岳传》），曾与石崇等人谄事权贵贾谧，每候贾谧车出便望尘而拜。晋惠帝时赵王伦辅政，岳被赵王伦的亲信孙秀害死。

潘岳的诗歌今存十余首，大致可分为三类：第一类为述志抒怀的诗歌，如《河阳县作诗二首》《在怀县作诗二首》，这类作品写自己政治上的志向、追求和欲望，以及志向不能实现或欲望不得满足的痛苦与愤怒，当然也是他在诗艺上的精心结撰之作，很能体现潘诗"辞藻绝艳"的艺术特征。第二类是交游、赠答酬唱诗，如《金谷集作诗》《金谷会诗》《于贾谧坐讲〈汉书〉诗》《鲁公诗》等，此类诗除极少数诗作外，从诗情到诗艺都不足称，有些篇章甚至是逢迎拍马之作，流露了诗人庸俗的市侩气。第三类是他表现夫妻恩爱的诗歌，这一类诗最为人传颂，尤其是他的《悼亡诗》三首，如：

荏苒冬春谢，寒暑忽流易。之子归穷泉，重壤永幽隔。私怀谁克从，淹留亦何益？僶俛恭朝命，回心反初役。望庐思其人，入室想所历。帷屏无仿佛，翰墨有余迹。流芳未及歇，遗挂犹在壁。怅恍如或存，周遑忡惊惕。如彼翰林鸟，双栖一朝只。如彼游川鱼，比目中路析。春风缘隙来，晨霤承檐滴。寝息何时忘，沉忧日盈积。庶几有时衰，庄缶犹可击。

——《悼亡诗》其一

皎皎窗中月，照我室南端。清商应秋至，溽暑随节阑。凛凛凉风升，始觉夏衾单。岂曰无重纩，谁与同岁寒？岁寒无与同，朗月何胧胧。展转眄枕席，长簟竟床空。床空委清尘，室虚来悲风。独无李氏灵，仿佛睹尔容。抚衿长叹息，不觉涕沾胸。沾胸安能已？悲怀从中起。寝兴目存形，遗音犹在耳。上惭东门吴，下愧蒙庄子。赋诗欲言志，此志难具纪。命也可奈何，长戚自令鄙。

——《悼亡诗》其二

这二首悼亡诗感情悲切而又真挚，"望庐思其人"几句细致地抒写了妻子死后物是人非引起的哀痛，"怅恍如或存"几句微妙地通过幻觉表现了自己对妻子的怀念，"岁寒无与同"数句更真切地表现了"悲君亦自悲"的感伤，"寝兴目存形，遗音犹在耳"道出了他对亡妻"不思量，自难忘"的深情。《悼亡诗》以清丽之语抒深挚之情，以曲折之笔写凄苦之境，千载之下读来仍令人凄然悲凉。

潘陆二人在当世就齐名并称，锺嵘在《诗品》中说"陆才如海，潘才如江"，二人下笔喜欢逞才敷藻，孙绰称潘岳诗文"烂若披锦"（《世说新语·文学篇》)，《晋书·陆机传》称陆机诗歌"辞藻宏丽"，所以前人论潘陆有"江海"之喻。如果说二人有什么差异的话，潘岳则稍显"浅净"，而陆机更要"深芜"。潘陆诗歌在南朝锺嵘《诗品》中列为上品，到唐以后地位就逐渐下降，清沈德潜甚至很不客气地说"潘陆诗如剪彩为花，绝少生韵"（《古诗源》卷七)，话虽说得有些尖刻，但并非全无道理，潘陆的诗歌辞藻艳丽者多，而生气贯注者少。

第二节 左思与刘琨

左思与刘琨同为西晋诗人，二人还同为贾谧"二十四友"成员，更重要的是他们的诗风都承续着建安风骨。

左思是诗、赋、文的多面手，各体之中他更看重其辞赋，在《咏史诗》中再三表白自己"作赋拟子虚"（之一)，"辞赋拟相如"（之四)，其《三都赋》的确曾使"洛阳纸贵"，但现在看来，辞赋只给他带来一时盛誉，而让他垂名千古的却是他个人不那么看重的诗歌，心高气傲的谢灵运就说："左太冲诗，潘安仁诗，古今难比。"（锺嵘《诗品》卷上）

左思家世儒学，父亲曾官殿中侍御史，但他出生的门第并不高贵，其妹左棻在其《离思赋》中还发出过"蓬门"之叹，直到左棻以才华选进宫时，他们全家才得以迁居京城洛阳。不过，诗人的出身并不能完全解释《咏史诗》中的寒士不平之鸣，如家世孤贫的张华，出生寒素的石苞，起自"寒微"的郑冲，都没有像他那样对时世如此愤慨激昂。除上面的社会学解释之外，这里我们试图从其生理和心理的角度，探求形成他性格特点和感受方式、审美趣味和文学成就、对生活意义和生命价值独特领悟的内在原因。

《晋书·左思传》说他"貌寝口讷，而辞藻壮丽"，《续文章志》也说他"思貌丑悴"。他从小就讷于口、丑于形却慧于心，"少学钟、胡书及鼓琴，并不成"，他父亲不无失望地"谓友人曰：'思所晓解，不及我少时'"（《晋书》本传）。父亲这个不负责任的评价对聪明敏感而又自尊好强的左思，其打击和侮辱之重是不难想象的。外貌丑陋的儿童其天才不容易被人承认，从小就遭到各方面的冷眼和轻视，成人善意与恶意的调笑，小伙伴们无知的侮辱与揶揄，使他很早就感受到生活的不公平，承受着比正常儿童更重的精神负担。左思的"口讷"可能是他"貌寝"的结果，是他在别人面前缺乏自信的表现，由此可见他从小就与自己生活环境的关系比较紧张。青少年成长的道路上没有摆满鲜花，他进入社会后也有不少障碍。魏晋十分看重一个人的姿容，左思外貌的丑陋有时甚至影响到他的人格尊严。《世说新语·容止》载："潘岳妙有姿容，好神情。少时挟弹出洛阳道，妇人遇者，莫不连手共萦之。左太冲绝丑，亦复效岳游遨，于是群妪齐共乱唾之，委顿而返。"洛阳的文人集团开始好像并不接纳他，陆机听说左思在创作《三都赋》，"抚掌而笑，与弟云书曰：'此间有伦父，欲作《三都赋》，须其成，当以覆酒瓮耳。'"（《晋书》本传）他以十年时间写成《三都赋》，就是由于他自身的生理局限激发他对优越感目标的追求，而他参与贾谧的"二十四友"集团，就是为了寻求社会对自己的承认。

一个人的优越感目标不会一成不变，它随着对人生与社会认识的加深而呈现为一个动态过程，八首《咏史诗》真实地表现了诗人由急切希望介入当时的上流社会到厌恶这个社会，由希望得到这个社会承认到不屑于世俗毁誉，并最终远离和鄙弃上流社会的心灵历程。

清沈德潜说首章是诗人"自言"（《古诗源》卷七），表现了他对自己才能高度的自信，"弱冠弄柔翰，卓荦观群书。著论准《过秦》，作赋拟《子虚》……虽非甲胄士，畴昔览穰苴。长啸激清风，志若无东吴"，同时也抒写了盼望施展雄才的用世心情，"铅刀贵一割，梦想逞良图"。第二首便对压抑人才的门阀制度大加挞伐：

> 郁郁涧底松，离离山上苗。以彼径寸茎，荫此百尺条。世胄蹑高位，英俊沉下僚。地势使之然，由来非一朝。金张借旧业，七叶珥汉貂。冯公岂不伟，白首不见招。

何焯《义门读书记》评此诗说："左太冲《咏史诗》，'郁郁'首，良图莫骋，职由困于资地。托前代以自鸣所不平也。"涧底茂密高耸的"百尺"苍松，反而被山上矮小低垂的小苗所遮盖，才高的寒士被愚蠢的世族所压抑，"世冑蹑高位，英俊沉下僚"是对这一不合理社会现象沉痛的控诉。"著论准《过秦》""畴昔览穰苴"又有何用，还不照样沉沦下僚吗？第五首是《咏史诗》八首中笔力最为雄迈的一章：

> 皓天舒白日，灵景耀神州。列宅紫宫里，飞宇若云浮。
> 峨峨高门内，蔼蔼皆王侯。自非攀龙客，何为欻来游。被
> 褐出阊阖，高步追许由。振衣千仞冈，濯足万里流。

只有攀龙附凤的名利小人，才去奔走于峨峨高门之下，才去侍候于蔼蔼王侯之前。诗的前半部分写宫室的巍峨壮丽，豪门的显赫辉煌，但诗人对此不仅没有半点垂涎和艳羡，反而在极其夸张的描写中隐寓着极度的轻蔑；他不仅不想涉足"紫宫"挤进高门，反而扪心自问：我自己并非喜欢巴结权贵的小人，为什么要跑到这种是非之地来呢？最后两句语气既激烈，情感更激昂，表现了诗人对权势、荣华、富贵不屑一顾的态度。沈德潜在《古诗源》中称这首诗"俯视千古"，就"振衣千仞冈，濯足万里流"的气概而论，沈氏的评价一点也不过分。诗人再也不会由于上流社会不承认自己而羞愧痛苦了，他已全不在乎那些志满意得而实则颠顸无知的豪右们的毁誉。《咏史诗》之六说："高眄邈四海，豪右何足陈！贵者虽自贵，视之若埃尘；贱者虽自贱，重之若千钧！"既然贵与贱两种价值标准，在豪右与寒士之间是完全颠倒的，那么，自身的价值为何非得要这

些权贵们来认可呢？

咏史诗自班固至陆机代有继作，诗人们大多是围绕客观史实来生发感叹，这一类咏史诗都以"史"为主体，如东汉班固的《咏史》写缇萦救父的故事，基本上是以韵文的形式叙写一段史实，钟嵘批评此诗"质木无文"（《诗品·序》）。左思的《咏史诗》则是借史抒怀，诗的主线不是客观史实而是个人主观情感，"不必专咏一人，专咏一事，己有怀抱，借古人事以抒写之，斯为千秋绝唱"（沈德潜《说诗晬语》卷下）。他的咏史诗可说是此类诗歌发展的里程碑，对后世产生了深远的影响。

钟嵘在《诗品》卷上论左思说："文典以怨，颇为精切，得讽谕之致。虽野于陆机，而深于潘岳。"这一段话明显是指其《咏史诗》而言的，诗中大量征用前朝典故，所以说它"典"；诗人借历史以发牢骚，所以说它"怨"；能精当贴切地借古以讽今，所以说它"精切"。"野于陆机"之"野"的本意是"粗野"，古人认为过于朴质就"野"，如《论语·雍也》称"质胜文则野，文胜质则史"。钟嵘这一评价流露了南朝人看重词采的审美趣尚，很难获得后人的首肯，明清人对此多有辩驳。

左思情感既慷慨豪迈，笔力又强劲有力，《咏史诗》题材虽为咏史，但写来兴会淋漓一气挥洒，充分显示了他的雄才、盛气、壮怀、大志。《咏史诗》的杰出成就，使左思高视阔步于太康诗坛，清成书在《古诗存》中说："太康诗，二陆才不胜情，二潘才情俱减，情深而才大者，左太冲一人而已。"

刘琨（271—318），字越石，中山魏昌（今河北无极）人，汉中山靖王刘胜后裔，祖父刘迈在曹魏后期为相国参军、散骑常侍，父刘蕃为晋光禄大夫。琨少时即得"俊朗"之目，后与范阳祖逖俱以雄豪著名，二人素有大志，并情好绸缪，尝中夜闻鸡起舞，希望在乱世中为国立功。身为贵介公子，刘琨也难免染上那个时代浮华放浪的习气，他青年时曾在洛阳与弟刘舆一起参与贾谧的"二十四友"集团，"八王"之乱时又参与诸王的混战。只是到永嘉元年出为并州刺史后，他身历"国破家亡，亲友凋残"的剧痛，"然后知聃周之为虚诞，嗣宗之为妄作"（《答卢谌书》），明白自己对社会和国家的责任，这才由承平时的浮华公子变成了乱世的救国志士。十几年来转战于河北并、幽、蓟等地，在极端艰难困苦的情况下力图恢复，与各路军阀和武装集团苦战，直至最后以身殉国。

虽然他年轻时"文咏颇为当时所许"（《晋书》本传），但他前期的诗作全都佚失，现存《扶风歌》《答卢谌诗》《重赠卢谌诗》三诗均为后期作品。其清刚挺拔之气，悲壮苍凉之情，远迢建安而雄盖当世，元好问《论诗绝句》中以刘琨匹建安诸子："曹刘坐啸虎生风，四海无人角两雄。可惜并州刘越石，不教横槊建安中。"《扶风歌》是他的代表作：

朝发广莫门，暮宿丹水山。左手弯繁弱，右手挥龙渊。顾瞻望宫阙，俯仰御飞轩。据鞍长叹息，泪下如流泉。系马长松下，发鞍高岳头。烈烈悲风起，泠泠涧水流。挥手长相谢，哽咽不能言。浮云为我结，飞鸟为我旋。去家日以远，安知存与亡！慷慨穷林中，抱膝独摧藏。麋鹿游我前，猿猴戏我侧。资粮既乏尽，薇蕨安可食。揽辔命徒侣，吟啸绝岩中。君子道微矣，夫子固有穷。惟昔李骞期，寄在匈奴庭。忠信反获罪，汉武不见明。我欲竟此曲，此曲悲且长。弃置勿重陈，重陈令心伤。

此诗为诗人出任并州刺史途中所作，时并州已成为匈奴、羯等少数民族乱军角逐的战场，《晋书·刘琨传》载："并土饥荒，百姓随腾南下，余户不满二万，寇贼纵横，道路断塞……府寺焚毁，僵尸蔽地，其有存者，饥羸无复人色。荆棘成林，豺狼满道。"在晋室朝廷不振、国势衰微之际，他怀着匡扶晋室的壮烈情怀，甘愿冒险犯难身赴并州，此诗真实地表现了赴并途中的艰辛之状和自己满腔的忠愤之情，悲凉酸楚，慷慨沉郁，难怪钟嵘说刘越石"善为凄戾之词，自有清拔之气"了（《诗品》卷中）。

第三节　游仙诗与玄言诗

刘勰称西晋诗坛"人才实盛"（《文心雕龙·时序》），但到了后期由于诸王及诸胡之乱，太康诗坛上的精英大部分都在乱中丧命，如张华、潘岳、陆机、陆云、石崇、欧阳建、刘琨等无一幸免，挚虞等人甚至活活饿死乱中。西晋后期人才凋零，诗坛沉寂。晋室南渡之际，刘琨留守在北方并州浴血苦战，郭璞则携家避地江南。刘琨壮烈殉国以后，只有郭璞在勉强支撑诗坛的残局。

郭璞（276—324），字景纯，河东闻喜（今山西省闻喜县）人。璞博学多才，通经术，善辞赋，喜好古文奇字，妙于阴阳算历卜筮，因此有许多关于他卜筮神妙的离奇传说。永嘉末中原板荡，他来江南后深得王导器重，被引为参军；元帝时为著作郎、迁尚书郎；明帝初王敦起为记室参军，后因劝阻敦谋反为敦所害，及王敦平追赠弘农太守。有辑本《郭弘农集》。曾遍注《尔雅》《方言》《山海经》《穆天子传》《楚辞》《水经》等书，过江之初的大赋《江赋》雄奇壮丽，与木华《海赋》同为文学史上写江海的名篇。当然，郭璞最为人传诵的是《游仙诗》。

游仙诗并非始于郭璞，在《楚辞》中就多有游仙的内容，如屈原的《远游》《招魂》。汉魏诗歌中更有许多游仙之作，连俯视八极的曹操也有《秋胡行》。屈原“游仙”是由于他保留了楚地原始宗教的某些特征，保留了神话的想象与传说，也是由于时代的污浊和黑暗使他希望“轻举而远游”。汉魏的游仙诗多抒写对生命的依恋，对长生的企盼。郭璞的《游仙诗》则既不同于屈原，也有别于汉魏游仙之作。钟嵘《诗品·晋弘农太守郭璞》说：“《游仙》之作，词多慷慨，乖远玄宗。其云‘奈何虎豹姿’，又云‘戢翼栖榛梗’，乃是坎壈咏怀，非列仙之趣也。”《游仙诗》现存完篇十首，另有九首残篇。这些诗篇中虽有部分是抒写“列仙之趣”，描写自己登天神游的“经历”和九天阊阖的神奇境界，表现自己超凡入仙、长生不老的愿望，而其根本原因还是因为现实"令人哀"才幻想"飘飘戏九垓"，如第九首：

采药游名山，将以救年颓。呼吸玉滋液，妙气盈胸怀。登仙抚龙驷，迅驾乘奔雷。鳞裳逐电曜，云盖随风回。手顿羲和辔，足蹈阊阖开。东海犹蹄涔，昆仑若蚁堆。遐邈冥茫中，俯视令人哀！

他的大多数游仙之作不过是"假栖遁之言，而激烈悲愤，自在言外"（刘熙载《艺概·诗概》），表现了诗人的匡国之志和忧世之情，也流露了志不获骋的苦闷和高蹈出世的向往。何焯在《义门读书记》中对此曾有精当的评论："盖自伤坎壈，不成匡济，寓旨怀生，用以写郁。"我们来看其中两首代表作：

京华游侠窟，山林隐遁栖。朱门何足荣，未若托蓬莱。临源挹清波，陵冈掇丹荑。灵溪可潜盘，安事登云梯。漆园有傲吏，莱氏有逸妻。进则保龙见，退为触藩羝。高蹈风尘外，长揖谢夷齐。

——《游仙诗》其一

逸翮思拂霄，迅足羡远游。清源无增澜，安得运吞舟？珪璋虽特达，明月难暗投。潜颖怨青阳，陵苕哀素秋。悲

来恻丹心，零泪缘缨流。

—— 《游仙诗》其五

"高蹈风尘外，长揖谢夷齐"的出尘之想，是由于"逸翮思拂霄，迅足羡远游"的用世之志不能实现，"漆园有傲吏，莱氏有逸妻"的隐逸之思，正来于"悲来恻丹心，零泪缘缨流"的痛苦绝望。隐逸也好，游仙也罢，都是诗人"不成匡济"而"自伤坎壈"的表现。

刘勰在《文心雕龙·明诗》中高度评价了郭璞《游仙诗》的艺术成就和历史地位："江左篇制，溺乎玄风，嗤笑徇务之志，崇盛忘机之谈，袁、孙已下，虽各有雕采，而辞趣一揆，莫与争雄，所以景纯仙篇，挺拔而为俊矣。"《游仙诗》能在诗语、诗情和诗境上独拔时流，跳出玄言诗的窠臼，所以它在同时代的诗歌中显得挺拔出群。同时《游仙诗》也突破了历史上游仙诗的某些传统，它并非单纯写飘飘游仙的乐趣，而主要是通过这一题材表现自己对时代、社会、人生的体验，抒写自己的人生苦闷与社会理想。《晋书·郭璞传》称璞"词赋为中兴之冠"，锺嵘也认为郭璞"始变永嘉平淡之体，故称中兴第一"（《诗品》卷中），永嘉南渡以后郭璞为东晋第一位重要诗人，他不仅是西晋和东晋之间一位过渡性的诗人，也是这时期一位成就最高的诗人，"中兴之冠"的盛誉当之无愧。

稍晚于郭璞的庾阐也写了一些游仙诗，现存这类作品十首，其中五言诗四首，六言诗六首。如六言诗：

赤松游霞乘烟，封子炼骨凌仙。晨漱水玉心玄，故能灵化自然。

——《游仙诗》其六

乘彼六气渺茫，辎驾赤水昆阳。遥望至人玄堂，心与罔象俱忘。

——《游仙诗》其七

庾阐的游仙诗在"辞趣"上不同于郭璞，他没有郭璞游仙之作中那种"零泪缘缨流"的悲伤，也没有他那种"不成匡济"的忧虑，庾阐不过是借游仙来"寄言上德，托意玄珠"，抒写"灵化"于"自然"的逍遥之境。庾阐游仙诗的语言虽不像郭璞那样"文藻粲丽"，但他也十分注重琢字炼句，如第四首"白龙腾子明，朱鳞运琴高。轻举观沧海，眇邈去瀛洲"，色彩鲜明而又对偶工整。

真正笼罩东晋诗坛的是玄言诗，南朝人对此多有论述，沈约在《宋书·谢灵运传论》中说："有晋中兴，玄风独振。为学穷于柱下，博物止乎七篇。驰骋文辞，义单乎此。自建武暨乎义熙，历载将百，虽缀响联辞，波属云委，莫不寄言上德，托意玄珠，遒丽之辞，无闻焉尔。"钟嵘对这一时期诗歌的批评更为尖锐："永嘉时贵黄老，稍尚虚谈，于时篇什，理过其辞，淡乎寡味。爰及江表，微波尚传。孙绰、许询、桓、庾诸公诗，皆平典似《道德论》，建安风力尽矣！"

江左"玄风独振"自然与江左士人的心态息息相关，渡江之初晋元帝也有"寄人国土"的惭愧(《世说新语·言语》),过江士族更黯然神伤,《世说新语·言语》载:"卫洗马初欲渡江,形神惨悴,语左右云:'见此茫茫,不觉百端交集。苟未免有情,亦复谁能遣此!'"东晋前期政坛的中流砥柱王导,开始口头上还鼓励大家"共戮力王室,克复神州"(同上),但实际上并不见他有任何光复失地的举措。"离黍之悲"随着时间的推移逐渐淡化,到了第二代士大夫就基本上"还把他乡认故乡"了,如王羲之因会稽山水风物绝佳而"有终焉之志","会稽有佳山水,名士多居之,谢安未仕时亦居焉。孙绰、李充、许询、支遁等皆以文义冠世,并筑室东土,与羲之同好"。(《晋书·王羲之传》)玄学清虚恬淡的旨趣恰好迎合了士大夫偏安苟且的心态与闲适风雅的情调,一时名士都对玄学清谈乐此不疲。

东晋玄言诗的兴盛当然主要是"玄风独振"的结果,但江左的玄风不同于正始的玄学,进行深刻哲学运思的理论兴趣逐渐淡化,玄学此时已成为一种思辨的游戏,士大夫之所以热衷于谈玄,是因为他们能在清谈中表现自己的机智和辞锋,能在谈玄中展示自己的气质和风度。《世说新语·文学》载:"支道林、许、谢盛德,共集王家。谢顾谓诸人:'今日可谓彦会,时既不可留,此集固亦难常。当共言咏,以写其怀。'许便问主人有《庄子》不……支道林先通,作七百许语,叙致精丽,才藻奇拔,众咸称善。于是四坐各言怀毕。谢问曰:'卿等尽不?'皆曰:'今日之言,少不自竭。'谢后粗难,因自叙其意,作万余语,才峰秀逸。既自难干,加意气拟托,萧然自得,四坐莫不厌心。"无论是谈者还是听者,倒不在乎到底谈了些什么,而更注重对方是怎么谈的。"支道林、许掾诸人共在会稽王斋头。支为法师，许为都讲。支通一义，四坐莫不厌心。许送一难，众人莫不抃舞。但共嗟咏二家之美，不辩其理之所在。"(《文学》)"理之所在"人们并不怎么关心，清谈时"精丽"的"才藻"和"自得"的气韵才能博得大家"嗟咏"。这样谈玄中的"思"就转向了"诗"，江左那些清谈高手同时也是玄言诗人，如当时著名的清谈家许询、孙绰"并为一时文宗"(《文学》引《续晋阳秋》)，"简文称许掾云：'玄度五言诗，可谓妙绝时人。'"(《文学》)

东晋中期玄释合流，名僧与名士过从甚密，如支遁援释入玄对《逍遥游》别出新解，在向秀、郭象之外标新立异，赢得不少士人的赞许和尊敬。《世说新语·文学》载："王逸少作会稽，初至，支道林在焉。孙兴公谓王曰：'支道林拔新领异，胸怀所及，乃自佳，卿欲见不？'王本自有一往俊气，殊自轻之。后孙与支共载往王许，王都领域，不与交言。须臾支退，后正值王当行，车已在门。支语王曰：'君未可去，贫道与君小语。'因论《庄子·逍遥游》，支作数千言，才藻新奇，花烂映发。王遂披襟解带，留连不能已。"有的名士认真研读佛经，佛理也常是清谈的话题，孙绰还著有《道贤论》《喻道论》等佛学论著。不过其时玄言诗中所表现的仍然是玄理，还看不出佛学影响的痕迹，即便支遁的玄言诗也是以韵文谈"玄"而不是以诗说"空"。

玄言诗的代表人物是孙绰和许询，钟嵘在《诗品》卷下说："爰洎江表，玄风尚备，真长、仲祖、桓、庾诸公犹相袭。世称孙、许，弥善恬淡之词。"《世说新语·文学》注引《续晋阳秋》载："询、绰并为一时文宗,自此作者悉体之。至义熙中,谢混始改。"

孙绰(314—371),字兴公,太原中都(今山西省平遥县)人,寓居会稽(今浙江省绍兴市)。其父孙楚为西晋诗人,以名句"晨风飘歧路,零雨被秋草"(《征西官属送于陟阳候作诗》)见称诗家,锺嵘《诗品》将其列入中品。绰少时游放会稽山水十余年,后历任参军、太学博士、尚书郎、永嘉太守、散骑常侍等职。孙绰自称"少慕老庄之道"(《遂初赋·序》),但在一定程度上也受到佛教的影响,在其名文《喻道论》中就有兼综释道的倾向。在文学创作方面孙绰是位多面手,碑文尤为时人所推许,其时名公重臣死后的碑文皆出其手,史称"于时文士,绰为其冠"(《晋书·孙绰传》)。尽管他对自己的文赋十分得意,扬言《天台赋》掷地可"作金石声",但他的玄言诗最为有名。他各种题材的诗歌都渗透了玄理,所谓"寄言上德,托意玄珠"。即使悼念母亲的《表哀诗》也以这样的句子开头:"茫茫太极,赋授理殊。"与友人酬唱的《赠温峤诗》一起笔就说:"大朴无像,钻之者鲜。玄风虽存,微言靡演。"《答许询诗》九章就更是毫无形象的韵文了:

仰观大造,俯览时物。机过患生,吉凶相拂。智以利昏,识由情屈。野有寒枯,朝有炎郁。失则震惊,得必充诎。

——《答许询诗》其一

当然他并不是首首诗都像这样艰涩枯燥。《秋日诗》虽然仍受玄学的影响，但它所表现的却是清虚冲淡的情怀，而且这种冲淡的情怀与萧瑟的秋景融为一体：

> 萧瑟仲秋月，飂戾风云高。山居感时变，远客兴长谣。疏林积凉风，虚岫结凝霄。湛露洒庭林，密叶辞荣条。抚菌悲先落，攀松美后凋。垂纶在林野，交情远市朝。澹然古怀心，濠上岂伊遥。

玄言诗的另一位代表诗人许询（生卒年不详）字玄度，高阳新城（今河北省新城县）人。《续晋阳秋》称"询有才藻"，交游都是当世名流如谢安、王羲之、支遁辈，与孙绰并称"孙许"。简文帝说他的五言诗"妙绝时人"，遗憾的是他的诗歌全部亡佚，现仅存的三首残篇难窥全豹，如《农里诗》断句"亹亹玄思得，濯濯情累除"，抒写的是老庄超然洒脱的韵致，全然见不到"农里"的风物风情；断句"青松凝素髓，秋菊落芳英"，从其语言的整饬和音调的和谐来看，许询有较强的文字表现能力。《晋书·孙绰传》说"绰与询一时名流，或爱询高迈，则鄙于绰；或爱绰才藻，而无取于许"。看来许询为人可能比孙绰超然高旷，孙绰可能比许询更有文学才华。对此孙绰也有同感，当"沙门支遁试问绰'君何如许'"时，孙绰的回答是："高情远致，弟子早已伏膺；然一咏一吟，许将北面矣。"（同上）。

写玄言诗的当然不只孙绰和许询，东晋中期的诗歌要么为玄言诗，要么受到玄言的深刻影响，如晋穆帝永和九年（353）诗人们在会稽的兰亭唱和，这次唱和诗歌后结集为《兰亭集》，王羲之还为此写了著名的《兰亭集序》。诗集不管是写山水之乐，还是写诗酒风流，表现手法或许有高低之分，但渗透玄理却别无二致。如庾友的《兰亭诗》："驰心域表，寥寥远迈。理感则一，冥然玄会。"王凝之的《兰亭诗》："庄浪濠津，巢步颖湄。冥心真寄，千载同归。"谢安的《兰亭诗》也说："相与欣佳节，率尔同褰裳。薄云罗阳景，微风翼轻航。醇醪陶丹府，兀若游羲唐。万殊混一理，安复觉彭殇。"

王羲之存有《兰亭诗》二首，一为四言，一为五言，其中五言诗凡五章，而以第二章在艺术上最为出色：

三春启群品，寄畅在所因。仰望碧天际，俯磐绿水滨。寥朗无厓观，寓目理自陈。大矣造化功，万殊莫不均。群赖虽参差，适我无非新。

诗人通过对春光春色的喜爱，表达了自己开朗乐观的人生态度，从"仰观碧天际，俯磐绿水滨"两句，不难想象诗人当时"游目骋怀"的萧散风神，从"群赖虽参差，适我无非新"两句，更展示了诗人对自然与人生的全新体验。但从"寓目理自陈"和"大矣造化功"看，全诗仍然有玄言意味，诗人还是在山水中体认玄理。

锺嵘说这一时期的诗歌"平典似《道德论》"，刘勰对此时诗歌的评价也基本是否定性的，以谈玄入诗难免堕入理障，许多诗歌的确"淡乎寡味"。不过，我们从《兰亭集》中的诗歌也可以看到，玄言诗与山水有很密切的关系。《世说新语·容止》篇注引孙绰《庾亮碑文》说："公雅好所托，常在尘垢之外。虽柔心应世，蠖屈其迹，而方寸湛然，固以玄对山水。"东晋后期便由目击山水而体悟玄思，进而因山水获得审美陶醉。义熙年间玄风渐替，谢混开始在诗坛起衰救弊，上摧孙、许而下开颜、谢，成为山水诗的开路人。如他的《游西池》：

> 悟彼蟋蟀唱，信此劳者歌。有来岂不疾，良游常蹉跎。逍遥越城肆，愿言屡经过。回阡被陵阙，高台眺飞霞。惠风荡繁囿，白云屯曾阿。景昃鸣禽集，水木湛清华。褰裳顺兰沚，徙倚引芳柯。美人愆岁月，迟暮独如何。无为牵所思，南荣戒其多。

此诗虽还有玄言诗的余韵，但主要是在写景抒怀而非体认玄理，所以《文选》收入"游览"诗类。诗的结构、韵味、语言已透出其侄辈灵运的气息，如"景昃鸣禽集，水木湛清华"就大类灵运的诗句。

第三章

陶渊明的生命境界与诗歌成就

　　陶渊明这样伟大的诗人竟然出现于江左寂寥的诗坛，就像雄伟的庐山突兀耸立于鄱阳湖平原一样，不能不使人惊异和赞叹。恰如诗人生前逃离当时混浊腐败的官场，他也基本断绝了和当时诗坛的联系。刘勰和沈约论述晋宋诗歌的发展嬗变，数过来数过去都数不上陶渊明。他在南朝人眼中还只是一位有"高趣"的山人，而不是一位有高才的诗人（沈约《宋书·陶渊明传》）。唐宋以后，陶渊明才逐渐确立了作为大诗人的地位，他不仅被说成是"晋宋之间一人而已"（范正敏《遁斋闲览》），而且被视为历代"诗人之冠冕"（李公焕《笺注陶渊明集》卷六），苏轼甚至认为他在诗史上的地位"李杜诸人皆莫及"（《与子由书》），一直到近代王国维仍然说："屈子之后，文学上之雄者，渊明其尤也。"（《文学小言》）

　　陶渊明在文学史上有如此崇高的地位，不仅是由于他创造了质而实绮、枯而实腴的诗风，不仅是由于他创造了和谐静穆的诗境，也不仅是由于他开拓了诗歌的题材，还在于他那超脱的人生韵味，那洒落的生命境界，在于他为后人确立了一种新的理想人格。

第一节　陶渊明的人生道路与人生境界

陶渊明（365？—427），字元亮，或云名潜字渊明，号"五柳先生"，浔阳柴桑（今江西省九江市附近）人。曾祖陶侃在东晋初年声威显赫，为一代名将，死后追赠大司马，祖父陶茂曾任武昌太守，其父大概未曾出任显职，而且在诗人年幼时就去世了，母为东晋名士孟嘉之女。

诗人在自己的家乡度过了他的少年时代，二十九岁起为江州祭酒，因不堪吏职少日便归，后因家贫先后出任镇军将军参军、建威将军参军等职。义熙元年（405）为彭泽县令，在官八十余日便自免去职。归隐田园后朝廷曾征召他任著作郎，但他拒绝了朝廷的征聘，以"种豆南山"负耒躬耕终老。死后朋友私谥"靖节征士"，故世号"靖节先生"。

人们总是赞美他不为五斗米折腰的刚烈气节，总是激赏他那洒落悠然的人生境界，然而常常忽视了他必须面对的许多有关社会与个人的难题：诸如穷与达的烦恼，贫与富的交战，生与死的焦虑等。如果只看到陶渊明的高逸酒脱，而不了解他"忧勤自任"（沈德潜《说诗晬语》），我们就不能深刻地理解陶渊明的人生境界，我们就不明白陶渊明是如何从忧勤走向洒落，也不可能了解他人生境界的主要特征及其文化底蕴。

"少年罕人事，游好在六经"的经历，早年儒家思想的熏陶，使青少年的陶渊明及早获得了入世情怀（《饮酒》之十六），他曾有过"大济于苍生"的壮志（《感士不遇赋》），有过"猛志逸四海"的豪情（《杂诗》之五），也有过"慷慨忆绸缪"的雄心（《杂诗》之十）。《命子》据考证作于三十岁左右，而立之年的诗人在追述先辈的勋业时抑制不住自己的景仰与钦羡，为陶氏在历史上"历世重光"而骄傲，并为自己年届而立却一无建树而羞愧，发出了"嗟余寡陋，瞻望弗及"的叹息。称述祖业既以勉儿亦以自勉，希望自己能继踵前贤，但愿儿子能光宗耀祖，使先辈有勋绩称于前，儿孙有伟业著于后。他为了自己的事业有成而东西游走，《拟古九首》之八说：

> 少时壮且厉，抚剑独行游。谁言行游近？张掖至幽州。饥食首阳薇，渴饮易水流。不见相知人，唯见古时丘。路边两高坟，伯牙与庄周。此士难再得，吾行欲何求？

诗人在此诗中抒写自己少时独闯天下的豪侠肝胆，斗强扶衰的侠义情怀，以及世无知音的孤独苦闷。诗中的经历并非诗人青少年生活的实录，身处晋末宋初的陶渊明不可能"行游"到张掖和幽州，"张掖至幽州"和"渴饮易水流"云云，只是明其"壮且厉"的刚强豪迈罢了。在《读山海经》之九、十两诗，诗人同样以高音亮节称颂不畏强暴的胆略、顽强不屈的斗志和刚毅勇敢的精神：

> 夸父诞宏志，乃与日竞走。俱至虞渊下，似若无胜负。
>
> 神力既殊妙，倾河焉足有？余迹寄邓林，功竟在身后。

> 精卫衔微木，将以填沧海。刑天舞干戚，猛志固常在。
>
> 同物既无虑，化去不复悔。徒设在昔心，良辰讵可待！

这两首诗表达了对这些悲剧英雄壮志难酬的叹惋，更抒写了对他们奇行异志的赞美，诗中的果敢之气盖过了感伤之情。从"猛志固常在""功竟在身后"这些铿锵作响的诗句中，我们不难看出诗人对功名的向往。他在《拟古》之二中也说："生有高世名，既没传无穷。不学狂驰子，直在百年中。"陶渊明已届不惑之年仍然以功德自期，以忧勤自任，他在《荣木》一诗前的小序中说："荣木，念将老也。日月推迁，已复九夏；总角闻道，白首无成。"他不断打起精神勉励自己："先师遗训，余岂云坠！四十无闻，斯不足畏。脂我名车，策我名骥。千里虽遥，孰敢不至。"这完全是儒家"天行健，君子以自强不息"的回响。

为了不使自己"白首无成"，陶渊明多次"宛辔"出仕，从二十九岁释褐"起为州祭酒"到四十一岁辞去彭泽县令，其间时仕时隐共拖了十二年。史家和诗人自己总是把出仕的原因归结为"家贫"。陶渊明早年生活的贫苦当然是事实，但这并不是他出仕的唯一的甚至也不是主要的原因。他辞去彭泽县令后生活同样常常陷入困境，有时还穷到"行行至斯里"（《乞食》）去沿门讨乞的程度，可他并没有因为"长饥"去"学仕"，义熙末反而拒绝朝廷"著作郎"的征召。就其家庭背景和早年"游好六经"的教育来看，他青年时期"慷慨忆绸缪"的志向是他几次出仕的主要动因。

陶渊明的气质个性又不宜于出仕，他称自己"少无适俗韵，性本爱丘山"（《归园田居》之一），"闲居三十载，遂与尘事冥。诗书敦宿好，林园无世情"（《辛丑岁七月赴假还江陵夜行涂口》）。《始作镇军参军经曲阿作》一诗也说："弱龄寄事外，委怀在琴书。被褐欣自得，屡空常晏如。"所以他每次踏上仕途就像鸟儿被关进笼子一般如拘如囚，"目倦川途异，心念山泽居。望云惭高鸟，临水愧游鱼"（同上），"伊余何为者，勉励从兹役。一形似有制，素襟不可易。园田日梦想，安得久离析"（《乙巳岁三月为建威参军使都经钱溪》）。难怪清人张荫嘉认为陶出仕像是"违心之举"，因而始出便"有悔出之意"（《古诗赏析》）。出仕又厌仕，始出便思归，成了陶渊明每次出仕的特点。苏轼将此说成是陶为人之"真"的一种表现："陶渊明欲仕则仕，不以求之为嫌；欲隐则隐，不以去之为高。"（《书李简夫诗集后》）这一行为表明他为人之真固然不错，但并没有说清诗人一边出仕又一边厌仕的原因。他从"向立年"到不惑年这一人生阶段，忽而出仕忽而归隐，说明他仕有仕的苦恼，隐有隐的不安，寄情田园他难免"白首无成"的惶恐，走上仕途又与他"闲静少言"的气质相违。最后诗人才深深意识到汲汲于功名是自己误入"迷途"，走上仕途使自己"心为形役"，《归去来兮辞》大彻大悟地说："归去来兮，田园将芜胡不归？既自以心为形役，奚惆怅而独悲！悟已往之不谏，知来者之可追；实迷途其未远，觉今是而昨非。"

关于陶渊明辞去彭泽县令的原因，沈约在《宋书·隐逸传》中曾有过明确的交代："郡遣督邮至县，吏白应束带见之。潜叹曰：'我不能为五斗米折腰向乡里小人！'即日解印绶去职，赋《归去来》。"后来萧统的《陶渊明传》《南史·隐逸传》都众口一词沿袭沈说，"不为五斗米折腰"在历史上一直被传为美谈，并成为人们赞颂和仿效典范，而且成了气节和操守的代名词。尽管怀疑它的历史真实性有些大煞风景，但它不仅于情于理不合，更与陶渊明自己的陈述不同，所以历史上不断有人对此提出质疑："（陶元亮）岂未仕之先，茫不知有束带谒见之事，孟浪受官，直待郡遣督邮，方较论禄之微薄，礼之卑屈邪？"（林云铭评注《古文析义初编》卷四）《归去来兮辞序》中他对自己辞官的原因有详细的说明，我们来听听诗人自己是怎么说的：

> 余家贫，耕植不足以自给。幼稚盈室，瓶无储粟，生生所资，未见其术。亲故多劝余为长吏，脱然有怀，求之靡途。会有四方之事，诸侯以惠爱为德，家叔以余贫苦，遂见用于小邑。于时风波未静，心惮远役，彭泽去家百里，公田之利，足以为酒，故便求之。及少日，眷然有归欤之情。何则？质性自然，非矫厉所得，饥冻虽切，违己交病。

尝从人事，皆口腹自役。于是怅然慷慨，深愧平生之志。
犹望一稔，当敛裳宵逝。寻程氏妹丧于武昌，情在骏奔，
自免去职。仲秋至冬，在官八十余日。因事顺心，命篇曰
《归去来兮》。

由于求官是"幼稚盈室"而"瓶无储粟"的生活所迫，不仅不是
实现自己抱负的内在要求，反而有违自己"质性自然"的天性，因
而他奔走仕途完全是为"口腹自役"，心灵的折磨比饥冻之苦更切，
沉浮宦海以曲"从人事"，既扭曲了自己内在的本性，也远离了自己
喜好的"园林"。是委运自然还是曲从人事，是保持自己的自然"质
性"还是"矫厉"自己的本性，二者之间存在着不可调和的矛盾，而
陶渊明最终选择了前者，这是他"解印绶弃官去"的深层原因，这
一选择也是他生命的决断。

委任自然，任真自适，是陶渊明的人生态度，也是他的存在方
式。在对待穷与达这一问题上他不愿意扭曲自己的天性，在对待贫
与富的问题上也同样如此。他和一般人一样常有"贫富常交战"（《咏
贫士》之五）的苦恼。仕途上的"穷"必然带来生活上的"贫"，"拂
衣归田里"后等着他的是"弊襟不掩肘，藜羹常乏斟"（《咏贫士》之
三）的煎熬。陶渊明虽然"望非世族"（《晋书·陶侃传》），但他作为
本朝元勋之后仍有比较深的社会关系，能几次出入桓玄、刘裕这些
左右政局的要人幕府就是证明。历史为他这种地位不上不下的士人
提供了可上可下的选择余地，他可以弃官守拙而贫，也可以出仕苟

得而富。正是这种可富可贫的主动性，才造成他精神上是富还是贫的矛盾冲突。诗人之所以最后弃官彭泽，处膏辞润而选择"委穷达"，是因为他不愿意扭曲自己的本性去投机拍马。他在《感士不遇赋》中说："宁固穷以济意，不委曲而累己；既轩冕之非荣，岂缊袍之为耻。诚谬会以取拙，且欣然而归止；拥孤襟以毕岁，谢良价于朝市。"不以轩冕为荣，不以缊袍为耻，儒家"君子固穷"之节是他坐拥"孤襟"的精神支柱，"高操非所攀，谬得固穷节"（《癸卯岁十二月中作与从弟敬远》），"竟抱固穷节，饥寒饱所更"（《饮酒》之十六），他"宁固穷以济意"就是因为不愿意"委曲而累己"。不愿"矫厉"自己的"自然"质性而弃官，不愿"委曲累己"而饱受饥寒，其心理动因同样都是他那真率自然的生活态度。

委任自然也是陶渊明摆脱生死束缚的重要途径。《形影神》三诗前的小序说："贵贱贤愚，莫不营营以惜生，斯甚惑焉。故极陈形影之苦，言神辨自然以释之。好事君子，共取其心焉。"和魏晋许多士人一样，陶渊明有极强的生命意识，对个体生命的短促十分敏感，对光阴的倏忽易逝心怀恐惧："悲日月之遂往，悼吾年之不留"（《游斜川》序），"悲晨曦之易夕，感人生之长勤；同一尽于百年，何欢寡而愁殷"（《闲情赋》）。他解脱生死之道既不是幻想长生不老，不是纵酒忘忧，也不是立善求名。《形影神·神释》中"彭祖爱永年，欲留不得住"破求仙长生，他在《连雨独饮》也说长生不老是自欺欺人，"运生会归尽，终古谓之然。世间有松乔，于今定何间"。"日醉或能忘，将非促龄具"二句破纵酒忘忧，纵酒非但不能忘忧反而是在挥霍生命。"三皇大圣人，今复在何处"破立善求名，他在其他诗中多次说"去去百年外，身名同翳如"（《和刘柴桑》），"吁嗟身后名，于我若浮烟"（《怨诗楚调示庞主簿邓治中》）。他认为个人的生命无永恒可言，不管是躯体的长生还是美名的长存，任何个人不朽的冲动都是徒然，超脱生死的唯一方法就是将自己冥契于自然、同一于万物："甚念伤吾生，正宜委运去。纵浪大化中，不喜亦不惧。应尽便须尽，无复独多虑。"（《形影神·神释》）他在《拟挽歌辞》其三中更是坦然地说："死去何所道，托体同山阿。"

《饮酒》之五表现了陶渊明摆脱物欲、功名和生死束缚后的人生境界：

　　　结庐在人境，而无车马喧。问君何能尔？心远地自偏。采菊东篱下，悠然见南山。山气日夕佳，飞鸟相与还。此中有真意，欲辩已忘言。

由于精神上已超然于现实的纷纭扰攘之上，心体原本不累于欲、不滞于物，何劳避地于深山？何必幽栖于岩穴？结庐人境无妨其静，车马沸天不觉其喧，环境虽然随地而有喧寂之别，诗人的心境绝不因之而有静躁之分。苏轼在《题渊明饮酒诗后》说："因采菊而见山，境与意会，此句最有妙处。近岁俗本皆作'望南山'，则此一篇神气都索然矣。"为什么改"见"为"望"便使"一篇神气都索然"呢？诗人心如明镜朗鉴万物而不存有万物，见南山之前胸中并不曾有一南山。"望"属有意——好像诗人自性亏欠而求助于外，特地在寻求美景的刺激，"见"则无心——诗人的自得之趣存乎一心，丝毫不关乎见不见南山，其胸次的"悠然"不在于"见南山"之后而早已现于"见南山"之前，是"悠然见南山"而不是"见南山"才"悠然"。由于诗人既不累于物欲，又不累于功名，他超越了世俗，超越了自我，也超越了死与生，既随意而采东篱的秋菊，亦无心而见远处的南山。他的人生表现出一种无所利念的洒脱，无所欠缺的圆满，洒落悠然就是他生命境界的特征。

陶渊明这种生命境界所展露的到底是儒家的胸次还是道家的襟怀，学术界一直存在不同的意见，有的认为属于儒家的"洒落"，并举出他《时运》一诗中"延目中流，悠想清沂，童冠齐业，闲咏以归。我爱其静，寤寐交挥；但恨殊世，邈不可追"为证，说他深心体贴的是孔子"吾与点也"的气象；有的认为属于道家的"逍遥"，并说"此中有真意，欲辩已忘言"完全是道家的景观，《归园田居》中"久在樊笼里，复得返自然"，"真""自然""忘言"都是老庄的概念范畴。

其实，陶渊明的生命境界就其文化底蕴而言，可以说是儒道兼综，体现了晋宋之际名教与自然合一的时代特征。陶渊明的洒落悠然与庄子的逍遥自适在境界上相通而又不同：相通在于二者本质上都是对社会和自我的超越，不同在于庄反社会而又超社会，陶则在世而又超世。由于反社会、反伦理，庄子逍遥游的承担者只是那些吸风饮露的"神人"或"至人"，逍遥游也只能到"无何有之乡"或"四海之外"去寻觅（庄子《逍遥游》）；由于不离人伦日用之常，陶渊明的洒落在当下即是的"人境"或"东篱"就可实现。"结庐在人境"——好像是孔子"吾非斯人之徒与而谁与"的回响(《论语·微子》);"而无车马喧"——似乎又是庄子"彷徨乎尘垢之外"的同调(庄子《逍遥游》)。他在对人际的超越中又充满了对人际的关怀。清方宗诚在《陶诗真诠》中说:"陶公高于老、庄,在不废人事人理,不离人情,只是志趣高远,能超然于境遇形骸之上。"另外,由于受到庄子《逍遥游》精神的深刻影响,陶渊明的洒落比起清沂舞雩之乐的曾点更加脱略形迹,更加超脱旷远。当然,就其既超脱又平实的人生韵味来看,陶渊明更近于儒门的曾点。尽管他在《止酒》一诗中声称自己"逍遥自闲止",但在精神气质上他倒更能与曾点"嘤寐交挥"。因此,我们将他的人生态度和生命境界标以"洒落",而不目为"逍遥"。

第二节　陶渊明诗歌的题材类型

陶渊明诗歌从题材上大致可分为田园诗、咏怀诗、咏史诗、纪游诗和赠答诗五类,其中最有个性、影响最大的是田园诗。

所谓田园诗是指他描写田园风光、乡村风俗、乡居生活和田间耕作一类的诗歌。陶渊明"质性自然"的天性使他与官场格格不入,回归自然或重返田园成了他的一种形而上的冲动:"目倦川途异,心念山泽居"(《始作镇军参军经曲阿作》),"诗书敦宿好,林园无世情"(《辛丑岁七月赴假还江陵夜行涂口》),"园田日梦想,安得久离析"(《乙巳岁三月为建威参军使都经钱溪》)。在陶渊明的心目中,"园田"或"园林"是"人间"或官场的对立面:"静念园林好,人间良可辞。"(《庚子岁五月中从都还阻风于规林》)既已深知官场的"好爵"有碍于自己生命的真性,他便明确地将归隐田园等同于"守拙"和"养真":"商歌非吾事,依依在耦耕。投冠旋旧墟,不为好爵萦。养真衡茅下,庶以善自名。"(《辛丑岁七月赴假还江陵夜行涂口》)回归自然既是回到他"日梦想"的田园,也是重归自己"质性自然"的天性,因而回归自然是他人生外在性与内在性的同时完成。著名的《归园田居五首》生动地表现了诗人"返自然"的双重意蕴:

少无适俗韵,性本爱丘山。误落尘网中,一去三十年。羁鸟恋旧林,池鱼思故渊。开荒南野际,守拙归园田。方宅十余亩,草屋八九间。榆柳荫后檐,桃李罗堂前。暧暧远人村,依依墟里烟。狗吠深巷中,鸡鸣桑树颠。户庭无尘杂,虚室有余闲。久在樊笼里,复得返自然。

——其一

野外罕人事,穷巷寡轮鞅。白日掩荆扉,虚室绝尘想。时复墟曲中,披草共来往。相见无杂言,但道桑麻长。桑麻日已长,我土日已广。常恐霜霰至,零落同草莽。

——其二

种豆南山下，草盛豆苗稀。晨兴理荒秽，带月荷锄归。

道狭草木长，夕露沾我衣。衣沾不足惜，但使愿无违。

——其三

　　黄文焕在《陶诗析义》卷二中说："'返自然'三字，是归园田大本领，诸首之总纲。'绝尘想''无杂言'是'返自然'气象。'衣沾不足惜，但使愿无违'是'返自然'方法。"诗中的"尘网""樊笼""自然"具有双重内涵：从外在层面讲，"尘网""樊笼"是指束缚人的仕途或官场，它与诗中的"丘山""园田"的自然相对；内在层面的"尘网""樊笼"指人干禄的俗念和阿世的机心，它与诗人"少无适俗韵，性本爱丘山"的本性相对。"返自然"相应也包含两个层面：一是指回归到自己"日梦想"的田园，这就是他在其组诗第一首中如数家珍地罗列的"地几亩，屋几间，树几株，花几种，远村近烟何色，鸡鸣狗吠何处"（黄文焕《陶诗析义》卷二）；二是回归到自己生命的本真性，摆脱一切官场应酬、仕途倾轧、人事牵绊，"相见无杂言"则于人免去了俗套，"虚室绝尘想"则于己超脱了俗念，"守拙"则去机心而显真性。披星而出，"带月"而归，开荒田野，种豆南山，这才是深契自然的真洒脱。清方东树在《昭昧詹言》中说："（《归园田居》）五诗衣被后来，各大家无不受其孕育者，当与《三百篇》同为经，岂徒诗人云尔哉！"这五首诗在后世诗人心目中具有和《诗经》同样崇高的地位，可见它们对历代诗人们的影响之大了。不过，虽然"储、王极力拟之，然终似微隔，厚处、朴处不能到也"（《沈德潜〈古诗源〉卷八》）。储、王诸家其诗"微隔"的根源在于这些诗人仍有机心和"尘想"，仍未回到自己内在的"自然"——生命的真性，因而也就仍与外在的自然——田园——"微隔"一层。陶渊明说自己是为了"守拙归园田"，《感士不遇赋》也说"诚谬会以取拙"，"拙"的反面就是"机巧"，没有阿世媚俗的气质和机心就是"拙"。他在其他诗文中常常称自己"拙"，《咏贫士七首》之六中说："人事固以拙，聊得长相从。"《杂诗十二首》之八感叹说："人皆尽获宜，拙生失其方。"《与子俨等疏》中也称自己"性刚才拙，与物多忤"。既明知自己为人之"拙"，为何还要"守拙"和"取拙"呢？明黄文焕《陶诗析义》引沃仪仲的话说："有适俗之韵则拙不肯守，不肯守拙，便机巧百端，安得复返自然？"人生在世俗社会的攘夺追逐之中，或沦于物，或溺于私，或徇于名，或堕于利，随着自己的为人由"拙"变"巧"而逐渐失去了自家的本来面目，"守拙"就是守着自己生命的本心或真性不为世俗所染，只有自己守住了自己"质性自然"的真性才能"返自然"。

由于陶渊明将躬耕陇亩与守拙养真联系了起来，他在田园中寄托了自己的人格理想，这使他的田园诗有了更深的价值关怀，如《癸卯岁始春怀古田舍二首》：

> 在昔闻南亩，当年竟未践。屡空既有人，春兴岂自免？
> 夙晨装吾驾，启途情已缅。鸟哢欢新节，泠风送余善。寒
> 草被荒蹊，地为罕人远。是以植杖翁，悠然不复返。即理

愧通识，所保讵乃浅？

——其一

　　先师有遗训，忧道不忧贫。瞻望邈难逮，转欲志长勤。秉耒欢时务，解颜劝农人。平畴交远风，良苗亦怀新；虽未量岁功，即事多所欣。耕种有时息，行者无问津。日入相与归，壶浆劳近邻。长吟掩柴门，聊为陇亩民。

——其二

　　癸卯岁即晋元兴二年（403），时陶渊明三十九岁。早存躬耕田园的志向直到年近不惑才得以践履夙愿，难怪他有"夙晨装吾驾，启途情已缅"这般激动了。从"鸟哢欢新节，泠风送余善""平畴交远风，良苗亦怀新；虽未量岁功，即事多所欣"这些喜气洋溢的诗句中，我们仍能真切地感受到诗人当年躬耕时兴奋的心情。他看着鸟儿欢快地迎接春光，"泠风"送来融融暖意，风儿轻拂着田野的嫩苗，此情此景使他想起"植杖而芸"的荷蓧丈人，想起结耦而耕的长沮、桀溺，并深深理解他们何以要远离仕途耕而不辍，何以要逃避"滔滔者天下皆是"的尘嚣"悠然不复返"。要深刻地理解这两首诗，或者说要深刻理解陶渊明的田园诗，我们就得弄清楚"即理愧通识，所保讵乃浅"中"所保"的是什么。从陶渊明全诗的语意和语气来看，诗人"所保"的绝不是身家性命，清吴瞻泰的"实践陇亩之能保其真"（清吴瞻泰辑《陶诗汇注》卷三）不失为胜解，明人沃仪仲的解释更为精到："寄托原不在农，借此以保吾真。'聊为陇亩民'，即《简兮》万舞之意，所谓醉翁意不在酒也。若无此意，便是一田舍翁，不复有所保矣，且曷云怀古。"（黄文焕《陶诗析义》卷三）虽然陶渊明躬耕并非完全不在意收成，"寄托原不在农"一语稍嫌绝对和偏颇，但这无妨沃氏解释的独到和深刻。"聊为陇亩民"的"聊为"清楚地表明诗人并没有把自己等同于"陇亩民"，他对自己的士人身份有清醒的自觉，他的躬耕也比农民的耕作有更丰富和更深刻的文化内涵。他的躬耕除了像农民那样关心作物收成的丰歉外，同时也关注或者说更关注自己生命本性的"养真"与"守拙"——他正是为了"守拙"才"归园田"，为了"养真"才栖迟"衡茅"的。农民的田间耕作是对命运的被动接受，陶渊明的躬耕行为则是自己的主动选择。他与"陇亩民"的这些差别不仅不影响他作为诗人的伟大，反而使他更具有人格的魅力，更具有存在的深信度。

诗人在辛苦的田间耕作中对人生有了更深的感悟，如《庚戌岁九月中于西田获早稻》：

> 人生归有道，衣食固其端。孰是都不营，而以求自安？开春理常业，岁功聊可观。晨出肆微勤，日入负耒还。山中饶霜露，风气亦先寒。田家岂不苦？弗获辞此难。四体诚乃疲，庶无异患干。盥濯息檐下，斗酒散襟颜。遥遥沮溺心，千载乃相关。但愿常如此，躬耕非所叹。

陶渊明认为自食其力是一个人的第一要务，"孰是都不营"像寄生虫似的生活，永远也不会心安理得，正是对人生这种朴素而又深刻的体认，使他不在意"晨出肆微勤，日入负耒还"的耕作之苦，愿意忍受"山中饶霜露，风气亦先寒"的严酷气候，并自得于"盥濯息檐下，斗酒散襟颜"的恬然自适。此诗将躬耕的感受写得细腻逼真。

有一部分田园诗表现他的乡居生活，如《移居二首》：

昔欲居南村，非为卜其宅。闻多素心人，乐与数晨夕。怀此颇有年，今日从兹役。弊庐何必广，取足蔽床席。邻曲时时来，抗言谈在昔。奇文共欣赏，疑义相与析。

——其一

春秋多佳日，登高赋新诗。过门更相呼，有酒斟酌之。农务各自归，闲暇辄相思。相思则披衣，言笑无厌时。此理将不胜，无为忽去兹。衣食当须纪，力耕不吾欺。

——其二

这两首诗写喜得佳邻的快慰，移居南村全不在风水吉祥的住宅，一间"取足蔽床席"的"弊庐"足矣，更不是为了去攀附那儿的高门大户，为的是能与纯朴淡泊的"素心人"度过朝朝夕夕，便于与这些"邻曲""时时"往来。锺惺在《古诗归》卷九中评论说："二诗移居，意重求友，其不苟不必言，亦想见公和粹坦易，一种近人处。"陶渊明超然于人际的成败穷达，"邻曲时时来，抗言谈在昔"，人世的高官厚禄、轩冕荣华全"不入眼，不入口"（黄文焕《陶诗析义》卷二），"衣食当须纪，力耕不吾欺"，对衣食的操持和对家务的兴致，正反衬出他对仕途升降与人世荣枯的冷淡。另外，他与"素心人"的亲密情感交流，正是他"归园田"后"养真"与"守拙"重要内容，"农务各自归，闲暇辄相思。相思则披衣，言笑无厌时"，纯朴真挚的乡村生活使大家都脱略形迹，这儿没有阴谋、机心、诡计的市场。诗人对世俗的超脱与对人际的关怀在这两首诗中同时得到了真切的表现，我们觉得他既是那样超尘绝俗，又是如此平易近人。

《诗经》中有一些如《七月》《噫嘻》《丰年》这样的农事诗，尤其是《七月》一诗，记述了一年四季的劳动生产，如农夫在农田的耕种、收获、种桑、养蚕、织麻、打猎等。这些农事诗的价值是真实地反映了当时社会农夫的生活和生产状况，但还没有人将田园作为审美的对象。只有陶渊明才真正发现了田园的美，田园成了他自己心灵的栖息之所，并作为自己人格的对象化，还在田园中寄托了他的人生理想和社会理想。陶渊明是中国古代田园诗鼻祖，创造了田园诗的典范，后来的孟浩然、王维、储光羲、韦应物等人无一不受到他的深刻影响。

陶渊明的咏怀诗中也有很多传世的名作，这些咏怀诗常以组诗的形式出现，如《饮酒二十首》《杂诗十二首》《拟古九首》《形影神三首》《拟挽歌辞三首》。其中《饮酒》《杂诗》既不是写于一时，也并非歌咏一事，它们在形式上受到阮籍《咏怀诗》的影响。《饮酒》诗二十首或者与饮酒有关，或者属于酒后创作，诗前有一小序，可见将它们缀合在一起是诗人有意为之。《形影神》三诗则是诗人精心创作的结构严谨的组诗，三诗浑然一体。《拟挽歌辞三首》也同样是结构紧凑的组诗，三诗既有时间的顺序，也有情感发展的逻辑联系。

他的咏怀诗或抒写有志不获骋的苦闷，或表现超脱功名利禄后的旷达，或表现他对官场厌恶，或抒发他对人生的深沉体验与喟叹，或表现诗人的生命意识，这类题材的诗歌真实地展露了陶渊明的个性、气质、为人，真切地反映了他对人生与社会体验的深度。如《杂诗》之二说：

> 白日沦西阿，素月出东岭。遥遥万里辉，荡荡空中景。风来入房户，夜中枕席冷。气变悟时易，不眠知夕永。欲言无余和，挥杯劝孤影。日月掷人去，有志不获骋。念此怀悲凄，终晓不能静。

此诗写自己事业无成时的苦闷焦虑，白日西沉和素月东出引起他"日月掷人去"的惶恐，"夜中枕席冷"衬出了他的凄凉，"挥杯劝孤影"更写出了他的孤独，时光流逝而志不获骋的失落，使诗人焦灼痛苦得"终晓不能静"。诗人以朴素平易的语言向我们坦露了他的内心世界。

《杂诗》之四向读者展示了陶渊明另一面：

丈夫志四海，我愿不知老。亲戚共一处，子孙还相保。觞弦肆朝日，樽中酒不燥；缓带尽欢娱，起晚眠常早。孰若当世士，冰炭满怀抱；百年归丘垄，用此空名道！

诗人深慨于"当世士"将所谓"志四海"横亘于胸中，在宦海风波里沉浮，在名利之途扰攘，身心长期处于焦虑、烦躁和紧张之中，就像"冰炭满怀抱"那样不得半日安宁。他们不仅灵魂没有驻足之地，连身家性命也有不测之灾。陶渊明既已透悟荣名外在于生命，便无利禄之求和声名之累，因而目前所遇莫非真乐：远离了官场的明争暗斗，尽可在亲戚子孙的共处中相慰相濡；用不着为穷达贵贱而烦心，尽可在"觞弦"中潇洒度日；再也不必束带见督邮，尽可享受缓带宽衣的"欢娱"；既不必披星早朝，也不必挑灯草诏，尽可随意"起晚眠常早"。人生何必纡青拖紫进退百官而后快，只要子孙绕膝、亲戚共处，但得浊酒半壶，清音一曲，对这个世界不忮不求，无滞无碍，缓带、早眠、晚起，全身心都沉浸在怡然自得的福惠之中，"终晓不能静"的忧思躁动一变而为"起晚眠常早"的洒落悠然。陶渊明的这一面对后世影响更大。

《饮酒》之七同样也是表现他的生命意识：

秋菊有佳色，裛露掇其英。泛此忘忧物，远我遗世情。一觞虽独进，杯尽壶自倾。日入群动息，归鸟趋林鸣。啸傲东轩下，聊复得此生。

诗中的裛露掇菊不同于屈原的"夕餐秋菊之落英",在屈原是明其品性的高洁,而在陶渊明则是写其精神的超旷。他在精神上蝉蜕于一切世情俗虑之外,再也不汲汲于从前热衷的功名,再也不蝇营于世俗追逐的利禄,才会有裛露掇菊的雅兴,才会有黄昏独酌的闲情,超然于人世的成败、毁誉、穷达,人生才可能这般洒脱自在,才可能有"杯尽壶自倾"的这种自足自娱。诗人寄情于酒但不滞于酒,寄怀于物而不累于物,于"泛此忘忧物"中融然远寄,于随缘自适中摆落万有,于存在深处把握生命的本质。

他的咏史诗有《咏贫士七首》《咏二疏》《咏荆轲》《咏三良》等。《咏荆轲》表现了陶渊明"金刚怒目"的一面,"雄发指危冠,猛气冲长缨。饮饯易水上,四座列群英。渐离击悲筑,宋意唱高声……惜哉剑术疏,奇功遂不成。其人虽已没,千载有余情",这种铿锵作响的诗句,是"建安风骨"或"左思风力"的有力回响。《咏贫士》七首主要是通过咏叹古代贫士来表现自己的气节操守,如:

安贫守贱者,自古有黔娄。好爵吾不萦,厚馈吾不酬。一旦寿命尽,弊服仍不周。岂不知其极?非道故无忧。从来将千载,未复见斯俦。朝与仁义生,夕死复何求?

——《咏贫士》其四

《拟古》其五也表现了同样的情怀:

东方有一士，被服常不完。三旬九遇食，十年著一冠。辛苦无此比，常有好容颜。我欲观其人，晨去越河关。青松夹路生，白云宿檐端。知我故来意，取琴为我弹。上弦惊别鹤，下弦操孤鸾。愿留就君住，从今至岁寒。

《东坡题跋》卷二《书渊明"东方有一士"诗后》说："此'东方一士'，正渊明也。"清邱嘉穗也认为此诗是陶渊明"自拟其平生固穷守节之意"(《东山草堂陶诗笺》)。上首诗中的黔娄同样也是渊明的化身，诗中的古人既不必有此事，也未必有此心，诗人不过借他"自比其安贫守贱之操"(温汝能《陶诗汇评》卷四)。

陶渊明四十岁前曾几次离家入刘裕等要人幕府，写过几首纪游诗，另有一首《游斜川》，此诗也可以说是一首山水诗。他的赠答诗共十几首，如《赠长沙公》《答庞参军》《五月旦作和戴主簿》《和刘柴桑》《酬刘柴桑》《和郭主簿二首》《岁暮和张常侍》等，不管是与朋友叙旧，还是与官僚应酬，不管是对知己慨叹人生，还是对新知吐露心曲，诗人总是那样真率坦诚。其中《和郭主簿二首》之一备受人称道：

蔼蔼堂前林，中夏贮清阴。凯风因时来，回飙开我襟。息交游闲业，卧起弄书琴。园蔬有余滋，旧谷犹储今。营己良有极，过足非所钦。春秫作美酒，酒熟吾自斟。弱子戏我侧，学语未成音。此事真复乐，聊用忘华簪。遥遥望白云，怀古一何深。

陶渊明一生何曾有财富"过足"的时候，可他却在朋友面前"贫人夸富"（黄文焕《陶诗析义》），"园蔬有余滋，旧谷犹储今"，身处贫贱却精神充盈，全诗都是抒写自己自得自足的人生体验，如"回飙开我襟"的惬意，"息交游闲业"的闲适，"酒熟吾自斟"的悠然，还有"弱子戏我侧"的天伦之乐，清吴瞻泰在《陶诗汇注》中说此诗"与'采菊东篱下，悠然见南山'同一洒落"。唯其不以贫贱而慕于外，不因宝贵而动于中，陶渊明才会真正感受到人生"真复乐"。

从所表现的题材来看，陶渊明不仅创造了田园诗，其咏怀诗也是对阮籍《咏怀诗》的继承和发展，而咏史诗又承续着左思《咏史诗》而别开生面，赠答诗也摆脱了敷衍应付的俗套，能向旧友新交坦露自己的真性情。

第三节　陶渊明诗歌的艺术成就

作为我国古代的诗坛大家，陶渊明创造了一种不可企及的艺术典范，其诗风、诗语固然是"独超众类"（萧统《陶渊明集序》），其诗情、诗境也同样令人耳目一新。

陶渊明诗风诗语的最大特征是"自然"，这已成为古今诗人和诗论家的共识，前人对此也多有评论，清朱庭珍在《筱园诗话》中说：

"陶诗独绝千古，在'自然'二字。"早在宋代的杨时就说："陶渊明诗所不可及者，冲澹深粹，出于自然。若曾用力学，然后知渊明诗非着力之所能成。"（《龟山先生语录》卷一）宋叶梦得在《玉涧杂书》中也说："诗本触物寓兴，吟咏情性，但能输写胸中所欲言，无有不佳。而世多役于组织雕镂，故语言虽工，而淡然无味……直是倾倒所有，备书于手，初不自知为语言文字也，此其所以不可及。"明人的论述更为透彻深入："晋宋间诗，以俳偶雕刻为工；靖节则真率自然，倾倒所有，当时人初不知尚也。""靖节诗直写己怀，自然成文。"（许学夷《诗源辩体》）

陶渊明自然诗风的形成包括两个方面：情感的真率与语言的自然。

先看陶渊明诗情的特征。陶渊明为人"质性自然"，他从不愿"矫厉"自己的个性，更不会掩饰自己的情感，读其诗有如面聆謦欬，其喜怒哀乐，其追求好恶，其痛苦失望，其悠然超旷，毫无遮掩、毫无保留地向人们尽情倾吐，恰如前人所说的那样"直是倾倒所有"，真个是心地透亮肝胆照人。有时他向我们表白事业无成的烦恼，有时又向我们吐露自己对死亡的恐惧，如《杂诗》：

　　荣华难久居，盛衰不可量。昔为三春蕖，今作秋莲房。严霜结野草，枯悴未遽央。日月还复周，我去不再阳。眷眷往昔时，忆此断人肠。

　　　　　　　　　　　　　　——《杂诗》其三

昔闻长者言，掩耳每不喜；奈何五十年，忽已亲此事。
求我盛年欢，一毫无复意；去去转欲远，此生岂再值！倾
家持作乐，竟此岁月驶。有子不留金，何用身后置。

——《杂诗》其六

眼见芙蓉长成了莲房，嫩芽变成了枯草，诗人不禁产生了"我
去不再阳"的惶恐；面对"求我盛年欢，一毫无复意"的老境，诗人
竟然决定以"倾家持作乐，竟此岁月驶"的方法来打发余生。既不
假装豁达，也不故作崇高，心中所想便是笔下所言。我们再来看看
他在临死前对生死的体验：

有生必有死，早终非命促。昨暮同为人，今旦在鬼录。
魂气散何之，枯形寄空木。娇儿索父啼，良友抚我哭；得
失不复知，是非安能觉！千秋万岁后，谁知荣与辱；但恨
在世时，饮酒不得足。

——《拟挽歌辞三首》其一

生前的得失与身后的荣辱，闭上眼睛便一概不知不觉，人们活
着时对财富声色的追逐，对是非名利的计较，现在看起来不是非常
可笑的吗？"有生必有死，早终非命促"，他在人生的"边缘状态"
是如此清醒、如此坦然，"但恨在世时，饮酒不得足"，对生一无牵
挂，于死也毫不恐惧，唯一的遗憾只是"在世时""饮酒不得足"，

这是生命的大智慧、大幽默，诗人无形中自然展露出他那洒落旷达的人生境界。

真率的情感必须通过自然的语言表达出来，晋宋之际诗歌语言"俪采百字之偶，争价一句之奇"，陶诗的语言却毫无"着力"而"自然成文"，这与他创作时不带任何功利目的有关。他在《五柳先生传》中称："常著文章自娱，颇示己志。"《饮酒二十首·序》也说："顾影独尽，忽焉复醉。既醉之后，辄题数句自娱。"他写诗既不是为了获得社会地位，也不想用它来博得世人的掌声，只是一吐自己胸中的真情，所以他写诗全不在乎世人的毁誉，毫不顾忌当时通行的语言模式，毫不看重铺金叠绣的典丽新声，当他回归到大自然的同时，他也将诗歌语言带回到了日常的自然状态。陶渊明诗歌语言的"自然"表现在哪些方面呢？

"自然"本来就是一个很有弹性的概念，在自然与非自然之间没有一条明显的界限，而且也不存在一个划一的标准。诗歌语言的"自然"是相对于日常口语而言呢，还是相对于诗歌语言自身而言？司空图在《诗品》中虽然列有《自然》一品，但仍然只能给人一种模糊的有关"自然"的形象。为了不像古人那样泛泛地说陶诗语言"妙合自然"（朱庭珍《筱园诗话》），我们先限定一下这里所说的"自然"的内涵：从诗人创作过程看，"自然"就是不刻意地拼凑獭祭，来自天然的"真与"，而非人为的"强得"；从读者的审美感受来看，"自然"就是泯灭了任何针线痕迹，给人的感受就像花开花落那样自然而然；从诗歌语言本身来看，"自然"就是指诗歌的句法、节奏接近于日常口语，没有人为地颠倒正常语序，结句清通而又顺畅。

这里我们主要从陶渊明诗歌语言本身来把握其"自然"的特质。先来看看他诗歌语言的句法形式，如《饮酒》之五："结庐在人境，而无车马喧。问君何能尔？心远地自偏。"朱自清先生称这四句"是从前诗里不曾有过的句法"，这是一种什么样的句法呢？朱先生说它们用的是"散文化的笔调，却能不像'道德论'而合乎自然"（《陶诗的深度》）。我们不妨深入地剖析一下陶诗的句式，"结庐在人境"五字中有一个虚词"在"，由于抒情诗常常省略了潜在的主语，即抒情诗人自身——"我"，所以这五字句中的语言成分相当完整：潜在的主语和谓语、宾语、状语都有，而且这几种语言成分在诗句中的排列顺序也符合日常的语言习惯。下一句"而无车马喧"中"而"也是一个虚字，是一个转折连词。表示"无车马喧"是与上句原因相反的结果。细读这两句才发现，原来它们是一个转折复句，将它们复原后的完整句式是："虽然我把房子建在扰攘的人境，却听不见车马的喧嚣。""结庐在人境"怎么会没有车马的喧嚣呢？第二句解开了第一句造成的悬念，可是它本身更刺激了读者的好奇，这样就逗出了三、四句："问君何能尔？心远地自偏。""君"和"尔"都是指示代词，"何"和"自"在这里都是副词，十个字中有四个虚字。"君"指诗人自己，"尔"指上两句所说的那种现象，它把一、二句和三、四句紧紧拧成了一体。细读才知道这两句也是一个省略了连词"假如……那么"的假设复句，将它们翻译成现代白话的大意是："假如有人问我，为什么会是这样的呢？那我将回答他说，'心远地自偏'。"用两个复句作为诗的开端，在古代诗歌中实属罕见，除了每句都固定为五字没有突破五言古诗的格式外，它们全是地地道道的散文句法。这首诗结尾两句"此中有真意，欲辩已忘言"，无论是虚词的运用还是词序的排列，也同样是不折不扣的散文句式，甚至它们的句法和语调也都是口语的。前人曾说陶渊明的诗歌语言"初若散缓不收，反复观之，乃得其奇处"（范温《潜溪诗眼》），实在是精到之评。复句和单句的散文句法带来了诗歌情调上的松弛纤缓，随便自然，恰到好处地表现了诗人萧散恬淡和悠然自得的情怀。

不仅这一首诗如此，陶渊明诗歌语言中散文的句式比比皆是，他真正把诗歌语言带回到了自然质朴的日常用法，如：

既来孰不去，人理固有终。

——《五月旦作和戴主簿》

从古皆有没，念之中心焦。何以称我情，浊酒且自陶。

——《己酉岁九月九日》

正尔不能得，哀哉亦可伤！人皆尽获宜，拙生失其方；理也可奈何，且为陶一觞。

——《杂诗》其八

人生归有道，衣食固其端；孰是都不营，而以求自安？……遥遥沮溺心，千载乃相关。但愿常如此，躬耕非所叹。

——《庚戌岁九月中于西田获早稻》

念之动中怀，及辰为兹游。

——《游斜川》

饥来驱我去，不知竟何之。

——《乞食》

这些诗句都可以说"是从前诗里不曾有过的句法"，诗句中一个突出的特点是大量连词、代词、助词、语气词等虚词的运用。这一方面使得陶渊明诗歌语言意象疏朗而语意冲淡，另一方面又使其诗句与诗句之间的联系更为紧密，因为连词、代词等虚词取消了诗句自身在意义上的独立性，每一个诗句都不能倾诉一个完整的语意，必须让每一个句子不断流向下一句，由此而形成一个紧密的意蕴链，每一诗句只能在这条意蕴链中构成关联义。这就赋予陶渊明诗歌这样一种特点：它的语言功能在于创造一个浑融和谐的意境，而不是以精巧亮眼的奇字巧句取胜，语言因此而浑厚自然，不可句摘。钱锺书先生早已有见于此："唐以前惟陶渊明通文于诗，稍引厥绪，朴茂流转，别开风格。如'结庐在人境，而无车马喧'；'倒裳往自开，问子为谁欤'；'孰是都不营，而以求自安'；'理也可奈何，且为陶一舫'；'阿宣行志学，而不爱文术'；'馁也已矣夫，在昔余多师'；'日日欲止之，今朝真止矣'；其以'之'作代名词用者亦极妙，如'微雨从东来，好风与之俱'；'过门更相呼，有酒斟酌之'"当同辈诗人将虚词逐出诗外的时候，陶渊明却把它们又引进诗中，因而他的诗歌语言能"别开风格"。我们再来看他一首代表作——《读山海经》其一：

> 孟夏草木长，绕屋树扶疏。众鸟欣有托，吾亦爱吾庐。既耕亦已种，时还读我书。穷巷隔深辙，颇回故人车。欢然酌春酒，摘我园中蔬。微雨从东来，好风与之俱。泛览周王传，流观山海图。俯仰终宇宙，不乐复何如？

这是陶渊明诗歌中最为人称道的诗歌之一，清温汝能在《陶诗汇评》中说："此篇是渊明偶有所得，自然流出，所谓不见斧凿痕也。大约诗之妙以自然为造极。陶诗率近自然，而此首更令人不可思议，神妙极矣。"的确，这首诗一片混沌，纯乎天籁。它是诗人生命之泉的自然流溢，而不是他在书斋中"做"出来的，无怪温氏惊叹它"自然"得"令人不可思议"了。这里不想跟着古人不着边际地恭维，试图从句法入手分析一下形成其"自然"之趣的原因。"孟夏草木长"是一个散文式陈述句，状语、主语、谓语的关系清清楚楚，句法形式也像它所陈述的内容一样简单自然。草木在初夏长得如何呢？于是诗语转到了下一句"绕屋树扶疏"，它是一个句法成分不完整的句子，动宾词组"绕屋"作为定语修饰"树"，如果把"绕屋"理解为"树"提前了的谓语，那么这一句便失之雕琢，因而失去了"自然"的韵致。"扶疏"也是用来形容"树"的枝叶纷披，浓荫四合。一个定语交代"树"的方位，一个形容"树"的形状。第二句这个不完整的句子是第一句的延伸，而不是第一句的对句，这样便拉近了句与句之间的联系。第二句另一个耐人寻味之处是：在句法上"屋"修饰"树"，而在语意上则"树"装点"屋"——"绕屋"的"树"，也就是"树"环绕着"屋"。不管是从语意上还是从句法上看，"树"与"屋"都不是并列的意象，因而诗句中的意象显得疏朗，也就造成了他语言"朴茂流转"的风格。

第三句紧承"树"而来——"众鸟欣有托"，第四句紧承"屋"而来——"吾亦爱吾庐"，虚词"亦"将三、四句紧扣在一起，同时也将这两句的地位拉平。从内容上看下句为上句的对句，可在句式上这两句又没有对偶。第四句五个字中有三个虚词，如果不先存有它是诗句的成见，读者一定会将它视为地地道道的散文句子。连用两个代词"吾"，写出了诗人对自己草庐的喜爱，此处不仅是他的栖居之所，也是他精神的安顿之地，他的灵魂只有在这儿才能找到归宿。三、四句"树""屋"双承，人鸟并缅，却出之以十分随便的散句，读来是那样洒脱自然。诗人交代了自己的生存空间以后，就开始崭露自己的存在方式："既耕亦已种，时还读我书。穷巷隔深辙，颇回故人车……"耕地、播种、读书、饮酒、摘菜……般般在在，娓娓道来，全不计较语言的工与拙，更不在意句式的骈与散。此诗的语言几乎全用散文式的句法，纯用日常口语的调子，没有一处能见出诗人的精心安排，在诗中也挑不出警句或字眼。大量虚词的运用把所有字词都编进一个意蕴网中，任何一个单句都不构成一个完整的意义，每一句都承受着相同的情感内容，诗人所抒写的情感意绪在句与句的关系中凸现，不凭借一两个醒目的佳句来点出。一方面，他不在一字一句上争奇斗巧，而注重语句之间关系的和谐共振；另一方面，又大量使用表意型散文句式，诗人好像在与我们面对面地交谈，诗歌也好像是从诗人心坎里涓涓流出的。这里没有精心装饰的浓郁色彩，没有几经推敲的精巧字句，没有安排得铿锵响亮的音节，诗人好像是在与故人拉家常，"直书胸臆，无一字客气"（方东树《昭昧詹言》卷四）。

陶渊明诗风诗语的"自然"特性萌发于诗人存在的深渊，源自他那委任自然的存在方式，也来于他对世俗的超越。诗人对生命有着深度的体验，他认识到生命的价值和目的就在于生命自身，人应当自然而不矫饰地表现生命——任真。他为人不愿"委曲而累己"（《感士不遇赋》），作诗当然也不会矫情伪装，既"不宗古体"，也"不习新语"（许学夷《诗源辩体》），在语言上"自为一源"（《诗源辩体》）并自成"陶一家语"（胡应麟《诗薮》内编）。

陶渊明诗歌"自启堂奥，别创门户"，"开千古平淡之宗"（胡应麟《诗薮》内编），尤其是他诗歌的"自然"意趣，在后世有不少仿效者，然而没有一人能达到陶渊明那种自然的境界。梁江淹有《陶征君田居》一首，"非不酷似，然皆有意为之，如富贵人家园林，时效竹篱茅舍，闻鸡鸣犬吠声，以为胜绝，而繁华之意不除。若陶诗，则如桃源异境，鸡犬桑麻，非复人间，究竟不异人间；又如西湖风月，虽日在歌舞浓艳中，而天然澹雅，非妆点可到也"（贺贻孙《诗筏》）。高才如苏轼也称"吾于诗人，无所甚好，独好渊明之诗"，并"前后和其诗凡一百有九篇"，他对自己的和作相当自负，对其弟子由说"至其得意，自谓不甚愧渊明"（《与子由书》）。可朱熹对苏和陶之作并不怎么推许："渊明诗所以为高，正在不待安排，胸中自然流出。东坡乃篇篇句句依韵而和之，虽其高才，似不费力，然已失其自然之趣矣。"（陶澍《靖节先生集·诸本评陶汇集》）抛开自己生命的真性而刻意模仿别人语言的"自然"，其结果必然是"失其自然之趣"，因为这种做法本身就违反了自然，它是理智冥求苦索的产物，而陶渊明诗歌的自然之趣绝非"有意为之"，是其生命的"自然流出"。

第四章
从"元嘉体"到"永明体"

　　南朝宋代元嘉时期，因其诗歌在诗情、诗境、诗艺、诗歌语言和诗歌题材上的新变，被后世诗论家称为"元嘉体"（严羽《沧浪诗话·诗体》）。从刘勰到现代文学史家对元嘉体的特征和它在诗史上的地位多有论述，清沈德潜认为诗歌至此才"声色大开"，元嘉诗歌实"诗运一转关"（《说诗晬语》）。近人曾毅在《中国文学史》中也称元嘉诗为中国诗歌之"一大变"："气变而韶，体变而整，句变而琢。"元嘉体上接西晋而下开永明，《南齐书·文学传论》论齐代诗歌的特点和渊源时说："今之文章，作者虽众，总而为论，略有三体：一则启心闲绎，托辞华旷，虽存巧绮，终致迂回""此体之源，出灵运而成也"；"次则缉事比类，非对不发，博物可嘉，职成拘制"，此体之源显然出于颜延之；"次则发唱惊挺，操调险急，雕藻淫艳，倾炫心魄"，"斯鲍照之遗烈也"。即便是音韵的讲求也并非始于永明，刘宋史家范晔早已称自己能"别宫商，识清浊"（《狱中与诸甥侄书》），其时有些诗人也在诗中运用双声叠韵，更有不少诗句平仄协调。如果说永明体是近体诗的先声，那么元嘉体就是永明体的先导。

除艺术上的新变以外，元嘉诗歌创作已从东晋的体悟玄理回归重视抒情，尤其是鲍照的寒士不平之鸣，打破了东晋以来诗中那种潇洒出尘的韵致和冲淡平和的调子，在题材上谢灵运从玄言诗开出了山水诗。

永明体主要是元嘉体的承续，谢朓等人的山水诗进一步剔除了玄言成分，以山水景物抒一己情怀，创造出更加和谐的情景交融之境。当然，永明体最大的特点还在于诗歌音调的优美圆润，以沈约、谢朓为首的诗人们自觉地运用四声来进行创作，从此诗人自觉地追求声律之美。在诗风上永明体变元嘉诗的典雅拙涩为清浅流丽。

第一节　谢灵运与山水诗的兴起

元嘉以前，已有不少描写山水的片段进入诗中，如西晋元康前后的招隐诗，永嘉前后的游仙诗，又如魏晋以来的宴游诗和行旅诗，都不乏亮眼的描写山水的名句，郭璞佚诗中的断句"林无静树，川无停流"，就曾令阮孚觉得"神超形越"（《世说新语·文学》），甚至玄言诗人偶尔也会写出生动的写景名句，但从整体上讲山水并未作为一种审美的对象——在先秦两汉的诗歌中山水只是一种背景陪衬，在魏晋诗人那里山水又只是一种悟道的工具。

刘勰在《文心雕龙·明诗》中说："江左篇制，溺乎玄风……宋初文咏，体有因革，庄老告退，而山水方滋。"山水诗是紧承玄言诗产生的，玄言诗与山水诗有非常密切的关系。无论是名教与自然的冲突还是名教与自然的统一，"自然"总是被玄学家和玄言诗人置于优先的位置，它既是被清谈的对象，也是被推崇的生活境界。"复得返自然"一直是六朝文人强烈的精神渴求，这导致他们亲近山水田园，在借山水悟道的同时也增强了他们对山水的审美意识。东晋士人长期处于江南秀丽的山水中，也无形中增强了他们对自然美的敏感，"顾长康从会稽还，人问山川之美，顾云：'千岩竞秀，万壑争流，草木蒙笼其上，若云兴霞蔚。'""王子敬云：'从山阴道上行，山川自相映发，使人应接不暇。若秋冬之际，尤难为怀。'"（《世说新语·言语》）殷仲文、谢混等人也为山水诗的创作积累了一定的艺术经验，招隐诗、游仙诗、宴游诗、行旅诗也为后来的山水诗提供了艺术借鉴。

到谢灵运登上诗坛后，山水便成为独立的审美对象，后人理所当然地尊他为山水诗的鼻祖。

谢灵运（385—433），祖籍陈郡阳夏（今河南省太康县），出生于会稽始宁（今浙江省上虞县）。因出生后寄养在钱塘江一家道馆里，十五岁才回建康家中，所以小名客儿，后人又称他为谢客。谢氏家族为东晋最显赫的衣冠望族，其代表人物谢安为东晋一代名相，谢灵运的祖父谢玄为淝水之战的主将。灵运年轻时即袭封康乐公，入宋后依例降爵为侯，世称谢康乐。谢灵运于义熙年间出任琅琊王司马德文参军、抚军将军刘毅记室参军，刘裕曾任其为宋国黄门侍郎。入宋后历任散骑常侍、太子右卫率，永初三年出为永嘉太守，翌年称病去职，回始宁别墅优游山水，元嘉三年复召还京为侍中，因不满意自己文学侍从的地位，两年后又失意东归始宁别墅。元嘉七年会稽太守孟颛奏灵运谋反，他驰赴京城上书辩解，文帝知其见诬不加治罪。翌年出临川内史，不久又被人所劾而罪徙广州，第二年在广州以谋反罪名被杀。

谢灵运为人骄纵恣肆而又放荡任性，作为"幼便颖悟""博览群书"的"乌衣子弟"，"自谓才能宜参权要，既不见知，常怀愤愤"（《宋书》本传），虽然不得不屈心降志侍奉新朝，可从没有收敛自己高傲横恣的作风，更不检点自己放纵的行为，在朝"多愆礼度"，外任则"惊扰"百姓（同上），最后导致被杀的悲剧性结局。明张溥在《汉魏六朝百三家集题辞·谢康乐集题辞》中说："夫谢氏在晋，世居公爵，凌忽一代，无其等匹，何知下伍徒步，乃作天子，客儿比肩等夷，低头执版，形迹外就，中情实乖……盖酷祸造于虚声，怨毒生于异代，以衣冠世族，公侯才子，欲倔强新朝，送龄丘壑，势诚难之。予所惜者，涕泣非徐广，隐遁非陶潜，而徘徊去就，自残形骸。"这既是时代的悲剧，也是他个人性格的悲剧。

灵运以其杰出的文学才华深得族叔谢混的赏识，他对山水细腻的鉴赏能力也深受谢混的影响。另据《水经注·浙江水注》记载，灵运祖父玄在始宁的庄园宏大而又美丽："右滨长江，左傍连山，平陵修通，澄湖远镜。于江曲起楼，楼侧悉是桐梓，森耸可爱，居民号为桐亭楼。楼两面临江，尽升眺之趣。芦人渔子，泛滥满焉。湖中筑路，东出趣山，路甚平直。山中有三精舍，高甍凌虚，垂檐带空，俯眺平林，烟杳在下。"《宋书》本传也说他在始宁老家的别墅"傍山带江，尽幽居之美"。这样的环境使他养成了对山水的爱好，也培养了他对自然美的敏感。他无论是赋闲家居还是任职永嘉、临川，总要带僮仆、门生、故旧寻幽探胜，"寻山陟岭，必造幽峻，岩障千重，莫不备尽。登蹑常著木履，上山则去前齿，下山去其后齿"（《宋书》本传）。

　　由于他的那些山水诗多是寻幽探奇的产物，这形成了他山水诗在结构上呈现纪游诗的特点：往往先交代游程及其缘由，再铺写游览所见的景色，最后抒感慨发议论。如《登江中孤屿》：

> 江南倦历览，江北旷周旋。怀新道转迥，寻异景不延。乱流趋正绝，孤屿媚中川。云日相辉映，空水共澄鲜。表灵物莫赏，蕴真谁为传。想象昆山姿，缅邈区中缘。始信安期术，得尽养生年。

　　"江南"二句先写江南江北的游历，以"倦"和"旷"表明自己搜奇探胜而一无所获的失望，为后面孤屿的胜景先作铺垫。接下来二句折入"怀新""寻异"本题。中间六句是全诗的主体部分，正面写"江中孤屿"的胜景，江中"乱流"奔趋"孤屿"，"孤屿"在川中独呈秀异，这儿云日辉映，水天一色，上下一片澄明，诗境既"新"且"异"。结尾四句写感受发感慨。又如《于南山往北山经湖中瞻眺》：

　　朝旦发阳崖，景落憩阴峰。舍舟眺回渚，停策倚茂松。侧径既窈窕，环洲亦玲珑。俯视乔木杪，仰聆大壑淙。石横水分流，林密蹊绝踪。解作竟何感，升长皆丰容。初篁苞绿箨，新蒲含紫茸。海鸥戏春岸，天鸡弄和风。抚化心无厌，览物眷弥重。不惜去人远，但恨莫与同。孤游非情叹，赏废理谁通？

　　此诗是诗人元嘉二年（425）辞官后家居始宁所作，诗题中的南山在浙江嵊县西北石门山一带，为谢灵运新的卜居之地，北山指今浙江上虞东山一带，即始宁灵运祖父留下的庄园别墅。前四句先点清题面，交代游历的时间、出发的地点、游览的路线。接着再写停策倚松时"俯视""仰聆"的所闻所见，径则深邃窈窕，洲则玲珑清幽；水因石碍而分流，蹊因林密而绝踪，诗中的景致是诗人探寻之所见。湖边的嫩竹披着新装，湖中的嫩蒲包着紫茸，海鸥嬉戏于岸边，天鸡轻舞于风中，竹、蒲、鸥、鸡各呈妍献技，春天的湖畔到处呈现出勃勃生机。最后四句写"瞻眺"的感想，美景仍然不能化解诗人那份孤寂的心绪。

　　由于他的山水诗在结构上有纪游诗的特点，所以他诗中的景象常常是一种动态的流程，这些景象在时间和空间中不断地变换，而很少表现为一种静态的画面。如《石壁精舍还湖中作》：

> 昏旦变气候，山水含清晖。清晖能娱人，游子憺忘归。出谷日尚早，入舟阳已微。林壑敛暝色，云霞收夕霏。芰荷迭映蔚，蒲稗相因依。披拂趋南径，愉悦偃东扉。虑澹物自轻，意惬理无违。寄言摄生客，试用此道推。

此诗写景分为前后两截，诗中"出谷""入舟"二句表明时间与空间的切换，前四句写石壁所见的朝景，"林壑"六句写湖中所见的晚景。清人陈祚明对这首诗倍加称赞："'清晖'二语所谓一往情深，情深则句自妙，不须烹琢洒如而吐妙极自然。'出谷'以下写景生动，'暝色''夕霏'既会虚景，'映蔚''因依'亦收远目。公笔端无一语实，无一语滞，若此'虑澹'二句炼意法，理语圆好。"（《采菽堂古诗选》）

谢灵运永嘉之后的山水诗在结构上开始打破纪游诗的格局，章法既紧凑又跌宕，《游南亭》是其代表作：

> 时竟夕澄霁，云归日西驰。密林含余清，远峰隐半规。久痗昏垫苦，旅馆眺郊歧。泽兰渐被径，芙蓉始发池。未厌青春好，已睹朱明移。戚戚感物叹，星星白发垂。药饵情所止，衰疾忽在斯。逝将候秋水，息景偃旧崖。我志谁与亮，赏心惟良知。

诗人一提笔便写春晚雨霁景象，前两句勾勒出极富动感的时空背景，"时竟""夕澄霁"和"云归""日西驰"，每一句都含两个层次，晚春黄昏雨过天晴，白云东飞夕阳西下，眼前一派澄净开阔的景象。近处密林散发出雨后的清新凉爽，远处夕阳若隐若现，"含余清"承首句"夕澄霁"，"隐半规"承次句"日西驰"，"起四句分承法密"（陈祚明《采菽堂古诗选》）。"久痗"二句再用逆笔补写观赏者谪宦羁旅又逢久雨的沉闷心境。这两句在结构上是承上启下："久痗昏垫苦"交代了前后的景象为苦闷中所见，"旅馆眺郊歧"又逗出了后四句郊歧之景。泽畔的兰草渐渐覆盖了小径，池中的绿荷已绽开了苞蕾。还没有赏够春日的美景，夏天就快要来了。这又引起了诗人"星星白发"的垂老之叹。这首诗在章法上曲折而又紧凑，它一反诗人常用的那种交代、写景、议论的模式，而是景—情—景—情交错出现，章法上既波澜起伏而又层次分明。

除结构上的这些特点外，谢灵运山水诗观察对象细致入微，刻画景物形象逼真，锺嵘《诗品》称谢灵运诗"杂有景阳之体，故尚巧似"，而张协诗一个突出的特点就是"巧构形似之言"（同上）。所谓"巧似"就是指"貌其形而得其似，可以妙求，难以粗测"（遍照金刚《文镜秘府论·十体》）。在这一点上谢灵运深受时代的影响，《文心雕龙》多次论述到晋宋之际文学的时代特征："自近代以来，文贵形似，窥情风景之上，钻貌草木之中。吟咏所发，志惟深远，体物为妙，功在密附。故巧言切状，如印之印泥，不加雕削，而曲写毫芥，故能瞻言而见貌，即字而知时也。""宋初文咏……情必极貌以写物，辞必穷力而追新。"（参见《物色》《明诗》）元嘉另两位著名诗人颜延之同样也"尚巧似"（《诗品·宋光禄大夫颜延之》），鲍照更是"善制形状写物之词"（《诗品·宋参军鲍照》）。我们来看看谢灵运那些巧构形似之言的诗句：

日末涧增波，云生岭逾叠。白芷竞新苕，绿蘋齐初叶。

——《登上戍石鼓山》

连鄣叠巇嶵，青翠杳深沉。晓霜枫叶丹，夕曛岚气阴。

——《晚出西射堂》

远岩映兰薄，白日丽江皋。原隰荑绿柳，墟囿散红桃。

——《从游京口北固应诏》

鸟鸣识夜栖，木落知风发。异音同至听，殊响俱清越。

——《石门岩上宿》

不管是写云生波涌的动态，还是状鸟鸣叶落的声音，抑或绘丹枫绿柳的色彩，诗人都能将各种形态、声音、色彩写得惟妙惟肖、绘声绘色，色彩注意明暗和深浅的对比，声音讲究动静和大小的反衬，形状更能曲传它们的神态。陈祚明所谓"钩深索隐，穷态极妍"（《采菽堂古诗选》），论灵运诗歌的刻画之功最为精当。

意象绮丽密聚，造语琢炼精严，诗语典雅工巧，是谢灵运山水诗的又一特色。如果将陶诗与谢诗作一比较，二者的特点就更显突出了。前者一任天然不烦绳削，结句清通而又意象疏朗，语言平淡但又隽永淳厚，后者由锤炼至极而归于自然，句式夭矫连蜷创新出奇，色泽富丽而又明艳。陶诗浑朴不可句摘，谢诗则多警言秀句：

　　岩峭岭稠叠，洲萦渚连绵。白云抱幽石，绿筱媚清涟。

　　　　　　　　　　　　　　　　——《过始宁野》

　　扬帆采石华，挂席拾海月。

　　　　　　　　　　　　　　　　——《游赤石进帆海》

　　林壑敛暝色，云霞收夕霏。芰荷迭映蔚，蒲稗相因依。

　　　　　　　　　　　　　　　　——《石壁精舍还湖中作》

　　蘋萍泛沉深，菰蒲冒清浅。企石挹飞泉，攀林摘叶卷。

　　　　　　　　　　　　　　　　——《从斤竹涧越岭溪行》

　　这些诗句中的动词都用得十分别致，如"抱""媚""采""拾""敛""收""泛""冒""挹""摘"等，如"白云抱幽石，绿筱媚清涟"二句，置一"抱"字和"媚"字，将白云、绿筱的神态写得活灵活现。诗人甚至有意将双声与叠韵交错使用，宋人吴聿在《观林诗话》中说:"谢灵运有'蘋萍泛沉深,菰蒲冒清浅',上句双声叠韵,下句叠韵双声。后人如杜少陵'卑枝低结子,接叶暗巢莺',杜荀鹤'胡卢杓酌春浓酒,舴艋舟流夜涨滩',温庭筠'废砌翳薜荔,枯湖无菰蒲'……皆出于叠韵,不若灵运之工也。"

对于谢诗的语言前人有不同甚至相反的评价,南朝人普遍认为谢诗语言自然可爱,《南史·颜延之传》载:"延之尝问鲍照己与灵运优劣,照曰:'谢五言如初发芙蓉,自然可爱。君诗若铺锦列绣,亦雕缋满眼。'"谢灵运的另一位同时代诗人汤惠休也说:"谢诗如芙蓉出水,颜如错彩镂金。"(《诗品·宋光禄大夫颜延之》)李白曾以"清水出芙蓉,天然去雕饰"作为语言的最高境界,说"谢诗如芙蓉出水"可谓推崇备至,但明清人常有相反的说法:"五言自士衡至灵运,体尽俳偶,语尽雕刻,不能尽举。"(许学夷《诗源辩体》)汪师韩的批评更为尖锐:"谢灵运诗……又好重句叠字,如云:'羁人感淑节,缘感欲回沇'(《悲哉行》),'朽貌改鲜色,悴容变柔颜。变改苟催促,容色乌盘桓?'(《长歌行》)……凡皆噂沓,了无生气。至其押韵之字,杂凑牵强,尤有不可为训者。'池塘、园柳'之篇,'白云、绿筱'之作,'乱流、孤屿'之句,'云合、露泫'之词,披沙捡金,寥寥可数。"(《诗学纂闻》)说颜诗"如错彩镂金"诚非虚语,称"谢诗如芙蓉出水"则未免过誉。不过,谢诗中的确有些诗句能琢炼至极而归于自然,如"明月照积雪,朔风劲且哀"(《岁暮》)、"春晚绿野秀,岩高白云屯"(《入彭蠡湖口》)、"清晖能娱人,游子憺忘归"(《石壁精舍还湖中作》)。"池塘生春草,园柳变鸣禽"更是千古名句,元好问在《论诗绝句》中对它满口称赞："池塘春草谢家春，万古千秋五字新。"但汪师韩的批评也并非毫无道理，灵运有些诗句失之重滞拙涩，有的诗句"颇以繁富为累"（锺嵘《诗品》卷上）。

谢诗最受诟病的还在于多佳句而少完篇，情景相融的诗篇尚不多见。人们往往将此归结为还没有完全摆脱玄言诗的桎梏，所以写景之后总要带一条玄言的尾巴。除此以外，谢灵运心灵的冲突也是造成其诗歌结构割裂的原因。陶渊明"守拙归园田"是主动的选择，谢灵运遨游山水是出于无奈，虽然他想借山水消解自己政治上失败的痛苦孤愤，但他在山水之中并没有找到精神的归宿，他与山水始终是对峙的，山水不可能成为他情感的载体，因而他的情感也就不可能借山水得以抒发，于是只好在景物描写之外直接议论了。如代表作《登池上楼》：

> 潜虬媚幽姿，飞鸿响远音。薄霄愧云浮，栖川怍渊沉。进德智所拙，退耕力不任。徇禄反穷海，卧疴对空林。衾枕昧节候，褰开暂窥临。倾耳聆波澜，举目眺岖嵚。初景革绪风，新阳改故阴。池塘生春草，园柳变鸣禽。祁祁伤豳歌，萋萋感楚吟。索居易永久，离群难处心。持操岂独古，无闷征在今。

一起笔就撇开登池上楼的所闻所见，单刀直入地抒写自己的矛盾心态：东山高卧固然令人向往，可又吃不了躬耕田园的苦头；在政坛上出头露面虽也叫人羡慕，偏又不具备"飞鸿薄霄"的干才。从这些议论牢骚中我们可以看出，诗人还彷徨于人生道路的价值抉择，还不知道自己灵魂的巢应筑在什么地方。诗中间部分才由"衾枕昧节候，褰开暂窥临"，过渡到登楼见闻的描绘："初景革绪风，新阳改故阴。池塘生春草，园柳变鸣禽。"可是，早春的美景并没有给徘徊苦闷的诗人带来慰藉，难熬的孤独仍然困扰着他："索居易永久，离群难处心。"诗的最后两句说远离世俗岂能让古人擅美，"遁世无闷"就在自己身上得到了验证，然而门面话毕竟掩盖不住内心的矛盾，远离政治中心尚且"难处心"，"无闷征在今"又何从谈起呢？诗的首尾忙于得失的权衡，忙于出处的算计，把春草、鸣禽、春日、春风冷落在一边，他自己并没有与笔下的山水达成物我两忘浑然一体的境界，他的思想情感既然不能实现在对象中，他就不得不在山水景物之外另发议论，所以他笔下的山水不能构成通体的和谐。

作为开启一代诗风的诗人，难免会有这样或那样的不足，丝毫不影响他在文学史上的地位，他山水诗中某些缺陷有待于诗歌的发展来弥补和完善。

谢灵运族弟谢惠连（397—433），以其文才深得谢灵运的赏识，与何长瑜、荀雍等常在永嘉和谢灵运一起寻幽探胜，诗风也深受谢灵运的影响，曾与谢灵运并称"大小谢"，并与谢朓一起并称"三谢"。后因谢朓也称为"小谢"，而他的成就又远低于谢朓，所以通常情况下"小谢"便被谢朓"独占"了。

锺嵘《诗品》卷中对他的评价很高："小谢才思富捷，恨其兰玉夙凋，故长辔未骋。《秋怀》《捣衣》之作，虽复灵运锐思，亦何以加焉。又工为绮丽歌谣，风人第一。"其诗从整体上看不如大谢那样深沉博丽，但也不像大谢那样重滞拙涩，笔致轻倩而又绮丽。

他常与谢灵运诗歌酬唱，现仍存有惠连的《西陵遇风献康乐》五章和灵运的《酬从弟惠连》五章，赠诗和答诗都各有其至处，艺术上难分轩轾。最能代表惠连诗歌艺术成就和艺术风貌的是《秋怀》《捣衣》二首。《秋怀》表现了他的人生志向和生活态度："虽好相如达，不同长卿慢。颇悦郑生偃，无取白衣宦。未知古人心，且从性所玩。"明人何良俊称此诗"天然妙丽"（《四友斋丛说》）。《捣衣》更轻灵绮丽：

> 衡纪无淹度，晷运倏如催。白露滋园菊，秋风落庭槐。肃肃莎鸡羽，烈烈寒螀啼。夕阴结空幕，宵月皓中闺。美人戒裳服，端饰相招携。簪玉出北房，鸣金步南阶。檐高砧响发，楹长杵声哀。微芳起两袖，轻汗染双题。纨素既已成，君子行未归。裁用笥中刀，缝为万里衣。盈箧自余手，幽缄俟君开。腰带准畴昔，不知今是非。

此诗"前段景物凄肃，后段声情流逸，结句作意新警，语复安雅不纤"（陈祚明《采菽堂古诗选》），写情既细腻深挚，造语也清通流丽，像"微芳起两袖，轻汗染双题"，轻施芳泽而不艳俗，"裁用笥中刀，缝为万里衣"，真的是"有声有色，有味有态"（于光华《重订文选集评》辑孙月峰评语）。

第二节　鲍照与元嘉诗歌的创新

鲍照是元嘉文坛上的另一个重镇，诗、文、赋都取得了当时第一流的成就，其中以诗歌的成就最高。他与谢灵运、颜延之并称为元嘉三大家，但颜显然不能与鲍、谢相颉颃，所以后来人们只称"鲍谢"。就其诗歌题材之广泛、体裁之多样、内容之丰富而言，鲍照在南朝诗坛上堪称独步。锺嵘《诗品·宋参军鲍照》说："善制形状写物之词。得景阳之诙诡，含茂先之靡嫚。骨节强于谢混，驱迈疾于颜延。总四家而擅美，跨两代而孤出。嗟其才秀人微，故取湮当代。"

鲍照（414？—466），字明远，祖籍本为上党（今山西省长治一带）人，后迁东海（今山东省郯城），他的青少年时代是在京口（今江苏省镇江市）一带度过的。他多次自称"孤门贱生""身地孤贱""家世贫贱"（参见《解褐谢侍郎表》《拜侍郎上疏》《谢秣陵令表》等文）。二十六岁左右因其"辞章之美"，被临川王刘义庆擢为侍郎，后相继做衡阳王刘义季、始兴王刘濬的侍郎。宋孝武帝孝建元年（454）任海虞（今江苏省常熟市）令，两年后回京都任太学博士，兼中书舍人。舍人是九品小官，不久又外任秣陵（今江苏省江宁县令。后入临海王刘子顼幕任参军。孝明帝泰始二年，江陵人宋景等起兵掠城，照为乱军所杀。

鲍照仕宦二十多年长期沉沦下僚，这位"负锸下农"出身的杰出诗人，士族门阀制度阻绝了他政治上的一切机会，他一生的悲剧可以说是一出社会悲剧。鲍照不仅对自己的才能有高度自信，而且他对功名欲望也十分强烈。在现实社会中实现个人的价值，在政治舞台上施展自己的抱负，在现实生活中春风得意，是他不顾一切所要追求的人生目标。老庄和玄学所津津乐道的安时委顺、恬退超脱的生活态度，与他的人生理想格格不入。他认为人生最可怕的是老死窗牖、默默无闻，最大的幸福就是得志行乐："人生苦多欢乐少，意气敷腴在盛年。且愿得志数相就，床头恒有沽酒钱。"（《拟行路难》之五）他甚至不惜生命来实现这一目标，他在《飞蛾赋》里写道："本轻死以邀得，虽糜烂其何伤？岂学山南之文豹，避云雾而岩藏！"要像飞蛾那样以轻死"邀得"，绝不学文豹在云雾中躲藏。《南史》本传记他青年时贡诗言志的一则对话生动地表现了他的人生追求：

> （鲍照）欲贡诗言志，人止之曰："卿位尚卑，不可轻忤大王。"照勃然曰："千载上有英才异士沉没而不闻者，安可数哉！大丈夫岂可遂蕴智能，使兰艾不辨，终日碌碌，与燕雀相随乎？"于是奏诗，义庆奇之，赐帛二十匹。

可他一辈子不得不"与燕雀相随"，不是依人做幕僚，就是外放为小吏，追求得意偏偏总是失意，且不说得志行乐，就是基本生活也不能保障，鲍集中一则《请假启》读来令人心酸："臣居家之治，上漏下湿。暑雨将降，有惧崩压。比欲完葺，私寡功力。板锸陶涂，必须躬役。冒欲请假三十日，伏愿天恩，赐垂矜许。"他在《代贫贱苦愁行》中说："湮没虽死悲，贫苦即生剧。长叹至天晓，愁苦穷日夕……以此穷百年，不如还窀穸。"《拟行路难》之八也说："人生不得常称意，惆怅徙倚至夜半。"因此，抗议压抑人才的门阀制度，是他诗歌创作的中心主题。不愿意潜藏遁世，更不愿意认"命"低头，这使他与当时的门阀制度和社会偏见产生激烈的冲突，使他的心灵深处一直处于慷慨激昂和牢骚不平之中，同时这也是使他的诗歌"发唱惊挺，操调险急"的原因。

鲍照诗歌中成就最高的是其乐府诗，《南史·鲍照传》说他"尝为古乐府，文甚遒丽"。他的乐府诗就其内容而言，或叹写人生道路之艰难，或抒社会黑暗之激愤，或发怀才不遇之牢骚；就其曲调而言，他拟作的乐府多为《杂曲歌辞》《杂曲歌谣》《相和歌辞》以及《吴声歌》和《西曲歌》，而很少仿作宗庙、朝廷所用的"雅乐"，锺嵘在《诗品》卷中说称其诗"不避危仄，颇伤清雅之调，故言险俗者，多以附照"。所谓"险"主要是指他的诗歌"气急色浓，务追奇险"（王闿运《八代诗选》）。所谓"俗"主要是指他的诗歌多表现征夫的愁苦和思妇的怨恨，抒写寒士的抑郁和愤懑，既没有廊庙诗的雍容华贵，也没有玄言诗和游仙诗的从容冲淡，不少乐府诗学习民歌清新华美的风格，在语言上又不太注意用典，所以缺乏那种典雅高贵的格调。

"险俗"这一语含贬义的指责，恰好表明鲍照乐府诗感情强烈奔放、造语奇险新颖、诗风清新刚健的特征。

他乐府诗中最能打动人心的是寒士不平之鸣，对门阀制度他郁积着满腔怒火，世家大族占据要津，垄断权力，致使寒士沦落不偶、兀兀终身，对这一社会现象他痛恨至极，发为歌咏声情激越近乎狂噑怒吼，如《拟行路难》十八首之四：

> 泻水置平地，各自东西南北流。人生亦有命，安能行叹复坐愁？酌酒以自宽，举杯断绝歌路难。心非木石岂无感？吞声踯躅不敢言。

诗前面六句采用一短一长的句式，一张一弛的节奏，淋漓尽致地表现了诗人那种跌宕起伏的情绪，最后连用两个长句破闸而出，形成情感的巨澜。一边说"安能行叹复坐愁"强自安慰，一边又说"举杯断绝歌路难"不吐不快，声称"不敢言"者恰恰在"言"，真个是"不敢言"愁更愁。由此我们可以看到诗人不向命运低头、不向世俗屈服的倔强性格。又如《拟行路难》之六：

> 对案不能食，拔剑击柱长叹息。丈夫生世会几时？安能蹀躞垂羽翼！弃置罢官去，还家自休息。朝出与亲辞，暮还在亲侧。弄儿床前戏，看妇机中织。自古圣贤尽贫贱，何况我辈孤且直！

诗一起笔劈空而来，连续用"不能食""拔剑击柱""长叹息"三个动作，写出了诗人积愤填膺的怒气，也写出了他唯有"长叹息"的无奈，三、四句才交代"拔剑击柱"的缘由，原来是怀才不遇、有志难伸，在门阀制度下寒门的天才还得侍候和依附世族的蠢材！既然寒士在仕途上只能"踯躅垂羽翼"，那还不如"弃置罢官去"。中间六句诗人好像沉醉于天伦之乐，其实这些亲切甜蜜的家居生活画面，是诗中尖锐的反讽和自嘲，一个希望"功名竹帛"的志士（《拟行路难》之五），只能在"弄儿床前戏，看妇机中织"中自遣自慰，这是一个什么样的世道！结尾两个长句使他郁积的愤怒喷薄而出，并从个人的不遇扩展到历史的悲剧和社会的不公，进一步升华了诗歌的主题。"孤"是说他出生于"孤门细族"，"直"是指他性格的刚直不阿，"自古圣贤"尚且"尽贫贱"，既"孤"且"直"的诗人又如何能伸头呢？于表面的自解中表达了他的控诉和抗议。

　　由于他长期处于社会的下层，由于他在仕途上的坎坷遭遇，所以他的诗歌能真切反映下层人民的悲哀和不幸，如《代东武吟》写一位少壮从军的"寒乡士"，在军中身经百战、九死一生，然而屡建功勋却一无封赏，"时事一朝异，孤绩谁复论？少壮辞家去，穷老还入门。腰镰刈葵藿，倚杖牧鸡豚。昔如韝上鹰，今似槛中猿。徒结千载恨，空负百年怨"。这位从军寒士的一生是社会不公的生动写照。《拟行路难》之十三写一个"辞家从军侨"的游子，在"春禽喈喈旦暮鸣"的时节深切凄苦的思乡之情："流浪渐冉经三龄，忽有白发素髭生。今暮临水拔已尽，明日对镜复已盈。但恐羁死为鬼客，客思寄灭生空精。"

鲍照的乐府诗表现了广阔的生活画面，如《代白头吟》写弃妇的不幸命运："直如朱丝绳，清如玉壶冰。何惭宿昔意，猜恨坐相仍。人情贱恩旧，世议逐衰兴。毫发一为瑕，丘山不可胜。食苗实硕鼠，玷白信苍蝇。凫鹄远成美，薪刍前见陵。"又如《代出自蓟北门行》写将士誓死报国的热忱和建功立业的壮志："萧鼓流汉思，旌甲被胡霜。疾风冲塞起，沙砾自飘扬。马毛缩如猬，角弓不可张。时危见臣节，世乱识忠良。投躯报明主，身死为国殇。"

除乐府诗外，鲍照的五言古诗也有很多佳作，尤其是他的拟古诗，在题材和诗风上都与乐府诗相近。《拟古》八首之二自叙其才能与志向："十五讽诗书，篇翰靡不通。弱冠参多士，飞步游秦宫。侧睹君子论，预见古人风。"诗中所塑造的人物形象无疑有诗人的影子，他不过是借此自抒怀抱。《拟古》之三借幽并游侠写报国立功的豪情："幽并重骑射，少年好驰逐。毡带佩双鞬，象弧插雕服。兽肥春草短，飞鞚越平陆……汉虏方未和，边城屡翻覆。留我一白羽，将以分虎竹。"《拟古》之六写一位满身才艺一腔壮志的寒士，不仅志不得伸、才不见用，反而受尽了贪官悍吏的辱骂鞭笞，受尽了繁重赋税的盘剥："岁暮井赋讫，程课相追寻。田租送函谷，兽藁输上林。河渭冰未开，关陇雪正深。笞击官有罚，呵辱吏见侵。不谓乘轩意，伏枥还至今。"这首诗既揭露了统治者对人民敲骨吸髓的虐政，也反映了孤门寒族子弟的凄凉处境。"不谓乘轩意，伏枥还至今"，不也正是诗人自己一生的写照吗？

鲍照五古诗中还有一些模山范水之作，锺嵘说鲍诗"贵尚巧似"（《诗品》卷中），可见他写景状物能力很强。一般认为他的山水诗成就低于谢灵运，如方东树评其《登庐山诗》说："虽造句奇警，非寻常凡手所能问津，但一片板实……此不必定见为庐山诗，又不必定见为鲍照所作也。换一人换一山，皆可施用。"（《昭昧詹言》卷六）就《登庐山诗》而言，可能没有写出对象的特征，但鲍照的山水诗自有其个人的特色。第一，鲍照的山水诗不像谢诗那样带一条玄言的尾巴，能做到情景交融；第二，他的山水诗是一个风尘小吏或孤独游子感情孤愤郁结的产物。所以他喜欢写险峻孤峭的景象，善于营造凄凉肃杀的意境，如：

　　　高柯危且竦，锋石横复仄。复涧隐松声，重崖伏云色。冰闭寒方壮，风动鸟倾翼。斯志逢凋严，孤游值曛逼。兼途无憩鞍，半菽不遑食。君子树令名，细人效命力。不见长河水，清浊俱不息。

　　　　　　　　　　　　　　　　　　——《行京口至竹里》

　　　江上气早寒，仲秋始霜雪。从军乏衣粮，方冬与家别。萧条背乡心，凄怆清渚发。凉埃晦平皋，飞潮隐修樾。孤光独徘徊，空烟视升灭。途随前峰远，意逐后云结。华志分驰年，韶颜惨惊节。推琴三起叹，声为君断绝。

　　　　　　　　　　　　　　　　　　　　——《发后渚》

这两首诗所写景象虽有不同，但诗情同样凄怆，诗境同样孤峭。前诗中的树枝高竦而突兀，锋石或横出或斜张，复涧里隐隐传来松涛，重崖间又匿伏着云彩，后诗中满眼的黄埃掩盖了皋原，咆哮的江潮遮住了树影，诗人在"孤光"中踯躅徘徊，雾霭在远处忽升忽灭，处处笼罩着奇险肃杀之气。从二诗可以看出诗人与自己的生存环境一直处于某种对峙和紧张之中。有人说鲍照的山水诗步趋谢灵运，这种意见有失偏颇，受到谢灵运的影响也许可能，但他的山水诗形成了他自己独特的艺术个性。

他常以跌宕的章法和劲挺的语言抒写孤愤激烈的情感，形成他那"发唱惊挺，操调险急"的抒情风格，刘熙载在《艺概·诗概》中说："'孤蓬自振，惊沙坐飞'，此鲍明远赋句也，若移以评明远之诗，颇复相似。"鲍照诗歌的确有一种"惊沙坐飞"的艺术震撼力。

鲍照将七言古诗的艺术水平提高到了一个新的高度，在诗歌史上具有里程碑的意义。在他之前如曹丕等人虽有所作，但基本上都是偶一为之，只有到了他这里七言长句才可以说在艺术上臻于成熟，尤其是最为人称道的是《拟行路难》十八首，连李白这样伟大的诗人也深受其影响。王夫之在《古诗评选》中评价鲍照的七言古诗在诗史的地位："七言之制，断以明远为祖何？前虽有作者，正荒忽中鸟径耳。柞械初拔，即开夷庚，明远于此，实已范围千古。故七言不自明远来，皆荑稗而已。"

元嘉诗坛上的另一位著名诗人颜延之（384—456），字延年，祖籍琅琊临沂（今属山东省临沂市），出生于建康（今江苏省南京市）。

颜少孤贫苦学，东晋末官刘柳后军功曹，随刘至江州，治所与弃官归田的陶渊明相距不远，二人常相过从，交情甚笃。入宋后历仕太子舍人、金紫光禄大夫，世称"颜光禄"。为人刚直不阿，其子竣显贵后"权倾一朝，凡所资供，延之一无所受，器服不改，宅宇如旧，常乘羸牛笨车，逢竣卤簿，即屏往道侧"，喜欢饮酒祖歌，自称"狂不可及"（《宋书·颜延之传》）。

南朝人常将他与谢灵运并称"颜谢"，《宋书·谢灵运传论》载："爰逮宋氏，颜、谢腾声。"裴子野《雕虫论》也说："爰及江左，称彼颜、谢。"当然被人"并称"并不一定就使人"并重"，鲍照就曾当面委婉地评说过颜、谢二人优劣："谢五言如初发芙蓉，自然可爱。君诗若铺锦列绣，亦雕缋满眼。"（《南史·颜延之传》）颜延之的诗歌多为庙堂之作，所以他常要装点一些典雅庄重的辞藻，并且好用典故和对仗，形成了绮丽繁复而又凝重典雅的诗风，《车驾幸京口三月三日侍游曲阿后湖作诗》是其代表作。

当然，颜延之也并不是首首诗都雕缋满眼的，他的《五君咏》便写得"清真高逸"（沈德潜《古诗源》卷十）。这五首组诗分咏阮籍、嵇康、刘伶、阮咸和向秀，清王文濡就认为"咏五君实自咏也"（《古诗评注读本》），它们是诗人人格的真实写照，如其一《阮步兵》说："沉醉似埋照，寓辞类托讽。长啸若怀人，越礼自惊众。"其二《嵇中散》说："立俗迕流议，寻山洽隐沦。鸾翮有时铩，龙性谁能驯？"诗中无论是阮籍"越礼惊众"的狂放，还是嵇康"龙性难驯"的傲岸，都能见出颜延之自己"狂不可及"（《南史》本传）的影子。这几首诗

"体裁明密"是其本色，而诗语遒警则洗尽铅华，给人的感受好像是"另换出一番心手"（锺惺《古诗归》），难怪前人说这组诗是颜诗的压卷之作，认为"延年文莫长于庭诰，诗莫长于五君"（张溥《汉魏六朝百三家集题辞·颜光禄集》）。

第三节 沈约、谢朓与"永明体"

永明体一方面是元嘉体的承续，另一方面又实现了艺术上的"新变"。

第一，艺术上这种"新变"体现在永明诗人自觉地追求诗歌的音韵美，《梁书·庾肩吾传》称："齐永明中，文士王融、谢朓、沈约文章始用四声，以为新变。"《南齐书·陆厥传》对"永明体"的由来有更详细的阐述：

> 永明末，盛为文章。吴兴沈约、陈郡谢朓、琅琊王融以气类相推毂。汝南周颙善识声韵。约等文皆用宫商，以平上去入为四声，以此制韵，不可增减，世呼为"永明体"。

齐武帝永明年间（483—493），在齐武帝次子竟陵王萧子良周围形成了一个文人集团，其中最著名的有萧衍、沈约、谢朓、王融、萧琛、范云、任昉、陆倕八人，时人号为"竟陵八友"。锺嵘在

《诗品序》中说将四声用于诗歌创作是"王元长创其首，谢朓、沈约扬其波，三贤或贵公子孙，幼有文辩，于是士流景慕，务为精密"。周颙虽写有《四声切韵》，但他在诗歌创作上影响不大。王融曾计划写一部《知音论》，可惜他和谢朓又都不幸早逝，没有留下完整的论述文字。沈约则不仅著有《四声谱》，且历仕宋、齐、梁三朝，既是政坛上的名公巨卿，又是文坛上公认的领袖，所以他是永明体理论上的主要阐述者，也是永明体创作上的重要诗人。他在《宋书·谢灵运传论》中提出了永明体声律论的总体原则："欲使宫羽相变，低昂互节，若前有浮声，则后须切响。一简之内，音韵尽殊；两句之中，轻重悉异。妙达此旨，始可言文。"在同一诗句中平仄必须交错，在两个对句中平仄必须对立，其重心无非是使诗歌音韵和谐优美。为了实现这一目的，还规定作诗应当避忌的八种毛病：平头、上尾、蜂腰、鹤膝、大韵、小韵、旁纽、正纽。加上前面说的平上去入，就形成了后来人们常说的"四声八病"。四声应用于诗歌创作对格律诗的形成具有历史意义，而"八病"则是在四声基础上确立的声律规范，尽管这些规范是从反面设定的创作原则，但其出发点是要诗人避免诗歌声、韵、调的重复雷同，以达到声调的错综与和谐。

虽然永明诗人也未能完全避免"八病"，但将四声的音韵学成果运用于诗歌创作，使诗人对诗歌音韵美的追求从无心走向了有意，诗歌的音韵也从"暗与理合"变成了全由"思至"（《宋书·谢灵运传论》）。讲究声律虽然开始时难免"文多拘忌，伤其真美"的流弊，但这只是艺术探索过程中必然要付出的代价。这一努力是我国古代诗歌走向格律的第一步，永明体也成了格律诗的先声。

第二，艺术上的"新变"也表现在永明诗人在诗风与诗体上的创新。作为一种时代风格，元嘉诗歌华丽典雅而又滞涩拙重，永明诗歌则既清新灵秀又自然流丽。《颜氏家训·文章》载沈约的话说："文章当从三易：易见事，一也；易识字，二也；易读诵，三也。""易见事"就是用典要明白晓畅，隶事用典让人感觉不到是借用典故，像是从自己胸中流淌出的一样自然；"易识字"是要使语言平易通畅，尽量不用那些偏僻奇奥的字词；"易读诵"当然是要求诗歌音调和谐，吟诵起来朗朗上口。谢朓也常言"好诗圆美流转如弹丸"（《南史·王筠传》）。要做到"圆美流转"就得用典明白易了，用词平易通畅，音韵和谐婉转。

永明诗人很注重通过平仄的变化使诗歌音韵圆转流美，曾有学者就《文选》《玉台新咏》《八代诗选》所选沈约、谢朓、王融三人五言诗的平仄做过统计，其中沈约入选三十二首诗歌共二百五十二句，严格入律句有一百一十八句，占百分之四十七；谢朓入选四十四首诗歌共三百六十六句，严格入律句有一百七十七首，占百分之四十八；王融入选十六首诗歌共一百一十二句，严格入律的四十六句，占百分之四十一。在这三本选集中，颜延之和谢灵运所选诗歌的严格律句和特殊律句占百分之三十五，王融的占百分之五十八，沈约的占百分之六十三，谢朓的占百分之六十四。诗歌律句超过半数以上是从永明诗人开始的（刘跃进《门阀氏族与永明文学》第三章），诗歌"一简之内，音韵尽殊；两句之中，轻重悉异"也是永明时期才真正实现的，因而，"圆转流美"这一对诗歌的美学要求，只有永明时期才可能提出，也只有永明诗人才可能做到。

永明诗风清新、流丽、晓畅，在诗人们遣词造句上也能充分体现出来。沈约作为一代学者、诗人和历史学家，他写诗要想獭祭藻饰是不愁没有材料和辞藻供其驱使的，但他的诗歌在语言上大多流丽晓畅，很少用僻典和奇字，即使隶事用典也犹如己出，基本上能做到他自己提出的"三易"原则。永明诗坛上另一位代表诗人王融同样也"辞不贵奇"，锺嵘称其诗歌语言"词美英净"（《诗品》卷下）。谢朓的诗歌更能体现"永明体"的风格特征，后文将要对他详细阐述，现在我们通过沈约的诗看看永明诗歌语言上的这一特点：

> 河汉纵且横，北斗横复直。星汉空如此，宁知心有忆！
> 孤灯暧不明，寒机晓犹织。零泪向谁道，鸡鸣徒叹息。
>
> ——《夜夜曲》

> 生平少年日，分手易前期。及尔同衰暮，非复别离时。
> 勿言一樽酒，明日难重持。梦中不识路，何以慰相思！
>
> ——《别范安成》

> 勿言草卉贱，幸宅天池中。微根才出浪，短干未摇风。
> 宁知寸心里，蓄紫复含红！
>
> ——《咏新荷应诏》

这三首诗第一首是写闺怨的乐府，第二首写友人之间的离别，第三首为咏物的应制诗。应制诗既没有常见的那种典重华丽，乐府诗也毫不古拙艰涩，离别诗更是清便婉转。三诗虽然体裁不同，题材各异，但在语言上无一不是清空一气，平易、流畅而又自然。尤其是《别范安成》一诗以浅语写深情，遣词于平易中寓新巧，音调流美却毫不轻浮，是离别诗歌中"不易多得"的佳作（于光华《重订文选集评》辑何焯评语）。

"竟陵八友"之一范云和沈约一样历仕三朝，但他的主要创作年代仍在齐朝，诗风与沈约、谢朓等永明诗人相似，锺嵘称其诗"清便宛转，如流风回雪"（《诗品》卷中），下面两首诗可见出范诗那种秀逸、轻盈、宛转的特点：

洛阳城东西，却作经年别。昔去雪如花，今来花似雪。

——《别诗》

春草醉春烟，深闺人独眠。积恨颜将老，相思心欲燃。几回明月夜，飞梦到郎边。

——《闺思》

前诗是与何逊的联句，何集题为《范广州宅联句》，这四句可独立成篇，"雪如花"与"花似雪"不仅能见出诗人想象的丰富，能见出他构思的精巧，也能见出诗篇回旋婉转的特征。苏轼《少年游》

一词中"去年相送，余杭门外，飞雪似杨花。今年春尽，杨花似雪，犹不见还家"，明显是从范诗"昔去雪如花，今来花似雪"化出。后面一首《闺思》语言明白如话，而声调则圆转流利。

艺术上的"新变"还表现在所谓"新体诗"的出现。"新体诗"之名来于清末王闿运《八代诗选》，它是"永明体"在诗体上的突出体现：首先它必须符合"前有浮声，后须切响"的四声要求，在声调上近于后来的近体诗，与格律诗不同的是它有对无粘，并常常押仄声韵；其次它要求两句之间应当对偶，尽管这种对偶不像近体诗那么严格；最后它在句型的选择上趋于短小，基本上以五言四句和八句为主。有人曾做过统计，在谢灵运的诗集中，十六句以上的诗歌有五十首，八句的只有四首，而在谢朓诗集中十六句以上的有二十八首，十二句的有十六首，十句的也是十六首，八句的诗歌有三十六首（此处统计不包括大小谢的乐府诗，如果包括乐府诗，小谢的四句诗有十几首之多，而且在声律和韵味上都近于五绝）。永明以后的诗人常批评大谢的诗歌以"繁富为累""繁芜""冗长"等，就是因为大谢的诗中对句过多过密，大量相同的句式反复出现给人以单调繁冗的感觉。永明时期出现了大量四句和八句的短诗，它们在声、韵、调及其句型上都可说是律诗的滥觞。

永明体的代表诗人无疑要数谢朓。清吴淇在《六朝选诗定论》中说："齐之诗以谢朓为称首，其诗极清丽新警，字字得之苦吟。较之梁，惟江淹仿佛近之，而沈约、任昉辈皆所不逮，遂以开唐人一代之先。"谢朓诗歌句既清丽，韵更悠扬，诗风俊朗秀逸，明末锺惺认为谢玄晖"灵妙之心，英秀之骨，幽恬之气，俊慧之舌，一时无对"(《古诗归》)。他最拿手的题材是山水诗，锺嵘认为"其源出于谢混"(《诗品》卷中)，像大谢的山水诗一样描写细致逼真，但又不像大谢那样雕镂板滞，如：

戚戚苦无悰，携手共行乐。寻云陟累榭，随山望菌阁。远树暧阡阡，生烟纷漠漠。鱼戏新荷动，鸟散余花落。不对芳春酒，还望青山郭。

——《游东田》

江路西南永，归流东北骛。天际识归舟，云中辨江树。旅思倦摇摇，孤游昔已屡。既欢怀禄情，复协沧洲趣。嚣尘自兹隔，赏心于此遇。虽无玄豹姿，终隐南山雾。

——《之宣城郡出新林浦向板桥》

这两首诗在写法上基本略去了大谢山水诗对游程的大段记述，"一起以写题为叙题，兴象如画"(方东树《昭昧詹言》)，在写景上也不像大谢那样作无休止的铺陈，而是摄取最典型的物象以工笔绘出，无论写意绘景都简洁明净，即使着色明丽也别具天然情韵。"远树暧阡阡，生烟纷漠漠"富于陶诗"暧暧远人村，依依墟里烟"的潇散风致，"鱼戏新荷动，鸟散余花落"则是小谢所独有的清秀明丽，"天际识归舟，云中辨江树"更是千古传诵的天然秀句了。

清人方伯海说小谢诗歌"秀处在骨"(《重订文选集评》),锺嵘也早就称谢朓诗"奇章秀句,往往警遒"(《诗品》卷中),轻灵但绝不纤弱,秀丽处不失遒劲,如《暂使下都夜发新林至京邑赠西府同僚》:

> 大江流日夜,客心悲未央。徒念关山近,终知返路长。秋河曙耿耿,寒渚夜苍苍。引领见京室,宫雉正相望。金波丽鳷鹊,玉绳低建章。驱车鼎门外,思见昭丘阳。驰晖不可接,何况隔两乡。风云有鸟路,江汉限无梁。常恐鹰隼击,时菊委严霜。寄言罻罗者,寥廓已高翔。

以"大江流日夜,客心悲未央"二语发端,滚滚东流的江水日夜不息,恰似诗人不能自已的悲愤之情,其气势滔滔莽莽,其情思悲慨淋漓。不仅苏东坡的"大江东去"壮语可能受到它的启发,李后主"问君能有几多愁?恰似一江春水向东流"的名句又何尝不是暗用其意?"秋河曙耿耿"以下六句承"关山近",实写京畿秋江夜望景色:秋天的夜空微露曙色,江边陆地寒色苍苍,宫殿上面洒满了银色的月光,而低垂的玉绳星好像斜挂在宫阙下边,此情此景非悲愁中亲历者不能道,甚至连画工也难描。"驱车鼎门外"以下六句承"返路长",抒写自己对西府同僚的思念之情,太阳不受地域的限制尚不可骤见,何况与西府同僚相隔两地的呢?风云之中虽有鸟道相通,人世的京邑与荆州却受到江、汉的阻隔,至此才知道诗人为何说"客心悲未央"。声调响亮而又和谐，语言灵秀而又雅健，难怪沈约称道他"调与金石谐，思逐风云上"（《伤谢朓》）了。

《晚登三山还望京邑》同样是一篇秀而且健的名作：

　　灞涘望长安，河阳视京县。白日丽飞甍，参差皆可见。余霞散成绮，澄江静如练。喧鸟覆春洲，杂英满芳甸。去矣方滞淫，怀哉罢欢宴。佳期怅何许，泪下如流霰。有情知望乡，谁能鬒不变？

此诗之所以令人叫绝，不只是它描写了京城的巍峨壮丽，勾画出傍晚日照大江的绚丽多姿，写出了春天江边杂英满甸的盎然春意，更重要的是诗人将这一切和离京去国之情融为一体，"白日丽飞甍"的宏伟宫阙很快就和自己无缘，"余霞散成绮"的美景转眼也只能在记忆中回味，"喧鸟覆春洲"的清脆鸟鸣此后也只能在梦中才会听见，优美清丽的画面中洋溢着依恋惆怅之情。李白对诗中的名句称道不已："解道澄江净如练，令人长忆谢玄晖。"（《金陵城西楼月下吟》）

谢朓诗中的写景名句当然不止"余霞散成绮"一联，春夏秋冬四时在他的笔下各呈异彩，京城、荆州、宣城的景色更各有个性，这里有春日的明媚——"香风蕊上发，好鸟叶间鸣"（《送江兵曹檀主簿朱孝廉还上国》），有秋天的萧瑟——"寒槐渐如束，秋菊行当把"（《落日怅望》），有荆州的壮阔——"荆山嵷百里，汉广流无极。

北驰星昴正，南望朝云色"（《答张齐兴》），还有京郊的妩媚——"日华川上动，风光草际浮。桃李成蹊径，桑榆荫道周"（《和徐都曹出新亭渚》）。

谢朓以乐府旧题写成的那些五言小诗，既有民歌的明白浅易，又兼文人的含蓄委婉：

> 夕殿下珠帘，流萤飞复息。长夜缝罗衣，思君此何极！
>
> ——《玉阶怨》

> 佳期期未归，望望下鸣机。徘徊东陌上，月出行人稀。
>
> ——《同王主簿有所思》

> 绿草蔓如丝，杂树红英发。无论君不归，君归芳已歇！
>
> ——《王孙游》

这些精致玲珑的小诗可与唐人五绝媲美。严羽在《沧浪诗话》中说："谢朓之诗，已有全篇似唐人者。"就其气韵、声调和笔致而言，的确可以说"玄晖为唐调之始"（胡应麟《诗薮》）。唐代诗人大多都推崇谢朓，李白"一生低首谢宣城"（王士禛《论诗绝句》），杜甫也同样希望自己"诗接谢宣城"（《陪裴使君登岳阳楼》），到大历十才子等人更是将谢朓作为典范作家来学习。

第五章

南北诗风的融合与南北朝民歌的风貌

梁朝诗坛前期的诗人基本都是齐朝的旧人，所以梁诗是齐诗的延续和发展，诗论家就常有所谓"齐梁诗风"的说法。但梁朝后期的"宫体"与齐"永明体"有明显差异，而与后来的陈诗倒是一脉相承。陈初的诗人也同样是梁朝遗老，因而，梁朝前期诗歌承上而后期诗歌启下。从诗歌发展的脉络来看，诗家说"齐梁诗风"固然不错，清陈祚明和沈德潜等人称"梁陈"诗风则同样贴切，很多人就将陈代诗风与梁代诗风合称为"梁陈宫体"。梁陈诗歌所抒写的诗情及抒情的艺术形式有较鲜明的时代特征，以"靡丽轻艳"和"格调卑弱"来评梁陈诗歌虽不无道理，但失之简单和片面，这里我们将分析梁陈诗歌的特点和成因，阐述它们的成就与不足。

北朝诗歌因为历史与地域的原因，逐渐形成了不同于南朝的独特风貌，它的粗犷、苍凉和朴拙，曾打动过一代又一代的读者。但北朝诗歌和北朝其他的文学体裁一样，在它的发展过程中越来越受到南朝诗风的影响与同化。同时，随着南朝诗人羁留北方，他们的诗歌也自觉或不自觉地受到"河朔之气"的浸淫，慢慢出现了南北诗风的融合，庾信"暮年诗赋动江关"就是南北诗风融合的典型。

短命的隋朝在诗歌创作上仍然是南北朝诗风融合的延续，由北朝入隋的诗人如杨素、卢思道、薛道衡在学习齐梁诗歌时并未完全失去自身的"河朔之气"。倾心南方文化的隋炀帝杨广虽常为侧艳之声，但他的"边塞诸作铿然独异"（沈德潜《说诗晬语》），在他身上的确融合了北方劲健与南方的绮丽。他和庾信的创作正好相反，他是北人而主动接受南方文化，庾信则是南人而不自觉地受到北方的影响，他们二人正好反映了南北文风将同风合流的历史潮流。

南北朝民歌虽各有不同的体貌、风味、特征，但它们都同样带有各地的泥土芬芳和民情风韵。无论是南朝民歌的低吟浅唱还是北朝民歌的鞔辂之声都深刻地影响了当时和后世的诗歌创作。

第一节　梁陈诗歌的时代风格

《梁书·文学传序》说："（高祖）旁求儒雅，诏采异人，文章之盛，焕乎俱集。"《南史·梁武帝本纪论》也称"自江左以来，年逾二百，文物之盛，独美于兹"。梁武帝统治的近五十年时间里，社会的安定和经济的恢复，使文人能从容地从事文学创作，同时梁武帝父子杰出的文学才华、对文学的爱好、对文人的奖掖与礼遇,更促进了文学创作的繁荣。

梁武帝萧衍不仅"博学多通"(《南史·梁武帝纪》),而且"雅好词赋"(《南史·袁峻传》),他在齐时已预"竟陵八友"的文学集团,即帝位后"每所临幸,辄命群臣赋诗,其文之善者赐以金帛,是以缙绅之士,咸知自励"(《南史·文学传序》)。《梁书·文学传序》称"沈约、江淹、任昉并以文采,妙绝当时。至若彭城到沆、吴兴丘迟、东海王僧孺、吴郡张率等,或入直文德,通宴寿光,皆后来之选也"。类似的记载在《梁书》《南史》各传中不绝于书,"高祖招文学之士,有高才者,多被引进,擢以不次"(《梁书·刘峻传》),"武帝雅好辞赋,时献文于南阙者相望焉,其藻丽可观,或见赏擢"(《梁书·袁峻传》)。梁武帝对文学创作——特别是诗歌创作——的喜爱、提倡和奖掖,无疑为梁朝的"文物之盛"起到推波助澜的作用。

由于受到父风的影响,昭明太子萧统、简文帝萧纲、元帝萧绎及武帝其他诸子如豫章王萧综、邵陵王萧纶、武陵王萧纪等,每人都以多才善文名世,又都喜欢延纳文学词章之士。《梁书·昭明太子传》称萧统"性宽和容众,喜愠不形于色。引纳才学之士,赏爱无倦。恒自讨论篇籍,或与学士商榷古今,闲则继以文章著述,率以为常。于时东宫有书几三万卷,名才并集,文学之盛,晋、宋以来未之有也"。据《梁书·刘孝绰传》《王锡传》载,当时文坛上的著名作家如陆倕、张率、王规、刘孝绰、到洽、张缅、王筠等都团聚在萧统周围。这一文人集团中有的以学术见长,有的以创作标美,其中刘孝绰、王筠二人尤其受到萧统的青睐，他们二人的诗歌在当世享有盛名，《梁书·王筠传》载："（王筠）累迁太子洗马，中舍人，并掌东宫管记。昭明太子爱文学士，常与筠及刘孝绰、陆倕、到洽、殷芸等游宴玄圃，太子独执筠袖抚孝绰肩而言曰：'所谓左把浮丘袖，右拍洪崖肩。'其见重如此。"梁简文帝萧纲和兄一样"引纳文学之士，赏接无倦，恒讨论篇籍，继以文章"（《梁书·简文帝本纪》)，及位后"开文德省置学士，肩吾子信、徐摛子陵……东海鲍至等充其选"（《南史·庾肩吾传》）。昭明太子之后在他身边又形成了另一个文学集团，他们的诗歌创作完成了从永明体到宫体诗的转换。

梁朝的诗歌创作不只是诗人们一种自发的行为，而且是受到当时文坛领袖人物创作主张的深刻影响。萧统的文学思想基本还是永明以来文学主张的延续和发展，在文质并重中突出"文"，在"典丽"并提时强调"丽"。他在《答湘东王求文集及〈诗苑英华〉书》中说："夫文典则累野，丽亦伤浮。能丽而不浮，典而不野，文质彬彬，有君子之致，吾尝欲为之，但恨未逮耳。"文章应典雅而不粗野干枯，华丽又不浮浅轻薄，达到所谓"文质彬彬"的境界。表面典丽并提其实已将"丽"放在重要位置，他在《文选序》中提出的选文标准是"事出于沉思，义归乎翰藻"，这里的"翰藻"也就是"丽"，可见他把"丽"作为衡量文学与非文学的一个重要准绳。他认为文学创作必然由质朴而趋华丽，"踵其事而增其华，变其本而加其厉"。萧纲在审美趣味上与萧统一样，都激赏平易、清绮、流畅和圆美的诗风，批评"懦钝""浮疏""阐缓"的"文体"，因而他把永明诗文作为典范："至如近世谢朓、沈约之诗，任昉、陆倕之笔，斯实文章之冠冕，述作之楷模。"他比其兄更看重词采藻绘，"六典三礼所施则有地"，文学语言毋须模仿《酒诰》《大传》等经典，否则作品"了无篇什之美"，公开提出"质不宜慕"（《与湘东王书》）。与其兄不同的是他否定文学的社会功能，"立身之道，与文章异。立身先须谨重，文章且须放荡"（《诫当阳公大心书》）。文学创作并非"经国之大业"，也非厚人伦、成教化的工具，只是作家逞辞藻、夸才情的娱乐活动。并非有德者必有言，道德与审美不同甚至对立，做人之道与作文之道异趣甚至相反，做人应以"谨重"为先，而作文不妨洒脱"放荡"。这一理论可以说是为他的宫体诗写作张目。

梁陈诗歌最突出的特点是语言日趋浓艳。梁前期诗人柳恽、何逊、吴均，虽然明许学夷说他们"声多入律，语多绮靡"（《诗源辩体》卷九），但柳诗"取裁于古而调适自然"（陈祚明《采菽堂古诗选》），何逊诗风秀逸俊朗，吴诗更时露雄迈之气。他们写诗常常不事藻饰，诗语或萧疏淡远，如柳恽；或流畅清新，如何逊；或"清拔有古气"（《梁书·吴均传》），如吴均。他们多数诗歌可称清丽秀雅，但还不能说是绮靡艳丽，颜之推甚至说"何逊诗实为清巧，多形似之言。扬都论者恨其每病苦辛，饶贫寒气"（《颜氏家训·文章》），陆时雍批评"吴均粗浅无文"（《古诗镜》），陈祚明称道柳恽诗"无六朝纤靡之习，颇开太白之先"（《采菽堂古诗选》）。先来看看柳恽的代表作《江南曲》：

汀洲采白蘋，日落江南春。洞庭有归客，潇湘逢故人。

故人何不返，春华复应晚。不道新知乐，空言行路远。

此诗以曲折细腻之笔抒写思妇对远方丈夫的思念，而其语言近乎日常口语，如"洞庭有归客，潇湘逢故人""不道新知乐，空言行路远"，像思妇与人唠家常似的亲切自然。清吴乔在《围炉诗话》中称此诗"可以继美《十九首》"。《古诗十九首》的语言不也像秀才和人道家常吗？他的《捣衣》五首之二同样也为人传诵：

行役滞风波，游人淹不归。亭皋木叶下，陇首秋云飞。

寒园夕鸟集，思牖草虫悲。嗟矣当春服，安见御冬衣？

"亭皋"二句一南一北一实一虚，既意境开阔，又刻画入微，难怪王融见后嗟赏不已，并把它们书在白团扇和斋壁上了。"秋风吹绿潭，明月悬高树"（之三）、"轩高夕杵散，气爽夜砧鸣"（之四）等，也无一不是"着眼大，入情远"的佳句（王夫之《古诗评选》）。五首诗很少研练雕琢，诗语自然高古。

何逊在梁代"文名齐刘孝绰，诗名齐阴子坚"（张溥《汉魏六朝百三家集题辞》），今所存文不足以媲美孝绰，而其诗则远胜于阴铿。他是梁代诗歌创作成就最高的诗人，清田雯在《古欢堂集·杂著》中说："萧郎右文，作者林立，当以何逊为首，江淹辅之。"江淹的拟古之作虽面貌酷似原诗，但只是形似而非神肖，难免优孟衣冠之讯，而何逊诗歌"经营匠心，惟取神会。生乎骈丽之时，摆脱填缀之习。清机自引，天怀独流，状景必幽，吐情能尽。故应前服休文，后钦子美"（陈祚明《采菽堂古诗选》）。何逊当骈丽之际独尚白描，诗语"以本色见佳"，不仅较少妃红俪白之作，而且诗中很少隶事用典，读来"了无滞色"（陆时雍《诗镜总论》），加之他状景每入幽微，抒情更是曲尽其妙，因而他青年时便能使诗坛前辈巨擘范云大加称赏，使沈约读其诗"一日三复犹不能已"（《梁书》本传），并让后世的诗圣杜甫"颇学阴何苦用心"（《解闷》之七）。何逊诗歌所抒写的不是模物写景，便是友朋酬赠，抑或羁旅乡思：

> 林密户稍阴，草滋阶欲暗。风光蕊上轻，日色花中乱。相思不独欢，伫立空为叹。清谈莫共理，繁文徒可玩。高唱子自轻，继音予可惮。
>
> ——《酬范记室云》

> 暮烟起遥岸，斜日照安流。一同心赏夕，暂解去乡忧。野岸平沙合，连山远雾浮。客悲不自已，江上望归舟。
>
> ——《慈姥矶》

> 客心愁日暮，徙倚空望归。山烟涵树色，江水映霞晖。独鹤凌风逝，双凫出浪飞。故乡千余里，兹夕寒无衣。
>
> ——《日夕出富阳浦口和朗公》

这三首诗的语言基本都不用典故，也很少装点大红大绿的字眼，像"客悲不自已，江上望归舟"，好似经过提炼的口语，所以清空灵动、了无滞碍，典型地体现出诗歌语言"本色"的特点。三诗也能体现何逊写景"清丽简远"的特色（胡仔《苕溪渔隐丛话前集》），"野岸平沙合，连山远雾浮"以清简的笔致勾勒出旷远的意境，"野岸""平沙""连山""远雾"这些意象给人以开阔平旷的审美感受。"山烟涵树色，江水映霞晖"也是以省净之语写迥远之景。"风光蕊上轻，日色花中乱"设色虽然清丽，但绝无妃红俪白的艳俗之嫌，气韵素雅而又清微。吴均的诗歌语言更少浓妆艳抹，《梁书》本传说他"文体清拔有古气"。所谓"清拔"大意是指清峻峭拔，能自异于当时香艳浓软的文风。"有古气"可能是说他的文风清通疏朗，不似时人那样密丽浓艳。吴均才气俊迈不群，但语言明白如话清空一气，其诗几乎无名句可摘，如：

羽檄起边庭，烽火乱如萤。是时张博望，夜赴交河城。马头要落日，剑尾掣流星。君恩未得报，何论身命倾！

——《入关》

前有浊樽酒，忧思乱纷纷。少年重意气，学剑不学文。忽值胡关静，匈奴遂两分。天山已半出，龙城无片云。汉世平如此，何用李将军！

——《战城南》

从柳恽、何逊和吴均的诗歌可以看出，梁代前期的诗歌和永明诗一样意象疏朗而又着色疏淡，诗歌的意脉也明朗流畅。到梁代后期情况就出现了变化，萧纲周围的文人集团开始写作宫体诗以后，诗歌语言越来越浓艳，与所表现的对象相适应，诗中装点了许多华丽的意象。

宫体诗出现的时间大概在萧纲立为皇太子前后，《梁书·徐摛传》称徐摛"属文好为新变，不拘旧体"。"会晋安王纲出戍石头……王入为皇太子，转家令，兼掌管记，寻带领直。摛文体既别，春坊尽学之，'宫体'之号，自斯而起。"宫体诗的写作自然不可能始于萧纲入东宫之时，但可能宫体之名是在他入东宫后才确立的。《隋书·经籍志》说："梁简文之在东宫，亦好篇什，清辞巧制，止乎祍席之间；雕琢蔓藻，思极闺闱之内。后生好事，递相放习，朝野纷纷，号为'宫体'。"顾名思义，"宫体诗"所表现的对象是宫廷生活，主要题材是描写女性的容貌、举止、情态，以及与女性相关的物象、环境、氛围，艺术上的主要特点是语言绮靡轻艳，声调圆转流美，格调卑弱香软。宫体诗的代表诗人是萧纲、萧绎和周围的文人：

> 北窗聊就枕，南檐日未斜。攀钩落绮障，插捩举琵琶。梦笑开娇靥，眠鬟压落花。簟文生玉腕，香汗浸红纱。夫婿恒相伴，莫误是倡家。
>
> ——萧纲《咏内人昼眠》

佳丽尽关情，风流最有名。约黄能效月，裁金巧作星。粉光胜玉靓，衫薄拟蝉轻。密态随流脸，娇歌逐软声。朱颜半已醉，微笑隐香屏。

——萧纲《美女篇》

绛树及西施，俱是好容仪。非关能结束，本自细腰肢。镜前难并照，相将映渌池。看妆畏水动，敛袖避风吹。转手齐裾乱，横簪历鬓垂。曲中人未取，谁堪白日移。不分他相识，唯听使君知。

——庾肩吾《咏美人》

蛾月渐成光，燕姬戏小堂。胡舞开春阁，铃盘出步廊。起龙调节奏，却凤点笙簧。树交临舞席，荷生夹妓航。竹密无分影，花疏有异香。举杯聊转笑，欢兹乐未央。

——萧绎《夕出通波阁下观妓诗》

宫体诗历来被人视为宫廷荒淫生活的表现，自然它本身也成了"淫荡堕落"的代名词。其实，就宫廷生活而言，萧纲和萧绎的宫廷并不比其他皇宫更加淫乱，史家对他们二人的个人品性和私生活还颇多称美之词，萧纲"养德东朝，声被夷夏，洎乎继统，实有人君之懿"（《梁书·简文帝本纪》），萧绎"性不好声色，颇有高名"（《梁书·元帝本纪》），对儿女之情"虽有涉于篇什，实不接于风流"；

就宫体诗的内容而言，淫荡的诗歌毕竟很少。"有人君之懿"和"性不好声色"的皇帝为什么大写艳情呢？一方面是当时世风的浸淫，长期以来南朝宫中"声伎所尚，多郑卫淫俗。雅乐正声，鲜有好者"（《南齐书·萧惠基传》），萧纲、萧绎和庾肩吾、徐摛等人诗歌的"新变"难免不受南朝这些流行歌曲的影响；另一方面，萧纲他们有意将为人与为文分离，将诗文创作作为一种纯审美的艺术活动，淡化文学作品的教化作用，因而诗歌中的"美人"不再是"君子"的象征和喻体，不再因其美德而让人崇敬，只是因其美貌而让人倾心。诗人以男性的眼光将女性作为审美对象，自然喜欢关注她们的姿容、体态、服饰，就像南朝的山水诗人"巧构形似之言"一样，他们也竭力将她们的容貌、体态描写得肖貌逼真。如果说宫体诗有什么值得指责的地方，我们认为主要就在于它们乐于"肉体的铺陈"而不着意"心灵的表现"，当诗人们沉溺于描绘女性的姿容体态时，忽视了对女性丰富内心世界的刻画，致使这类诗歌缺乏打动人心的艺术力量，而且少数作品格调轻佻，大多数诗歌着色浓艳，诗风便由永明和梁前期的轻绮一变而为艳丽。

诗论家常将陈代诗风与梁代合称为"梁陈宫体"，陈后主、徐陵的诗风的确与萧纲、萧绎、徐摛一脉相承，陈时诗风比梁后期更为浮艳，当然写作宫体诗的多是以陈后主为中心的宫廷文人，如陈后主的《玉树后庭花》：

丽宇芳林对高阁，新妆艳质本倾城。映户凝娇乍不进，出帷含态笑相迎。妖姬脸似花含露，玉树流光照后庭。

　　即使宫廷诗人也不是首首诗歌都脂腻粉浓，从萧纲到"狎客"江总都写过简洁明净朴素清爽之作，如："天霜河白夜星稀，一雁声嘶何处归。早知半路应相失，不如从来本独飞。"（萧纲《夜望单飞雁》）"心逐南云逝，形随北雁来。故乡篱下菊，今日几花开？"（江总《于长安归还扬州九月九日行薇山亭赋韵》）只是这一时期诗风以浓艳为其主调。

　　梁陈诗歌的另一特点是"声渐入律"。南朝诗人中谢朓与何逊都以善状景物著名，但小谢的"余霞散成绮，澄江静如练""鱼戏新荷动，鸟散余花落""天际识归舟，云中辨江树"，仍为南朝秀语，而何逊的"夜雨滴空阶，晓灯暗离室"（《从镇江州与游故别》）、"山烟涵树色，江水映霞晖"（《日夕出富阳浦口和朗公》）、"薄云岩际出，初月波中上"（《入西塞示南府同僚》）、"露湿寒塘草，月映清淮流"（《与胡兴安夜别》）、"岸花临水发，江燕绕樯飞"（《赠诸游旧》）、"野岸平沙合，连山远雾浮"（《慈姥矶》）、"风声动密竹，水影漾长桥"（《夕望江桥示萧谘议、杨建康、江主簿》），则几为唐人佳句。前人早已指出杜甫常化用何逊名句入诗，杜甫名句"薄云岩际宿，孤月浪中翻"（《宿江边阁》）、"远岸秋沙白，连山晚照红"（《秋野》）、"岸花飞送客，樯燕语留人"（《发潭州》）、"野润烟光薄，沙暄日色迟"（《后游》），即从何逊诗句中翻出。受何逊影响的岂止杜甫一人？王维的"泉声咽危石，日色冷青松"（《过香积寺》），与何逊的"轻烟澹柳色，重霞映日余"（《落日前墟望赠范广州云》），在字法句法上不是一脉相承吗？何逊少数五言诗已与唐代五律相去不远，如《日夕出富阳浦口和朗公》首尾两联为散句，中间两联都是对仗精严的偶句，全诗平仄也大体合律，句式与音律宛如唐诗，清乔亿在《剑溪说诗》中说："萧梁一代，新城公谓江淹、何逊足为两雄。以余观之，文通格调尚古，仲言音韵似律，未宜并论也。"何逊诗歌的音韵和句式已"渐入近体"，难怪唐人称"能诗何水曹"（杜甫《北邻》）了。

陈代著名诗人阴铿在后世与梁何逊并称"阴何"，从杜甫的"颇学阴何苦用心"，到陆时雍所谓"阴何气韵相邻而风华自布"（《古诗镜》），宋、明、清几代的诗人和诗论家都将阴、何作为初唐沈、宋的先声。黄伯思称阴铿"乃沈、宋近体之椎轮"（《东观余论》），许学夷说阴铿"五言声尽入律"（《诗源辩体》）。清陈祚明对他的诗歌成就更是赞美有加："阴子坚诗声调既亮，无齐、梁晦涩之习，而琢句抽思，务极新隽，寻常景物，亦必摇曳出之，务使穷态极妍，不肯直率。此种清思，更能运以亮笔，一洗《玉台》之陋，顿开沈、宋之风。"（《采菽堂古诗选》）阴铿身当宫体诗风靡之时能独异时流，很少写那种铺锦叠绣的诗歌，声调婉啭而浏亮，风格流丽而清新。有些阴诗在句型上多为八句或十句，除首尾两联外，中间的两联或三联基本上为偶句，平仄也大体上合律，如：

大江一浩荡，离悲足几重。潮落犹如盖，云昏不作峰。
远戍唯闻鼓，寒山但见松。九十方称半，归途讵有踪。

——《晚出新亭》

客行逢日暮，结缆晚洲中。戍楼因嵼险，村路入江穷。

水随云度黑，山带日归红。遥怜一柱观，欲轻千里风。

——《晚泊五洲诗》

羁旅行役、游览思乡是阴铿诗歌的主要题材，他擅长于在景物描绘中抒写自己的思乡之情。如前首写傍晚离开南京新亭时的所闻所见，诗人通过落潮、昏云、戍鼓、寒松等意象构成了一幅"文人晚征图"，以凄寒昏暗之景写迷茫悲伤之情。后首同样写行役中晚泊五洲时所见的江边景色，融情入景或因景抒情的手法用得十分纯熟，江边山崖上耸立的戍楼，江边蜿蜒曲折的村路，远处山头的一抹晚霞，还有那暮霭笼罩的江面，诗人乱世行役的心情自在不言之中。这两首诗尽管平仄不全合律，但声调已与律诗十分相近，中间两联都是工切的偶句，已完全符合律诗的要求，可以说它们是不太规范的五言律，和初唐的五律相去不远。他的另一首《新成安乐宫》更是"声已入律"的代表作：

新宫实壮哉，云里望楼台。迢递翔鹍仰，连翩贺燕来。

重檐寒雾宿，丹井夏莲开。砌石披新锦，梁花画早梅。欲知安乐盛，歌管杂尘埃。

胡应麟《诗薮》称此诗"五言十句律诗，气象庄严，格调鸿整；平头上尾，八病咸除；切响浮声，五音并协，实百代近体之祖"。

说此诗"八病咸除"虽有点夸张，第一、四句中的第二字和第五字（"宫""哉"和"翩""来"）都是平声，犯了八病中"蜂腰"的毛病，但此诗十句中每句的音调错综，两句的平仄相对，中间三联全用偶句，律诗的两个基本要素——声律和对偶——此诗全都具备，除全诗有十句还不合五律的要求外，它已是一首律诗了，甚至我们可以称它为五言排律。

陈代另一诗人张正见在陈代诗人中存诗较多，诗语工巧而又富艳，可惜"多无为而作，中少性情"（陈祚明《采菽堂古诗选》），所以严羽轻蔑地说"虽多亦奚以为"（《沧浪诗话》）。不过，他五言诗的句型和音韵都已为唐律滥觞，"张正见诗，律法已严于四杰，特作一二拗语，为六朝耳"（王世贞《艺苑卮言》），如：

关外山川阔，城隅尘雾浮。白云凝绝岭，沧波间断洲。
四面观长薄，千里眺平丘。河津无桂树，樽酒自淹留。

——《游龙首城诗》

当歌对玉酒，匡坐酌金罍。竹叶三清泛，蒲萄百味开。
风移兰气入，月逐桂香来。独有刘将阮，忘情寄羽杯。

——《对酒》

上二首对偶之工切、音调之谐婉都大似唐诗，而由梁入陈的另一著名诗人徐陵的拟乐府《折杨柳》则更可视为五律之祖：

160

袅袅河堤树，依依魏主营。江陵有旧曲，洛下作新声。

妾对长杨苑，君登高柳城。春还应共见，荡子太无情！

从对仗、平仄到粘对无一不合唐人五律的规范，前人说陈代诗格风气已开初唐，梁陈诗歌的确是从永明体发展到近体诗之间十分重要的一环。

第二节　庾信与南北诗风的融合

西晋末匈奴、鲜卑等部落先后入主中原，文化中心随着晋室南迁移到了长江流域，原来文化中心的黄河流域成了烽烟不断的战场，长期的战乱使汉魏故地深厚的文化积累破坏殆尽，飘荡在大漠荒野的只有那些鼓角横吹的歌声。历史上所说的"南北朝"始于宋武帝代晋建宋（420），终于隋文帝杨坚平陈统一全国（589）。"北朝"包括北魏、东魏、西魏、北齐、北周。北魏统治者鲜卑拓跋氏先世久居塞北，直到道武帝统一北魏前还处在游牧状态，由于久"不交南夏，是以载籍无闻"（《北史·魏本纪》一）。孝文帝迁都洛阳后北魏的文学创作才进入一个新阶段，《北史·文苑传序》说："及太和在运，锐情文学，固以颉颃汉彻，跨蹑曹丕，气韵高远，艳藻独构。衣冠仰止，咸慕新风，律调颇殊，曲度遂改。""颉颃汉彻，跨蹑曹丕"自是溢美之词，但也只有这时才真正有值得称述的"北朝文学"，其中北朝诗歌的情况当然也是如此。

北朝文学由于历史、社会和地理的原因，呈现出与南方文学某些不同的特色，《隋书·文学传序》曾比较过南北文学的不同风格：

> 暨永明、天监之际，太和、天保之间，洛阳、江左，文雅尤盛……彼此好尚，互有异同。江左宫商发越，贵于清绮；河朔词义贞刚，重乎气质。气质则理胜其词，清绮则文过其意。理深者便于时用，文华者宜于咏歌。此其南北词人得失之大较也。

这则评论常常被引用以证南北文风的差异。其实，这种不偏不倚的持平之论并不准确，江左"贵于清绮"倒不错，河朔"词义贞刚"则未必。除北朝自发的民歌外，文人自觉的文学创作"词义贞刚"还不明显，有些修辞较为质朴的作品并不是"北朝文人舍文尚质"，像刘师培在《南北文学不同论》中所说那样，而是北朝作家希望"清绮"却不能，多半是"北学南而未至"的结果，其差别只在"五十步之于百步"，"盖南北朝文同风合流，北士自觉与南人相形见绌，不耻降心取下，循辙追踪，初非夷然勿屑，分途别出"（钱锺书《管锥编》卷四）。颜之推《颜氏家训·文章》载："邢子才、魏收俱有重名，时俗准的，以为师匠。邢赏服沈约而轻任昉，魏爱慕任昉而毁沈约，每于谈宴，辞色以之。邺下纷纭，各有朋党。"北朝著名诗人彼此攻击对方剽窃南朝作家的作品，至少说明了南朝作家在北朝人心目中的地位，北朝诗人都以南朝同行为模仿的典范。这种同化过程开始于魏孝文帝迁都洛阳后，《北史·柳庆传》载："苏绰谓庆曰：'近代已来，文章华靡，逮于江左，弥复轻薄。洛阳后进，祖述未已。'"当然整个南北朝文学的影响是相互的，一方面，北朝诗歌的发展过程，是受南朝影响越来越深的过程，是北朝诗风不断为南朝所同化的过程；另一方面，随着南朝诗人的北迁或滞留北方，他们的诗歌创作也受到北朝人文、地理的深刻影响，又出现了南北诗风融合的现象，从北朝作家身上可以看到文风的"南化"现象，庾信后期的文学创作更是南北诗风融合的产物。

十六国和北魏初期没有留下像样的文学作品，到北魏中后期才产生了像温子升（495—547）这样较著名的作家，北齐时又有邢邵和魏收，他们三人被后世合称为"北地三才"。温子升自称祖籍太原，晋大将军温峤的后裔，他本人生长于济阴冤句（今山东菏泽西南）。历仕北魏、东魏，官至金紫光禄大夫、散骑常侍、中军大将军。子升有很浓的政治兴趣，也有一定的政治智慧，为人"不妄毁誉而内深险"（《魏书·温子升传》），多次参与北齐的政治阴谋，最后因事败露下狱而死。《魏书》说他的诗文"足以陵颜轹谢，含任吐沈"，虽然是北方人的"硗确自雄"（张溥《汉魏六朝百三家集题辞》），但说明他文学成就在北朝享重名，不失为土著作家中的佼佼者。他现存的诗歌仅十一首，有些诗篇明显有借鉴或模仿南朝诗歌的痕迹，如《从驾幸金墉城诗》"御沟属清洛，驰道通丹屏。湛淡水成文，参差树交影"与齐梁诗风毫无二致。倒是少数短诗仍表现了穷塞那股粗犷、倜傥与豪放之气：

> 少年多好事，揽辔向西都。相逢狭斜路，驻马诣当垆。
>
> ——《白鼻騧》

> 路出玉门关，城接龙城坂。但事弦歌乐，谁道山川远。
>
> ——《凉州乐歌二首》之二

前诗通过纵马放荡的行为表现狂放豪爽的少年意气，后首则直抒远行征戍的豪迈情怀，尽管其情稍失粗豪，其语也略嫌粗糙，但二诗都能以简劲之语写高亢之情，不失北朝诗歌那种雄豪的本色。他的《捣衣诗》虽广为人们传诵，可诗情、诗意、诗境和诗语都不脱南朝诗歌的痕迹：

> 长安城中秋夜长，佳人锦石捣流黄。香杵纹砧知近远，
> 传声递响何凄凉。七夕长河烂，中秋明月光。蠮螉塞边绝
> 候雁，鸳鸯楼上望天狼。

北齐作家邢邵（496—？）与温子升齐名，《北齐》本传称其"词致宏远，独步当时，与济阴温子升为文士之冠，世论谓之'温邢'"。邢邵，河间（今河北任丘）人。北魏明帝初除奉朝请，迁著作郎，累迁中书侍郎，入北齐历任骠骑将军、太常卿兼中监，加特进。他

早年即以文学才能倾动京师。他之所以将沈约作为自己取法的典范，是因为他认为"沈侯文章，用事不使人觉，若胸臆语也"（引自颜之推《颜氏家训·文章》）。沈约本人同样也强调文章的"三易"：事易见，字易识，音易诵。在审美趣味上他的确与沈约十分"投缘"，他也主张尽可能少用典故，尤其是少用僻典，诗文语言应尽可能平易自然。当然他并非对沈约亦步亦趋，认为诗文的风格应因人、因时、因地而变化，他在《萧仁祖集序》中说："昔潘陆齐轨，不袭建安之风；颜谢同声，遂革太元之气。自汉逮晋，情赏犹自不谐；江北江南，意制本应相诡。"文学不仅因时代而"情赏"不同，也会因地域而"意制"有别。可惜在他现存的八首诗中大多是南朝诗歌的仿制品，像他的《思公子》一诗就酷肖谢朓的小诗："绮罗日减带，桃李无颜色。思君君未归，归来岂相识！"其中唯有《冬日伤志篇》算是"情赏"和"意制"都别具个性的诗篇：

> 昔日堕游士，任性少矜裁。朝驱玛瑙勒，夕衔熊耳杯。折花步淇水，抚瑟望丛台。繁华忽昔改，衰病一时来。重以三冬月，愁云聚复开。天高日色浅，林劲鸟声哀。终风激檐宇，余雪满条枚。遨游昔宛洛，踟蹰今草莱。时事方去矣，抚己独伤怀。

蹉跎的岁月既不可挽回，昔日的雄心更不能实现，此诗抒写了光阴虚度而壮志成空的沉哀剧痛，在当时南朝的诗歌中难得听到这种苍凉的音调，也很少见到这种刚劲的笔力，更难体验到这种沉郁的心境，此诗倒是让我们稍稍领略到了一点"河朔词义贞刚"的特色。

邢邵又与稍晚的北齐作家魏收并称"邢魏"。魏收（506—572），巨鹿下曲阳（今河北晋州市西）人，仕北魏历任散骑侍郎、中书侍郎，兼修国史，入北齐任中书令兼著作郎，奉诏撰《魏书》一百三十卷，累迁尚书右仆射。魏收创作以任昉为楷模，创作的主要成就在文而不在诗，"尺书征建业，折简召长安"这两句豪语虽被北魏人称为"国之光采"（《北齐书·魏收传》），但他其他诗篇基本都是南朝模制品，如《挟琴歌》：

春风宛转入曲房，兼送小苑百花香。白马金鞍去未返，红妆玉箸下成行。

从诗情、诗格到诗语都大似齐梁诗风，所见不出小苑曲房，所感不过春风百花，所乐也只是红妆佳人，似乎西北莽莽高原和苍苍紫塞都未曾进入他的视野，自然也未曾引发他的诗兴。

温子升、邢邵和魏收属北朝诗人中的"土著"，而庾信、王褒则是北朝诗人中的"移民"。南北诗风的融合在"土著"诗人那里表现为对南朝诗歌的倾心模仿，在北朝"移民"诗人那里表现为塞北自然环境、社会氛围及民俗风情对他们诗情诗境和诗风的深刻影响。庾信的诗文便是南北融合的结晶。这位早年的"南朝才子"，晚年的

"北地羁臣"，他特有的才华与阅历使他能集南北之长，因而也只有他的成就可"穷南北之胜"（倪璠《注释庾集题辞》）。

庾信（513—581），字子山，南阳新野（今属河南）人。正值梁"五十年中江表无事"（《哀江南赋》）之际，其父肩吾为梁太子中庶子、掌书记，东海徐摛为右卫率，摛子徐陵和庾信并为东官抄撰学士。庾家父子与徐家父子一同出入禁闼，诗风又都香艳绮丽，所以人们将他们的文学风格并称为"徐庾体"。侯景作乱台城陷落后，庾信逃往江陵，后奉梁元帝萧绎之命出使西魏，在长安期间正值西魏灭梁，被迫滞留北方。历仕西魏、北周，官至骠骑大将军、开府仪同三司，进爵义城县侯，人称"庾开府"。

他的文学创作以四十二岁出使西魏为界，分为前后两期。前期作品现存不多，由于生活圈子的狭窄，其诗歌题材不外乎光景流连和声色歌舞，不可能表现比较广阔的生活内容，又由于文学侍从的身份，其诗多为奉和应制之作，很难抒写自己真实的思想情感，他的诗歌不可能摆脱"宫体诗"的影响。他那些奉和之作如《奉和山池》（梁简文帝有《山池》）、《奉和泛江》（简文帝有《泛江》）、《和咏舞》（简文帝有《咏舞》）、《奉和初秋》（简文帝有《初秋》），主要是言简文帝之所言，见简文帝之所见，从语言到体格与简文帝简直难分彼此，如《和咏舞》：

洞房花烛明，燕余双舞轻。顿履随疏节，低鬟逐上声。步转行初进，衫飘曲未成。鸾回镜欲满，鹤顾市应倾。已曾天上学，讵是世中生。

《梦入堂内》更是写得轻冶浓丽：

> 雕梁旧刻杏，香壁本泥椒。慢绳金麦穗，帘钩银蒜条。画眉千度拭，梳头百遍撩。小衫裁裹臂，缠弦掐抱腰。日光钗焰动，窗影镜花摇。歌曲风吹韵，笙簧火炙调。即今须戏去，谁复待明朝。

　　他前期的诗歌以琢句之工和藻绘之艳擅长，但也不是篇篇都像上篇那样充满了脂粉气，如《奉和山池》虽属应制之篇，但不失为模山范水的佳作，"荷风惊浴鸟，桥影聚行鱼。日落含山气，云归带雨余"，描摹景物既曲尽其妙，使事用典也贴切自然，连沈德潜也称道他"造句能新，使事无迹"（《古诗源》）。

　　假如没有惨遭"侯景之乱"和"江陵之覆"，假如终处朝廷且致身通显，庾信终其一生也许只是一个辞章绮艳的文学侍从。待遭受了国破家亡的剧痛，经历了关塞流离的孤哀，忍受了身事敌国的屈辱，他的人生达到了一个新的境界，"冰蘖之阅既深，艳冶之情顿尽"（陈沆《诗比兴笺》）。惨痛颠沛的人生和羁留关塞的阅历玉成了他，使他的文学创作较之前期有了质的突破，这倒应验了赵翼"国家不幸诗家幸，赋到沧桑句便工"的断语。杜甫说"庾信平生最萧瑟，暮年诗赋动江关"（《咏怀古迹五首》之一），《北史·庾信传》也说"明帝、武帝并雅好文学，信特蒙恩礼……信虽位望通显，常作乡关之思"。"乡关之思"的主要内容是亡国之恨与羁旅之愁，具体表现为对亡国的震撼与痛惜，对故国的深深怀恋，对人生忧患的沉重喟叹，对身事敌国的自责与忏悔——这些构成了他后期作品的鲜明主题。《哀江南赋序》中"不无危苦之辞，惟以悲哀为主"二句，同样可以移来概括他后期的诗歌主要的情感内容。

《拟咏怀》二十七首是他表现"乡关之思"的代表作。倪璠认为《拟咏怀》"二十七篇皆在周乡关之思，其辞旨与《哀江南赋》同矣"（《庾子山集注》卷三），它们所表现的情感的确可与《哀江南赋》相表里。诗中所抒写的亡国之恨和故国之思都极为沉痛：

　　畴昔国士遇，生平知己恩。直言珠可吐，宁知炭欲吞。一顾重尺璧，千金轻一言。悲伤刘孺子，凄怆史皇孙。无因同武骑，归守霸陵园。

　　　　　　　　　　　　　　　　——《拟咏怀》其六

　　摇落秋为气，凄凉多怨情。啼枯湘水竹，哭坏杞梁城。天亡遭愤战，日蹙值愁兵。直虹朝映垒，长星夜落营。楚歌饶恨曲，南风多死声。眼前一杯酒，谁论身后名？

　　　　　　　　　　　　　　　　——《拟咏怀》其十一

江陵沦陷后血流漂杵的惨象，帝子皇孙蹂躏被戮的创痛，无力报答国士之恩以挽救危亡的愧疚，屈身事敌致使名节丧尽的痛苦与自责——诗人将这些复杂而哀痛之情抒写得诚挚动人。虽然诗中"情纷纠而繁会，意杂集以无端"（陈祚明《采菽堂古诗选》），但其主旨不外乎亡国的激楚之音与思乡的悲凉之调。不仅在梁亡时他曾"哭坏杞梁城"，身羁北朝后仍盼望能"归守霸陵园"以酬答梁朝的"知己恩"。他屈仕北朝的羞耻感一直像蛇蝎一样啃啮他的心灵，"惟忠且惟孝，为子复为臣。一朝人事尽，身名不足亲"（《拟咏怀》之五）。庾氏世德累传忠孝，如今身仕敌朝就是为臣不忠、为子不孝，苟且偷生使他长期在精神上自贬、自抑甚至自残，觉得像这样忍辱活着不如猝然死去："在死犹可忍，为辱岂不宽。古人持此性，遂有不能安。其面虽可热，其心长自寒。"（《拟咏怀》之二十）一想到自己隐忍偷生就自惭形秽，觉得自己的脸皮比三寸树皮还厚："木皮三寸厚，泾泥五斗浊。"（《和张侍中述怀》）为此他经常满面羞红而内心冰凉。尽管西魏、北周的王公贵族都对他礼遇有加，可他精神上从来没有"得意"过："涸鲋常思水，惊飞每失林。风云能变色，松竹且悲吟。由来不得意，何必往长岑？"（《拟咏怀》之一）有时他对自己被强留北朝感到无奈和不安："楚材称晋用，秦臣即赵冠。离宫延子产，羁旅接陈完。寓卫非所寓，安齐独未安。雪泣悲去鲁，凄然忆相韩。惟彼穷途恸，知余行路难。"（《拟咏怀》之四）他在这一组诗中不断表现自己对故国故人深深的思念：

榆关断音信，汉使绝经过。胡笳落泪曲，羌笛断肠歌。

纤腰减束素，别泪损横波。恨心终不歇，红颜无复多。枯木期填海，青山望断河！

——《拟咏怀》其七

萧条亭障远，凄惨风尘多。关门临白狄，城影入黄河。秋风别苏武，寒水送荆轲。谁言气盖世，晨起帐中歌。

——《拟咏怀》其二十六

与亡国之悲、故国之思相联系的是个人沉重的忧生之嗟和羁旅之愁，他总觉得自己被命运所捉弄，生在乱世偏偏缺少帷幄之谋，一介书生却又成了敌国的"南冠之囚"，这种个人的不幸中包含着时代的悲剧，他就是那个时代悲剧的主角：

俎豆非所习，帷幄复无谋。不言班定远，应为万里侯。燕客思辽水，秦人望陇头。倡家遭强聘，质子值仍留。自怜才智尽，空伤年鬓秋。

——《拟咏怀》其三

寻思万户侯，中夜忽然愁。琴声遍屋里，书卷满床头。虽言梦蝴蝶，定自非庄周。残月如初月，新秋似旧秋。露泣连珠下，萤飘碎火流。乐天乃知命，何时能不忧？

——《拟咏怀》其十八

《拟咏怀》二十七首在诗风上也是后期的代表，以苍凉之调抒哀怨之情，以遒劲之笔写家国之恨，诗人早期的绮丽浓艳在这里一变为苍劲老成，同时又保持了早年诗歌语言特有的"清新"。杜甫一方面赞美他诗语的"清新"（《春日忆李白》），另一方面又称颂他诗风的"老成"。"清新"与"老成"诗家难以兼得，齐梁诗"清新"者不少而"老成"者寥寥，后来的宋诗常得"老成"但又难见"清新"，庾信将"清新"与"老成"有机地统一于一身，沈德潜说"子山于琢句中复饶清气"（《古诗源》卷十四），这也许是诗圣杜甫如此敬服他的主要原因。《拟咏怀》所拟者阮籍《咏怀》诗，而阮作全无"雕虫之功"（锺嵘《诗品》），尚存建安诗风遗绪，庾诗则颇见"琢句"之力，格调声韵已开唐代律诗先河。如"萧条亭障远"和"寻思万户侯"二诗，除有些诗句失粘外，其对偶、平仄都已近唐后的律诗。另外，他后期不少五言短诗形式上基本已是五言绝句，如：

> 玉关道路远，金陵信使疏。独下千行泪，开君万里书。
>
> ——《寄王琳》

> 阳关万里道，不见一人归。惟有河边雁，秋来南向飞。
>
> ——《重别周尚书》

> 客游经岁月，羁旅故情多。近学衡阳雁，秋分俱渡河。
>
> ——《和侃法师三绝》之二

历史上对庾信的评价向来有肯定和否定两极，肯定者认为庾信集六朝之大成，穷南北之胜境，"辟唐人之户牖"（参见倪璠《注释庾集题辞》、叶燮《原诗》、刘熙载《艺概》），否定者则说他的诗赋"其意浅而繁，其文匿而彩""其体以淫放为本，其词以轻险为宗"，并把他说成"词赋之罪人"（参见李延寿《北史·文苑传》、令狐德棻《周书·庾信传》）。否定他的人大多是不能原谅他屈仕北朝的经历，因恶其人而废其文，才对他的诗文发出如此偏激之论。张溥在《庾开府集题辞》中说："文与孝穆敌体，辞生于情，气余于彩，乃其独优。令狐撰史，诋为淫放轻险，词赋罪人。夫唐人文章去徐庾最近，穷形尽态，模范是出，而敢于毁侮，殆将讳所自来，先纵寻斧欤？"这则评论公允而且很有见地。

庾信之外，由南入北的文人中，最著名的要数王褒（514？—576？）。褒字子渊，琅琊临沂（今属山东）人。南朝梁武帝时曾为太子舍人、秘书丞，梁元帝时官至尚书左仆射。西魏破江陵后他被拘送长安，历仕西魏、北周两朝，受到两朝统治者的厚遇，北周的许多诏册都由他起草，官至太子少保、少司空。琅琊王氏为江南世胄，加之他个人博览史传，"美威仪，善谈笑"（《北史·王褒传》），梁国子祭酒萧子云为其姑夫，子云特妙草书与隶书，褒小时以姻戚常往来其家学习书法，这样王褒年轻时就以名位、才华、风度和草书名动江左。他现存世的江南诗作比庾信多，七言拟乐府《燕歌行》，梁元帝萧绎和梁朝文士曾有唱和，但所有和作中在艺术上无一能与王褒的原作媲美。此诗写征人与思妇的两地思念，受曹丕同题诗歌的影响，音调也像曹诗那样柔美，抒情和曹诗一样细腻，但色泽比曹诗更为浓艳。他早期的诗歌题材或写赠别或描山水，诗风近于谢朓、何逊，以圆转、平易和清丽见长，明许学夷在《诗源辩体》中说："王褒五言，声尽入律，而绮靡者少。"如《别陆子云》：

> 解缆出南浦，征棹且凌晨。还看分手处，唯余送别人。
> 中流摇盖影，边江落骑尘。平湖开曙日，细柳发新春。沧
> 波不可望，行云聊共因。

"还看分手处"一联以浅语写深情，对偶工整而又全不着力；"平湖开曙日"一联更使人想起杜审言"云霞出海曙，梅柳渡江春"的名句，可见唐人从他的诗歌中受惠不少。

他被掳北朝后"与庾信才名最高"，但留下来诗作的数量比庾信要少。"乡关之思"的情感也不及庾信深切，这可能是与他"雅识政体"，在北朝政坛上左右逢源有关。"乘舆行幸，褒常侍从"，在一定程度上减弱了屈身仕敌的羞辱感和羁身塞北的孤寂情，但也并非史书所说的那样因身"荷恩眄"而全"忘羁旅"之愁（《北史·王褒传》）。他在《赠周处士》中说：

> 我行无岁月，征马屡盘桓。嶮曲三危岨，关重九折难。
> 犹持汉使节，尚服楚臣冠。巢禽疑上幕，惊羽畏虚弹。飞
> 蓬去不已，客思渐无端。壮志与时歇，生年随事阑。百龄

悲促命，数刻念余欢。云生陇坻黑，桑疏蓟北寒。鸟道无
蹊径，清溪有波澜。思君化羽翮，要我铸金丹。

　　这首诗毫无遮掩地向江南故人坦露刚刚被俘后的心迹：从被迫
北上途中的阻厄艰难，说到离乡去国心情的压抑沉痛，从决心要保
持名节的意向，说到作为亡国贱俘的犹疑恐惧，从不可遏止的思乡
之情，说到壮志消歇万念俱灰的无奈，再从塞北穷山恶水的环境，
说到自己希望与友人一道羽化登仙的幻想。这里有"乡关之思"，有
家国之恨，也有人生之嗟。诗人完全没有计较语言的工拙与色泽的
浓淡，一洗粉泽雕琢而归于朴素自然，如"壮志与时歇，生年随事
阑"，字面上是工整的对偶，可语气又像是脱口而出，无意于工而
无不工。他的另一首《渡河北》也是为人传诵的作品：

　　秋风吹木叶，还似洞庭波。常山临代郡，亭障绕黄河。
　　心悲异方乐，肠断陇头歌。薄暮临征马，失道北山阿。

　　此诗一起笔就想象奇特而又意境高远，沈德潜《古诗源》称其
"起调甚高"。全诗也是洗尽铅华而独呈风骨，笔致苍劲而又境界开
阔。可惜这样的诗歌不仅在他早期创作中难得一见，在他深荷北朝
统治者"隆恩"之后也不可多得。

第三节 隋朝诗歌：南北诗风融合的延续

庾信死在隋朝开国这一年很有象征意义，它既表明隋朝诗歌仍然是南北朝诗歌的延续，也表明南北诗风的融合仍然在隋朝继续。隋朝开国之初，"素无学术"的隋文帝尤其不喜南方靡丽文风，《隋书·文学传》说："高祖初统万机，每念斫雕为朴，发号施令，咸去浮华。"稍后侍御史李谔更上书指责齐梁诗文"遗理存异，寻虚逐微，竞一韵之奇，争一字之巧。连篇累牍，不出月露之形；积案盈箱，唯是风云之状"。但这些官方的号令和文人的批评丝毫没有影响隋朝诗人醉心于南朝诗歌，甚至连文帝的两个儿子也都喜好南朝的"浮华"之作，隋炀帝还"好为吴语"（《资治通鉴》卷一八五）。除隋炀帝外，由北朝入隋的另外三位著名诗人——杨素、卢思道、薛道衡——也都程度不同地受到南朝诗歌的影响。只是他们在熏染南方绮丽之风时未曾完全丧失刚健之气，即使隋炀帝的靡靡之音中仍有南朝君主少有的浑厚之声。随着政治上南北统一的完成，诗歌创作也加速了南北诗风融合的进程。

杨素（540—609）作为一个武将和权臣常为人诟病，而他作为一个诗人则广受诗论家好评，人们讨厌其人而喜好其诗。陈祚明称杨素"诗清远有气格，规摹西晋，不意武夫凶人有此雅调"（《采菽堂古诗选》）。沈德潜也对这位"武人亦复奸雄"的"诗格清远"大惑不解（《古诗源》）。后来的刘熙载更赞赏他的诗歌"雄深雅健"（《艺概》）。其实，这位起起武夫既善于写清幽秀丽之景，也长于抒慷慨悲壮之情，前者如《山斋独坐赠薛内史诗二首》："日出远岫明，鸟散空林寂。兰庭动幽气，竹室生虚白。落花入户飞，细草当阶积。""白云飞暮色，绿水激清音。涧户散余彩，山窗凝宿阴。"流畅的音调与清丽的语言都使人想起谢脁，陈祚明就说他的诗歌"其源亦出于谢宣城"（《采菽堂古诗选》）。可贵的是他另有谢宣城所不具有的苍凉悲壮，如《出塞》之二："汉虏未和亲，忧国不忧身。握手河梁上，穷涯北海滨。据鞍独怀古，慷慨感良臣。历览多旧迹，风日惨愁人。荒塞空千里，孤城绝四邻。树寒偏易古，草衰恒不春。交河明月夜，阴山苦雾辰。雁飞南入汉，水流西咽秦。风霜久行役，河朔备艰辛。薄暮边声起，空飞胡骑尘。"齐梁诗歌中难得见到如此慷慨悲凉之情。

卢思道（535—586）与薛道衡（540—609）的诗歌创作更体现了南北同风合流的趋势，尤其是他们的七言歌行上承鲍照、庾信而下启初唐四杰。卢思道出身于范阳卢氏的名门望族，仕北齐为给事黄门侍郎，仕北周官至仪同三司，入隋后官终散骑常侍。薛道衡仕北齐为中书侍郎，仕北周为邛州刺史，入隋官至吏部侍郎，开府仪同三司。胡应麟在《诗薮》中说："六朝歌行可入初唐者，卢思道《从军行》，薛道衡《豫章行》，音响格调，咸自停匀，体气丰神，尤为焕发。"如：

朔方烽火照甘泉，长安飞将出祁连。犀渠玉剑良家子，白马金羁侠少年。平明偃月屯右地，薄暮鱼丽逐左贤。谷中石虎经衔箭，山上金人曾祭天。天涯一去无穷已，蓟门迢递三千里。朝见马岭黄沙合，夕望龙城阵云起。庭中奇树已堪攀，塞上征人殊未还。白雪初下天山外，浮云直上五原间。关山万里不可越，谁能坐对芳菲月？流水本自断人肠，坚冰旧来伤马骨。边庭节物与华异，冬霞秋霜春不歇。长风萧萧渡水来，归雁连连映天没。从军行，军行万里出龙庭。单于渭桥今已拜，将军何处觅功名？

——《从军行》

这首七言歌行使用了大量的偶句，尤其是薛的《豫章行》几乎无句不偶，而且中间用许多虚词作为承接转换，句式严整却不板滞，语言清丽但不纤巧，音节婉转而又浏亮，初唐四杰的长篇歌行在体格风神上与它们的确十分相近。据《明皇杂录》说："明皇初自巴蜀回，夜阑登勤政楼，倚栏南望，烟月满目，因歌曰：'庭前琪树已堪攀，塞北征人尚未还。'盖卢思道之诗也。"可见唐人对此诗的喜爱。

薛道衡的年龄比卢思道稍小，受南朝诗风的濡染也比他要深，如《昔昔盐》就是他明艳诗风的代表作：

垂柳覆金堤，蘼芜叶复齐。水溢芙蓉沼，花飞桃李蹊。采桑秦氏女，织锦窦家妻。关山别荡子，风月守空闺。恒敛千金笑，长垂双玉啼。盘龙随镜隐，彩凤逐帷低。飞魂同夜鹊，倦寝忆晨鸡。暗牖悬蛛网，空梁落燕泥。前年过代北，今岁往辽西。一去无消息，那能惜马蹄。

诗的前四句一句一景，写景处无一不是写情，接下来四句分写采桑女的忠贞，织锦妻的思念，"别荡子"的伤怀，"守空闺"的孤寂，写法则由前四句以景寓情变为直抒胸臆。全诗除首尾两联外句句对偶，形式上已近唐人的排律，句式虽极工稳而笔致又极跳脱。其中"暗牖悬蛛网，空梁落燕泥"一联化用前人诗句，但比前人更见精巧，也更为自然。传说这两句诗招惹隋炀帝忌恨，诗人也因此丧命，从这一传说中可以看出人们对这两句诗乃至这首诗的喜爱。薛道衡为人传诵的诗篇还有《人日思归》：

入春才七日，离家已二年。人归落雁后，思发在花前。

全诗好像脱口而出，但细看又全是对偶，构思既新奇，韵味更隽永。《隋唐嘉话》说这首诗让人们对他刮目相看，南方人看后不得不称叹"名下固无虚士"。

隋炀帝杨广为人残暴荒淫，写诗却能"清标自出"（陆时雍《古诗镜》），《隋书·文学传》说他"意在骄淫而词无浮荡"，这一评价就其诗歌创作来说大致接近事实。如《饮马长城窟行示从征群臣》和《白马篇》都是铿然独异的边塞诗，如"北河秉武节，千里卷戎旌。山川互出没，原野穷超忽。拟金止行阵，鸣鼓兴士卒。千乘万骑动，饮马长城窟。秋昏塞外云，雾暗关山月"，劲健的笔力和阔大的格局都"颇有魏武之风"（张玉谷《古诗赏析》）。《白马篇》更是写得一气奔涌："白马金贝装，横行辽水傍。问是谁家子，宿卫羽林郎。文犀六属铠，宝剑七星光。山虚弓响彻，地迥角声长。宛河推勇气，陇蜀擅威强。轮台受降虏，高阙翦名王。射熊入飞观，校猎下长杨。英名欺卫霍，智策蔑平良。"联翩而下的排比句表现羽林郎矫健的身手和勇武的气概，这种激情和气势南朝君主难以望其项背，在南朝其他诗人那里也难得一见，骨力和气格远承曹植的同题之作。

刘师培在《南北文学不同论》中说："隋炀诗文远宗潘陆，一洗浮荡之言。惟隶事研词，尚近南方之体。"这正好说明杨广的诗歌是南北诗风融合的延续，他的诗歌有齐梁诗歌所少有的气度和格局，同时兼有南朝诗歌所优为的清新明丽，如《夏日临江诗》中的名句"日落沧江静，云散远山空。鹭飞林外白，莲开水上红"。诗中圆转的音调，明丽的色彩，省净的语言，还有那精巧的对偶，都可以与谢朓一争高低。《春江花月夜二首》也是词清韵美的佳作："暮江平不动，春花满正开。流波将月去，潮水带星来。"他的断句更为精彩：

寒鸦飞数点，流水绕孤村。斜阳欲落处，一望黯消魂。

"寒鸦""流水""孤村""斜阳"，几个疏朗意象的巧妙组合，几笔疏淡笔墨的精心勾勒，便绘成了一幅清幽淡远的图画。岂只可与齐梁诗歌一比高低，唐诗中的名句也无以过之。秦观《满庭芳》"斜阳外，寒鸦万点，流水绕孤村"完全袭用其语，秦观的友人晁补之说"虽不识字人，亦知是天生好言语"（见《苕溪渔隐丛话》），他可能还不知道这"天生好言语"是"借"自隋炀帝。如果说秦观的《满庭芳》是明袭其语，那么马致远的《天净沙》（枯藤老树昏鸦）就是暗用其意。

隋朝诗坛上没有产生杰出的诗人，也没有写出宏伟的杰作，但它是六朝与唐代诗歌之间的一座桥梁，经由它我国的诗歌才走上康庄的坦途。

第四节　南北朝民歌

"江左宫商发越""河朔词义贞刚"，用来评价南北朝的文学虽失之偏颇，以它们来概括南北朝民歌倒是比较准确。南朝民歌柔婉、细腻、清丽，北朝民歌雄强、粗犷、质朴，这种不同的艺术特征即使"不识字人"也"听"得出来，而这种不同风格的形成则根植于各自不同的社会环境和自然环境。

南朝民歌主要包括吴声歌曲和西曲两类，大部分保存在郭茂倩所编的《乐府诗集·清商曲辞》里。吴声歌曲共三百二十六首，西曲共一百四十二首，另清商曲辞中还有神弦歌共十一曲十八首。

吴歌产生于六朝都城建业（今江苏省南京市）及其周边地区，因这一带习称为吴地，产生于此的民间歌曲也就称为吴歌。《乐府诗集》卷四十四引《晋书·乐志》说："吴歌杂曲，并出江南。东晋已来，稍有增广。其始皆徒歌，既而被之管弦。盖自永嘉渡江之后，下及梁、陈，咸都建业，吴声歌曲起于此也。"西曲产生于江汉流域，《乐府诗集》卷四十七引《古今乐录》说："按西曲歌出于荆（今湖北江陵）、郢（今湖北江陵附近）、樊（今湖北襄樊）、邓（今河南邓州市）之间，而其声节送和，与吴歌亦异，故因其方俗而谓之西曲云。"荆、郢、樊等地为南朝西部重镇和经济中心，因而称产生于此的民间歌曲为西曲。吴歌、西曲不同于汉乐府民歌采自穷乡僻壤，它们的发源地是经济文化发达的都邑。神弦歌的产生地从歌中地名看也不离建业周围。南朝民歌中有些曲调可能在东吴时就有人歌唱，但吴声、西曲主要兴盛于东晋及宋、齐、梁、陈五代，前后若二百七十多年。

南朝民歌基本上都是情歌，其题材内容不出男欢女爱，《乐府诗集》卷六十一引《宋书·乐志》论述其原因说："自晋迁江左，下逮隋、唐，德泽浸微，风化不竞，去圣逾远，繁音日滋。艳曲兴于南朝，胡音生于北俗。哀淫靡曼之辞，迭作并起，流而忘反，以至陵夷。原其所由，盖不能制雅乐以相变，大抵多溺于郑、卫，由是新声炽而雅音废矣。"这里的分析有点倒因为果，"新声炽而雅音废"不是由于"不能制雅乐以相变"，而是南朝人厌倦了先王的"雅音"，喜欢淫靡的"艳曲"，沉溺于郑、卫"艳曲"背后别有更深层的文化思想和地理风尚等原因。

首先是地域环境和经济条件。吴歌和西曲产生地长江流域不仅物产富饶，而且水软山温，茂林修竹，花木繁荫，在这种环境中的人们很容易变得浪漫、活泼、细腻、多情。荆、扬二州是南朝最富庶的地区,《宋书·孔靖传论》说:"荆城跨南楚之富,扬部有全吴之沃。"明媚秀美的山川,相对富庶的生活,浪漫多情的性格,自然容易激起人们对享乐生活的向往,激起人们对美好爱情的渴求,《南史·循吏传》描述宋、齐盛世时人们的物质和精神生活时说:"自此方内晏安,甿庶蕃息,奉上供徭,止于岁赋……凡百户之乡,有市之邑,歌谣舞蹈,触处成群,盖宋世之极盛也。"到齐"永明继运"的"十许年中,百姓无犬吠之惊,都邑之盛,士女昌逸,歌声舞节,袨服华妆。桃花渌水之间,秋月春风之下,无往非适"。"都邑"中华妆盛服的"士女"在"桃花渌水之间,秋月春风之下"易于相互倾慕,恋爱时"歌声舞节"之中所歌唱的当然就是缠绵悱恻的情歌艳曲了。

其次是人们价值观念的变化。东汉末儒家的道德传统对人们思想行为的束缚逐渐松弛,"魏文慕通达而天下贱守节",社会的思想越来越开放,士庶的精神也越来越自由,行为也就越来越毫无拘检,男女之防成为笑柄,节之以礼更古板可笑。《南史·王琨传》载琨为人"谦恭谨慎,老而不渝","大明中,尚书仆射颜师伯豪贵,下省设女乐,琨时为度支尚书,要琨同听,传酒行炙,皆悉内妓。琨以男女无亲授,传行每至,令置床上,回面避之然后取,毕又如此,坐上莫不抚手嗤笑"。节之以礼这种原来深受推崇的行为现在广为士庶所嗤笑,大家不受节制地满足自己的情感欲望,无所顾忌地表达自己的爱情,情歌艳曲的兴盛也就是理所当然的事了。

最后是社会风尚尤其是士人的好尚。南朝社会从上至下都崇尚逸乐和享受,皇室和贵族之家更有逸乐的条件,上层社会家蓄女乐已成为一时风尚，女乐所演唱的大多是刺激感官的吴歌楚舞，《太平御览》卷五六九引梁萧子野《宋略》说："扰杂子女，荡悦淫志，充庭广奏，则以鱼龙靡漫为瑰玮；会同享觐，则以吴趋楚舞为妖妍。纤罗雾縠侈其衣，疏金镂玉砥其器。在上班扬宠臣，群下亦从风而靡。王侯将相，歌妓填室；鸿商富贾，舞女成群。竞相夸大，互有争夺，如恐不及。"士人普遍对雅乐失去了兴趣，连东晋尚书令谢石也为"委巷之歌"（《晋书·王恭传》）。到齐代"朝廷礼乐多违正典，民间竞造新声杂曲"，"自顷家竞新哇，人尚谣俗，务在嗁杀，不顾音纪，流宕无涯，未知所极，排斥正曲，崇长烦淫。士有等差，无故不可去乐；礼有攸序，长幼不可共闻。故喧丑之制，日盛于廛里；风味之响，独尽于衣冠"（《南齐书·王僧虔传》）。无论是深宫中的君主，还是朱门里的衣冠，抑或是廛里中的平民，朝廷宴会之所奏，士人雅集之所吟，百姓道路之所唱，无一不是当时流行的吴声、西曲这一类"新声杂曲"（萧涤非《汉魏六朝乐府文学史》对此有深入的论述，可参看）。

吴声、西曲中绝大部分是情歌，所表现的又主要是都邑中士女的恋情。这种恋情又很少是礼教所认可的夫妻恩爱，常常是为封建道德所不容的艳情，因而南朝民歌中的情诗多写得真挚缠绵而又热烈放纵，如：

宿昔不梳头，丝发被两肩。婉伸郎膝上，何处不可怜？

——《子夜歌》之三

开窗秋月光，灭烛解罗裳。含笑帷幌里，举体兰蕙香。

——《子夜四时歌·秋歌》之四

秋夜凉风起，天高星月明。兰房竞妆饰，绮帐待双情。

——《子夜四时歌·秋歌》之七

秋爱两两雁，春感双双燕。兰鹰接野鸡，雉落谁当见？

——《子夜四时歌·秋歌》之十四

我有一所欢，安在深阁里。桐树不结花，何由得梧子？

——《懊侬歌》之七

　　或是在情郎膝上撒娇，或是暗暗与情人约会偷情，女的在月光如银的秋夜轻解罗裳，男的更是将情人藏在闺阁中怀孕生子，诗中两性打情骂俏之大胆放纵是从前情歌中所少见的，诗中的恋情虽为传统道德所不容，但它们仍是男女的两情相悦，并不是一方对另一方的玩弄和占有，与统治者的荒淫堕落有本质的区别。

　　吴声歌曲中最主要的曲调有《子夜歌》《子夜四时歌》《读曲歌》《华山畿》《懊侬歌》几种。《乐府诗集》交代《子夜歌》的由来时说："《唐书·乐志》曰：'《子夜歌》者，晋曲也。晋有女子，名子夜，造此声，声过哀苦。'"这一曲调十分哀怨，结尾都有送声。同书引《乐府解题》说："后人更为四时行乐之词，谓之《子夜四时歌》。"可见，

《子夜四时歌》虽是《子夜歌》的变曲，但曲子的情调由原来的哀苦变为欢乐。先看看《子夜歌》：

高山种芙蓉，复经黄蘗坞。果得一莲时，流离婴辛苦。

——《子夜歌》其十一

夜长不得眠，转侧听更鼓。无故欢相逢，使侬肝肠苦。

——《子夜歌》其二十八

再来看看《子夜四时歌》：

光风流月初，新林锦花舒。情人戏春月，窈窕曳罗裾。

——《春歌》其三

春林花多媚，春鸟意多哀。春风复多情，吹我罗裳开。

——《春歌》其十

轻衣不重彩，飙风故不凉。三伏何时过？许侬红粉妆。

——《夏歌》其十九

秋风入窗里，罗帐起飘扬。仰头看明月，寄情千里光。

——《秋歌》其十六

昔别春草绿，今还墀雪盈。谁知相思老，玄鬓白发生。

——《冬歌》其六

　　《懊侬歌》的起源有不同的说法，陈祚明《采菽堂古诗选》说："此调颇古，要约之情，特为沉切。"《古今乐录》载《华山畿》是华山（今江苏境内）一女子殉情而死，死前而唱此歌。《乐府正义》则说《古今乐录》的话荒诞不经。《读曲歌》据《宋书·乐志》说，是民间为彭城王刘义康鸣不平而作，起初并不是艳曲，后来因社会风气所趋也逐渐变成了情歌。《乐府诗集》中这几个曲子的民歌内容一律都是谈情说爱：

我与欢相怜，约誓底言者。常叹负情人，郎今果成诈。

——《懊侬歌》其六

华山畿，君既为侬死，独生为谁施？欢若见怜时，棺木为侬开！

——《华山畿》其一

思欢不得来，抱被空中语。月没星不亮，持底明侬绪。

——《读曲歌》其四十七

　　《神弦歌》原为民间祭祀乐歌，所祭之神已多不可考，歌中的神灵常具有人的音容笑貌和喜怒哀乐，如《宿阿曲》："苏林开天门，赵尊闭地户。神灵亦道同，真官今来下。"苏林和赵尊不知是哪方的神灵，但它反映了人们对"真官"的敬畏和盼望。下面两首诗就近于情诗了："积石如玉，列松如翠。郎艳独绝，世无其二。"（《白石郎曲》）"开门白水，侧近桥梁。小姑所居，独处无郎。"（《青溪小姑曲》）

《西曲歌》共三十五种，其中十六种为"舞曲"，十七种为"倚歌"，重出两种。西曲歌与吴声歌只是声节有别，它们在内容和情调上则别无二致。如：

大艑载三千，渐水丈五余。水高不得渡，与欢合生居。

——《石城乐》其四

巴陵三江口，芦荻齐如麻。执手与欢别，痛切当奈何！

——《乌夜啼》其八

闻欢下扬州，相送楚山头。探手抱腰看，江水断不流。

——《莫愁乐》其二

朝发襄阳城，暮至大堤宿。大堤诸女儿，花艳惊郎目。

——《襄阳乐》其一

暂出后园看，见花多忆子。乌鸟双双飞，侬欢今何在？

——《江陵乐》其四

在吴声歌和西曲歌之外，《乐府诗集·杂曲歌辞》中收有一首长抒情名作《西洲曲》，此诗可谓南朝乐府歌辞中"言情之绝唱"（陈祚明《采菽堂古诗选》）：

忆梅下西洲，折梅寄江北。单衫杏子红，双鬓鸦雏色。西洲在何处？两桨桥头渡。日暮伯劳飞，风吹乌桕树。树下即门前，门中露翠钿。开门郎不至，出门采红莲。采莲南塘秋，莲花过人头。低头弄莲子，莲子青如水。置莲怀袖中，莲心彻底红。忆郎郎不至，仰首望飞鸿。鸿飞满西洲，望郎上青楼。楼高望不见，尽日栏干头。栏干十二曲，垂手明如玉。卷帘天自高，海水摇空绿。海水梦悠悠，君愁我亦愁。南风知我意，吹梦到西洲。

这首诗《乐府诗集》和《古诗纪》都作古辞，《玉台新咏》题江淹作，《诗镜》题梁武帝作。这首乐府歌辞可能经过文人的加工润色。全诗抒写一个江南女子对江北情郎的思念，时间上从春至夏又从夏至秋，体式上为四季相思体，空间上以"忆梅下西洲"起，以"吹梦到西洲"结，就时间和空间言都是首尾圆合。沈德潜《古诗源》评此诗"续续相生，连跗接萼，摇曳无穷，情味愈出"。这首长诗好像是由"绝句数首攒簇而成"（同上），大多是四句一换韵，声调上婉转优美，结构上又段段绾合，清丽温润的水乡风景与清纯真挚的少女恋情构成了高度的和谐。按陈祚明的说法，初唐张若虚等人的七言古诗皆从此出，盛唐大诗人李白同样对此心慕手追。

南朝民歌艺术上突出的特点首先是体裁短小，大多数是五言四句的抒情小诗，与汉乐府多长篇叙事诗大异其趣。其次是语言清新婉转，明丽天然。南朝民歌尽管有朴素与鲜丽之分，但都具有清新自然的特点，它们常常是情人们应声而出不假雕饰的产物，就像《大子夜歌》中所说的那样"不知歌谣妙，声势出口心"。西曲歌《采桑度》中说："冶游采桑女，尽有芳春色。姿容应春媚，粉黛不加饰。"吴声歌《大子夜歌》也说："歌谣数百种，子夜最可怜。慷慨吐清音，明转出天然。""姿容应春媚，粉黛不加饰"和"慷慨吐清音，明转出天然"二句道尽了南朝乐府民歌语言的艺术特征。最后，大量运用双关隐语也是南朝民歌的突出特点。双关隐语中又大致可分为两类：一类是同声异字以见意，如以"藕"隐代配偶之"偶"，以"芙蓉"指代"夫容"，以"篱笆"之"篱"指代"分离"之"离"，以"梧子"指代"吾子"，如"我有一所欢，安在深阁里。桐树不结花，何由得梧子"（《懊侬歌》）。一类是同声同字以见意，以药名之"散"指代分散之"散"，以曲名之"叹"指代叹息之"叹"，以布匹之"匹"指代匹偶之"匹"，如"始欲识郎时，两心望如一。理丝入残机，何悟不成匹"（《子夜歌》）。

北朝乐府民歌现存于《乐府诗集》中的有七十首左右，其中收

190

录在《梁鼓角横吹曲》中的有六十六首，还有几首收录在《杂曲歌辞》和《杂歌谣辞》中。关于《横吹曲辞》的由来和特点，郭茂倩在《乐府诗集》卷二十一中阐释说："横吹曲，其始亦谓之鼓吹，马上奏之，盖军中之乐也。北狄诸国，皆马上作乐，故自汉已来，北狄乐，总归鼓吹署。其后分为二部。有箫、笳者为鼓吹，用之朝会、道路，亦以给赐。汉武帝时，南越七郡，皆给鼓吹是也。有鼓、角者为横吹，用之军中马上所奏者是也。"从这一段话可知，横吹曲是军中马上所奏的乐曲，原先也名为"鼓吹"，汉以后北方少数民族的音乐归鼓吹署总管，后来分为二部，用于朝会、赏赐并用箫、笳演奏的名为"鼓吹"，在军中马上并用鼓或号角演奏的名为"横吹"或"鼓角横吹"。北方的这些民歌传入南方后，由梁朝乐府机构所采录和保存，后人因而将它们称之为"梁鼓角横吹曲"。

北朝民歌中所反映的主要是北方各少数民族的生活与风情，就其中可考出的民族看，以鲜卑族、羌族、氐族的歌谣居多，《折杨柳歌辞》说："遥看孟津河，杨柳郁婆娑。我是虏家儿，不解汉儿歌！"北朝民歌中有些原为少数民族语言，传入南方时被译为汉语，如上诗中"虏家儿"显然是南方汉人对少数民族的蔑称。有些是魏孝文帝推行汉化后用汉语演唱的歌辞，孝文帝曾下诏"不得以北俗之语，言于朝廷。违者，免所居官"（《北史·孝文帝纪》）。也不排除有些北朝民歌是汉人所作，或流传过程中经过汉人的加工。总之，北朝民歌这一中国古典诗歌中的艺术瑰宝是北方各民族共同智慧的结晶。

北朝民歌粗犷、雄强、豪迈和质朴这一艺术特色的形成，与其独特的地域环境、社会生活及民俗风情有关。北方人目之所见不是辽阔的草原，就是茫茫的戈壁，要么就是崇山峻岭，又加之北方气候干燥，人们在天朗气清的时候可以极目千里，久而久之就养成了坦荡的胸襟、粗豪的性格和开阔的眼界。不像南方空气过分潮湿，到处都是纵横密布的河网，蒸腾的水汽挡住了人们的视线，只能看到眼前的小桥、流水、人家，即使有大山也由于湿润的空气而显不出雄伟的轮廓。长江进入中下游后水面变宽、水流变缓，处处都是雾蒙蒙、懒洋洋的样子，因而生活在这里的人容易变得细腻、缠绵、多情。北方的自然条件比较恶劣，土地又不像南方那样肥沃，一个人要使自己和家人免于饥寒就得付出南方几倍的艰辛，从小就使他们远离了浮华浪漫，崇尚实在、节俭和朴素的生活作风。各部族之间不断的战争和掠夺，漂泊不定的游牧生活，又造就了他们火暴、强悍和勇猛的性格，这样从他们口中吼出的就只有声震草原的鞳鞺之声，而不可能是缠绵悱恻的微吟低唱。

北朝民歌虽然在数量上远不能与南朝民歌相比，但它在艺术成就上足以与南朝民歌并驾齐驱。与南朝民歌题材过于狭窄不同，它表现了十分广阔丰富的现实生活，艺术上在粗犷豪迈的主导风格中又展现了丰富多彩的风格特征。

北朝民歌所表现的内容几乎涉及北方少数民族生活的各个方面，它描述了奇异壮美的北地风光和迁徙艰辛的游牧生活，如《敕勒歌》：

敕勒川，阴山下，天似穹庐，笼盖四野。天苍苍，野
茫茫，风吹草低见牛羊。

《乐府诗集》卷八十六引《乐府广题》说："北齐神武（高欢）攻
周玉壁，士卒死者十四五。神武恚愤，疾发。周王下令曰：'高欢鼠
子，亲犯玉壁，剑弩一发，元凶自毙。'神武闻之，勉坐以安士众。
悉引诸贵，使斛律金唱《敕勒》，神武自和之。其歌本鲜卑语，易为
齐言，故其句长短不齐。"本诗的作者尚有争议，"斛律金唱《敕勒》"
并不等于斛律金"作"《敕勒》。《北史》本传载斛律金是一位不识字
不读书的武人，仓促之间很难唱出如此杰出的诗歌，《敕勒歌》很可
能是在斛律金之前就已经流传于敕勒族的民歌。诗的前两句交代敕
勒川的地理位置：它横亘于巍峨雄伟的阴山之下，坦坦荡荡，浩瀚
无垠。"天似穹庐，笼盖四野"以北方草原低矮的毡帐比喻高远的苍
穹，将苍穹说得像毡帐一样低矮，正反衬出敕勒川的辽阔无边，杜
甫也有"星垂平野阔"的诗句。"天苍苍，野茫茫"重言叠韵，以高
亢雄浑的音节唱出了敕勒川的空阔壮美，最后一句更是画龙点睛之
笔，从前面几句的静态勾勒变为动态展现，苍天之下，平原之上，
丰草之间，羊儿点缀，牛儿狂奔，辽阔的草原既莽莽苍苍又生机无
限。从其劲健的语言、响亮的音节、明朗的格调和阔大的境界中，
不难感受到敕勒川人宽广的胸襟、豪迈的气质和开朗的性格，也不
难感受到他们对生于斯长于斯的敕勒川的挚爱和自豪，难怪在战场
艰危之际，斛律金粗豪的歌唱能激起士卒奋不顾身的热情了。这首

诗的确足称"乐府之冠"（王世贞《艺苑卮言》）的美誉。元好问在《论诗绝句》中赞叹道："慷慨歌谣绝不传，穹庐一曲本天然。中州万古英雄气，也到阴山敕勒川。"

如果说《敕勒川》写出了北方人对自己土地的自豪，那么《陇头歌辞》就表现了他们生存的艰难：

> 陇头流水，流离山下。念吾一身，飘然旷野。朝发欣城，暮宿陇头。寒不能语，舌卷入喉。陇头流水，鸣声幽咽。遥望秦川，心肝断绝。

下面两诗更是情哀词促，反映了北方下层人民生活上的绝境：

> 兄在城中弟在外。弓无弦，箭无括。食粮乏尽若为活？救我来！救我来！
>
> ——《隔谷歌》其一

> 兄为俘虏受困辱，骨露力疲食不足。弟为官吏马食粟，何惜钱刀来我赎？
>
> ——《隔谷歌》其二

北朝民歌另一很重要的内容就是表现战争生活和北方人的尚武精神，如《企喻歌》写战争造成的灾难和对战争的厌倦："男儿可怜虫，出门怀死忧。尸丧狭谷中，白骨无人收！"《李波小妹歌》讴歌战场上的巾帼英雄："李波小妹字雍容，褰裙逐马如卷蓬。左射右射必叠双。妇女尚如此，男子安可逢？"诗后两句又转进一层，妇女尚且如此矫捷勇敢，男儿就更是勇不可挡。下面几首诗正面赞美北方男儿的豪侠勇猛：

> 男儿欲作健，结伴不须多。鹞子经天飞，群雀两向波。
>
> ——《企喻歌辞》其一

> 新买五尺刀，悬著中梁柱。一日三摩娑，剧于十五女！
>
> ——《琅琊王歌辞》其一

> 憔马高缠鬃，遥知身是龙。谁能骑此马？唯有广平公。
>
> ——《琅琊王歌辞》其八

> 健儿须快马，快马须健儿。跋跋黄尘下，然后别雄雌。
>
> ——《折杨柳歌辞》其五

爱情和婚姻是北朝民歌中另一个重要内容。北朝民歌中的情诗同样表现了北方少数民族女性的性格，她们既不同于南方女性的娇羞柔媚，也不同于汉乐府中女性的温淑娴静，而是像北方男儿一样刚烈豪爽。如《地驱歌乐辞》："驱羊入谷，自羊在前。老女不嫁，蹴地唤天。"（之二）"侧侧力力，念君无极。枕郎左臂，随郎转侧。"（之三）"摩捋郎须，看郎颜色。郎不念女，不可与力。"（之四）"摩捋郎须"是那样大方，"枕郎左臂"又是那样坦然，不嫁的老女"蹴地唤天"同样毫无遮掩。《地驱乐歌》更是爽快无比："月明光光星欲堕，欲来不来早语我。"又如《折杨柳枝歌》三首：

门前一株枣，岁岁不知老。阿婆不嫁女，那得儿孙抱？

敕敕何力力，女子临窗织。不闻机杼声，只闻女叹息。

问女何所思，问女何所忆。阿婆许嫁女，今年无消息。

这几首诗不用隐语双关，无须拐弯抹角，毫不羞羞答答，直来直去地表达"长大的女儿要出嫁"的急切心情，从此我们可以看出北方女儿泼辣爽直的天性和纯真热烈的情怀。

北朝民歌中的不朽杰作是长篇叙事诗《木兰诗》，该诗收在《乐府诗集·梁鼓角横吹曲》中。关于此诗的作者及时代宋以后常有争议，一般意见认为它传唱于北朝民间，流传过程中经过隋唐文人的加工润色：

唧唧复唧唧，木兰当户织。不闻机杼声，唯闻女叹息。
问女何所思，问女何所忆。女亦无所思，女亦无所忆。昨夜见军帖，可汗大点兵。军书十二卷，卷卷有爷名。阿爷无大儿，木兰无长兄。愿为市鞍马，从此替爷征。东市买骏马，西市买鞍鞯，南市买辔头，北市买长鞭。朝辞爷娘去，暮宿黄河边。不闻爷娘唤女声，但闻黄河流水鸣溅溅。旦辞黄河去，暮宿黑山头。不闻爷娘唤女声，但闻燕山胡骑声啾啾。万里赴戎机，关山度若飞。朔气传金柝，寒光照铁衣。将军百战死，壮士十年归。归来见天子，天子坐明堂。策勋十二转，赏赐百千强。可汗问所欲，木兰不用尚书郎。愿驰千里足，送儿还故乡。爷娘闻女来，出郭相扶将。阿姊闻妹来，当户理红妆。小弟闻姊来，磨刀霍霍向猪羊。开我东阁门，坐我西阁床。脱我战时袍，著我旧时裳。当窗理云鬓，对镜帖花黄。出门看火伴，火伴始惊惶：同行十二年，不知木兰是女郎。雄兔脚扑朔，雌兔眼迷离。双兔傍地走，安能辨我是雄雌？

木兰这位女扮男装替父从军的巾帼英雄，像通常少女一样温柔善良，对父母眷眷情深，又像英雄一样沉着刚毅，机智勇敢，对亲人和祖国具有无私的献身精神，可以说她兼具少女柔肠与英雄豪气，她是我国传统文化与北方尚武风俗高度融合后理想女性的化身。

它在艺术上的第一个特点，是这篇叙事诗就像清人贺贻孙所说那样"如一本杂剧，插科打诨，皆在净丑"。从开始"木兰当户织"到结尾"不知木兰是女郎"，从"从此替爷征"到"出门看火伴"，使此诗成为一曲"绝妙团圆剧本"(《诗筏》);其中穿插了许多细节,诸如天子赏赐、阿姊理妆、小弟磨刀等,使全剧具有喜剧色彩;其中又有生动的心理刻画和细节描写,如"不闻机杼声,唯闻女叹息",又如"当窗理云鬓,对镜帖花黄",将人物形象塑造得栩栩如生。第二个特点是它在剪裁上繁简得当,有的地方浓墨重彩反复铺陈,用排比句淋漓尽致地进行描述,有的地方则惜墨如金,一笔跳过,章法上陡转陡接。第三个特点是此诗重叠的句式、明快的节奏、形象的比喻和朴素的语言,尽管有些整齐浏亮的偶句显然是经过文人加工的,但仍然不能掩盖它那浓郁的民歌风味。

第六章

魏晋南北朝的文赋

这一章所论述的是魏晋南北朝至隋朝散文，也包括这一历史时期的辞赋。随着东汉末年经学的衰微，出现了许多"非汤武而薄周孔"的离经叛道之士，士人们由两汉主要是伦理的存在变为丰富复杂的精神个体，因而魏晋南北朝的文赋在艺术风貌上与两汉迥异：抒情性的文赋大量增加，记叙性的文赋也更能表现作家的气质和个性，连议论文也富于师心使气的特点；散文语言由质朴趋于华丽，由单句趋于骈偶，并逐渐定型为长期统治文坛的骈体文，赋也越来越受到骈体文的影响出现骈化的趋势。

第一节　魏晋文章与辞赋

建安时期年长一辈作家的文章还比较质朴，曹操的文风清峻通脱，孔融的文章气势很盛但不尚华丽，曹丕、曹植兄弟一变乃父古直之风，华靡之习便日益滋长，陈琳和阮瑀的章奏檄文喜欢征引史事和点缀辞藻，不过建安文赋不管是质朴还是华丽，都鲜明地表现出了慷慨多气的时代风格。

阐述魏晋文章得从曹操说起，这位汉魏政坛上的霸主也是"改造文章的祖师"（鲁迅《魏晋风度及文章与药及酒之关系》）。东汉作家拘束于礼教，不可能在文章中充分展露自己的个性，摛文结藻又日趋典雅骈丽，所以明人张溥说"东汉词章拘密"（《汉魏六朝百三家集题辞》）。曹操"挟天子以令诸侯"的政治地位，加之他那自负、强悍、狡诈而又率直的性格，只有他才可以在政坛上翻云覆雨，招揽贤才时敢招不仁不孝之徒，打击政敌时又可以不仁不孝治罪，也只有他才可以为文时"想说甚么便说甚么"，披露胸襟既无须遮藏掩饰，行文结句也不必雕琢对偶，他的文章纵意自如、了无窒碍，这便形成了鲁迅先生所说那种"清峻通脱"的文风。"清"则不冗杂，"峻"则不平弱，"通脱"则无所拘忌。《让县自明本志令》是其代表作：

孤始举孝廉，年少，自以本非岩穴知名之士，恐为海内人之所见凡愚，欲为一郡守，好作政教以建立名誉，使世士明知之，故在济南，始除残去秽，平心选举，违迕诸常侍。以为强豪所忿，恐致家祸，故以病还……后征为都尉，迁典军校尉，意遂更欲为国家讨贼立功，欲望封侯作征西将军，然后题墓道言"汉故征西将军曹侯之墓"，此其志也……身为宰相，人臣之贵已极，意望已过矣。今孤言此，若为自大，欲人言尽，故无讳耳。设使国家无有孤，不知当几人称帝，几人称王。或者人见孤强盛，又性不信天命之事，恐私心相评，言有不逊之志，妄相忖度，每用耿耿。齐桓、晋文所以垂称至今日者，以其兵势广大，犹能奉事周室也。《论语》云："三分天下有其二，以服事殷，周之德可谓至德矣。"夫能以大事小也。昔乐毅走赵，赵王欲与之图燕，乐毅伏而垂泣，对曰："臣事昭王，犹事大王；臣若获戾，放在他国，没世然后已，不忍谋赵之徒隶，况燕后嗣乎！"胡亥之杀蒙恬也，恬曰："自吾先人及至子孙，积信于秦三世矣。今臣将兵三十余万，其势足以背叛，然自知必死而守义者，不敢辱先人之教以忘先王也。"孤每读此二人书，未尝不怆然流涕也。孤祖、父以至孤身，皆当亲重之任，可谓见信者矣，以及子桓兄弟，过于三世矣。孤非徒对诸君说此也，常以语妻妾，皆令深知此意。孤谓之言："顾我万年之后，汝曹皆当出嫁，欲令传道我心，使他人皆知之。"孤此言皆肝鬲之要也。所以勤勤恳恳叙心腹者，见周公有《金縢》之书以自明，恐人不信之故。然欲孤便尔委捐所典兵众，以还执事，归就武平侯国，实不可也。何者？诚恐己离兵为人所祸也。既为子孙计，又己败则国家倾危，是以不得慕虚名而处实祸，此所不得为也。前朝恩封三子为侯，固辞不受，今更欲受之，非欲复以为荣，欲以为外援，为万安计。孤闻介推之避晋封，申胥之逃楚赏，未尝不舍书而叹，有以自省也。奉国威灵，仗钺征伐，推弱以克强，处小而禽大，意之所图……可谓天助汉室，非人力也。然封兼四县，食户三万，何德堪之！江湖未静，不可让位；至于邑土，可得而辞。

本文作于建安十五年十二月。赤壁之败后新定的北方人心浮动，政敌乘机攻击他有"不逊之志"，他为了反击政敌和安定人心，发布了这一道"自明本志令"。令文叙述了自己大半生奋斗的经历，剖析了自己的心志，并从当时形势说明自己行藏出处的原因。"江湖未静，不可让位；至于邑土，可得而辞""设使国家无有孤，不知当几人称帝，几人称王"，这些话只有他敢说，也只有他能说，语言直率、坦荡而又极有气魄。

比起父亲的雄才霸气，曹丕显得更近情、更儒雅，前人早就说子桓有"文士气"，《三国志·文帝纪评》说"文帝天资文藻，下笔成章，博闻强识，才艺兼该"，刘勰也认为"魏文之才洋洋清绮"（《文心雕龙·才略》）。他的文赋和他的诗歌一样鲜明地表现了他这一气质个性，而且可能比他的诗歌取得了更高的艺术成就。他的散文中写得最好的是自叙、书札、论文三类。

《典论·自叙》是他自述平生的代表作，他向人们述说自己的爱好与追求，讲自己的骑马之术，射箭之艺，讲自己的弹棋之巧，学业之专："会黄巾盛于海岳，山寇暴于并冀，乘胜转攻，席卷而南，乡邑望烟而奔，城郭睹尘而溃，百姓死亡，暴骨如莽。余时年五岁，上以四方扰乱，教余学射，六岁而知射，又教余骑马，八岁而知骑射矣。以时之多难，故每征，余常从。建安初，上南征荆州，至宛，张绣降，旬日而反，亡兄孝廉子修、从兄安民遇害。时余年十岁，乘马得脱。夫文武之道，各随时而用。生于中平之季，长于戎旅之间，是以少好弓马，于今不衰。逐禽辄十里，驰射常百步，日多体健，心每不厌。建安十年，始定冀州，濊貊贡良弓，燕代献名马。时岁之暮春，句芒司节，和风扇物，弓燥手柔，草浅兽肥，与族兄子丹猎于邺西终日，手获獐鹿九，雉兔三十……余于他戏弄之事少所喜，唯弹棋略尽其巧，少为之赋。昔京师先工有马合乡侯、东方安世、张公子，常恨不得与彼数子者对。上雅好诗书文籍，虽在军旅，手不释卷。每定省从容，常言：'人少好学则思专，长则善忘。长大而能勤学者，唯吾与袁伯业耳。'余是以少诵诗论，及长而备五经、四部、《史》、《汉》、诸子百家之言，靡不毕览，所著书论诗赋，凡六十篇。至若智而能愚，勇而能怯，仁以接物，恕以及下，以付后之良史。"张溥称曹孟德"多材多艺"，又说曹丕的才艺"不减若父"(《汉魏六朝百三家集题辞》)，在曹丕这娓娓而谈的叙述中有自负，有自信，但没有狂傲，没有矜夸，读来如听老朋友诉说从前的乐事和现在的心境，觉得亲切随便而又委婉动人。

读他的书信更让人觉得亲切随便，这是由于曹丕基本能做到仁以接物，恕以及下，诚以待友，他在与朋友、臣子书札往返时从不摆太子的架子或皇帝的尊严，如《又与吴质书》：

二月三日丕白：岁月易得，别来行复四年。三年不见，《东山》犹叹其远，况乃过之，思何可支！虽书疏往返，未足解其劳结。昔年疾疫，亲故多离其灾，徐、陈、应、刘，一时俱逝，痛可言邪！昔日游处，行则连舆，止则接席，何曾须臾相失？每至觞酌流行，丝竹并奏，酒酣耳热，仰而赋诗，当此之时，忽然不自知乐也。谓百年己分，长共相保，何图数年之间，零落略尽，言之伤心。顷撰其遗文，都为一集；观其姓名，已为鬼录，追思昔游，犹在心目；而此诸子，化为粪壤，可复道哉！观古今文人，类不护细行，鲜能以名节自立，而伟长独怀文抱质，恬淡寡欲，有箕山之志，可谓彬彬君子矣。著《中论》二十余篇，成一家之言，辞义典雅，足传于后，此子为不朽矣。德琏常斐然有述作意，其才学足以著书，美志不遂，良可痛惜。间者历览诸子之文，对之抆泪，既痛逝者，行自念也……行年已长大，所怀万端，时有所虑，至乃通夕不瞑，志意何时复类昔日？已成老翁，但未白头耳。光武言："年三十余，在兵中十岁，所更非一。"吾德不及之，年与之齐矣。以犬羊之质，服虎豹之文，无众星之明，假日月之光，动见瞻观，何时易乎？恐永不复得为昔日游也。少壮真当努力，年一过往，何可攀援！古人思秉烛夜游，良有以也。顷何以自娱？颇复有所述造不？东望于邑，裁书叙心。丕白。

谈对昔日快乐的留恋，谈对"恐永不复得为昔日游"的感伤，谈对已入黄泉故人的思念，谈自己"已成老翁"而功业未立的惶恐，向知己毫无保留地剖肝露胆，他的思想、情感、个性和顾虑都坦露无遗。

刘勰在《文心雕龙·才略》中说"子桓虑详而力缓"，他不仅善于纵意抒写自己细腻亲切的情感，也长于作理性深刻的思辨，可惜他的学术专著《典论》已经亡佚，书中完整保留的论文只有《论文》一篇。该文是我国文学批评史上最早的文学专论，它探讨了作家的精神气质与作品风格的关系，提出了"文以气为主"的命题；阐述了不同体裁应遵循的文体风格；阐明了文学批评的正确态度，批评了自古以来"文人相轻"的陋习；还重估了文学在社会和个人事业中的价值与作用："盖文章，经国之大业，不朽之盛事，年寿有时而尽，荣乐止乎其身，二者必至之常期，未若文章之无穷。是以古之作者，寄身于翰墨，见意于篇籍，不假良史之辞，不托飞驰之势，而声名自传于后。"文中不少命题和论断对后世的创作和批评都产生了深远的影响。

不管是哪一种题材、哪一种体裁，曹丕文章的语言都有一些共同的特点：在风格上都活泼生动，在形式上都骈散相间，因而他的文风委婉但不平弱，句式整饬而又气韵流动。

曹植一生都希望自己能在政治上大展宏图，"戮力上国，流惠下民，建永世之业，流金石之功"，可他偏偏在政治上一败涂地郁郁以终；他并不像兄长那样将文学看成是"经国之大业，不朽之盛事"，反而认为文学创作是壮夫不为的"小道"，并对自己"徒以翰墨为勋绩"的生涯大为不满（《与杨德祖书》），但有讽刺意味的是他一生的主要业绩恰恰是文学创作，而且是唐以前的典范作家。张溥称他"集备众体"（《汉魏六朝百三家集题辞》），其文也代表了建安文赋的最高成就。生当天下分崩的岁月，又正值"人之觉醒"的时候，他青少年起就希望能完满实现自我价值，立下建不世之功的大志，敢于蔑视和挑战世俗礼教，这种拯世济物的理想和恃才傲物的性格构成了他散文的基调。他现存的散文体裁主要有四类：辞赋、表章、书札和议论文。

在诸体散文中他最看重自己的辞赋，他在《前录自序》中说："君子之作也，俨乎若高山，勃乎若浮云，质素也如秋蓬，摛藻也如春葩。泛乎洋洋，光乎皜皜，与《雅》《颂》争流可也。余少而好赋，其所尚也，雅好慷慨，所著繁多。"仅他生前编辑的《前录》中就收赋七十八篇，现在他的文集中存赋四十七篇，其中最能体现他"文才富艳"的是《洛神赋》（《三国志》本传评语）。被封为鄄城王的曹植在魏黄初三年（222）到京师朝见魏文帝曹丕，回封地途经洛水时，想到宋玉的《高唐赋》和《神女赋》中，与楚襄王对答梦遇巫山神女的故事，因而仿其体例写了这篇名赋。赋由歇驾洛水忽遇洛神写起，进而描写洛神的仪态风度和柔情绰态，还铺陈了她优雅的神态和轻盈的举止，再由洛神之美写到对洛神之爱，最后表现两情相通却不得相聚的痛苦，最初的邂逅翻成最终的永诀，给全文笼罩上了一层忧伤的色彩。关于此赋的主题历来众说纷纭，有的认为本赋是作者感甄后而作，有的认为只是赞美一个美丽的女神，有的认为隐寓了"君臣大义"。从赋的后文"无微情以效爱兮，献江南之明珰。虽潜处于太阴，长寄心于君王"来看，似乎是感叹君臣义隔，曲折地表现作者效忠君王的赤诚和有志莫骋的苦闷。当然此赋最让人惊叹的还是它那铺陈的技巧和富丽的辞藻，尤其是对洛神体态神韵的描写令人叹为观止：

其形也，翩若惊鸿，婉若游龙。荣曜秋菊，华茂春松。仿佛兮若轻云之蔽月，飘飖兮若流风之回雪。远而望之，皎若太阳升朝霞；迫而察之，灼若芙蕖出渌波。秾纤得衷，修短合度。肩若削成，腰如约素。延颈秀项，皓质呈露。芳泽无加，铅华弗御。云髻峨峨，修眉联娟。丹唇外朗，皓齿内鲜。明眸善睐，辅靥承权。瑰姿艳逸，仪静体闲。柔情绰态，媚于语言。奇服旷世，骨像应图。披罗衣之璀粲兮，珥瑶碧之华琚。戴金翠之首饰，缀明珠以耀躯。践远游之文履，曳雾绡之轻裾。微幽兰之芳蔼兮，步踟蹰于山隅。

绘形美丽动人，写情含蓄深婉，遣词典雅华丽，使它成为建安辞赋的代表作。

他的表章最能体现他的盛气雄才，代表作是《求通亲亲表》和《求自试表》。前者写于魏明帝太和五年（231）。魏文帝曾有过诸王不得来京朝觐、诸王之间也不许相互往来的诏令。曾经几乎取代曹丕被立为太子的曹植更是后来登基的兄侄要疏阔的对象。表中对朝廷迫使诸王之间"婚媾不通，兄弟永绝，吉凶之问塞，庆吊之礼废，恩纪之违，甚于路人；隔阂之异，殊于胡越"这一不人道的政策表示不满，对自己长期备受猜忌压抑提出了抗议："每四节之会，块然独处，左右唯仆隶，所对唯妻子，高谈无所与陈，发义无所与展，未尝不闻乐而拊心，临觞而叹息也。"文章不仅写得十分动情，而且常常引经据典地正面陈述自己的意见，笔墨淋漓酣畅，论事有理有节，兼有抒情文的韵味与政论文的气势。后者写于魏明帝太和二年，由于他过着名为藩王实为囚徒的生活，怀抱利器而无所施展，才在无奈中向明帝呈上了这封表。表中对自己过着"圈牢养物"的牲口般生活委婉地表示了不满，常恐坟土未干而身名俱灭，希望自己能在有生之年奋力疆场，"必效须臾之捷，以灭终身之愧"，使自己无忝于禄位，有益于国家。它充分表达了作者报国立功的志愿，反映了政治上受到压抑的苦闷。众多典故的运用无损于语言的畅达遒劲，感情哀婉凄切却不失其激昂悲壮，是一篇很有个性的章奏，如：

臣闻士之生世，入则事父，出则事君；事父尚于荣亲，事君贵于兴国。故慈父不能爱无益之子，仁君不能畜无用之臣。夫论德而授官者，成功之君也；量能而受爵者，毕命之臣也。故君无虚授，臣无虚受；虚授谓之谬举，虚受谓之尸禄，《诗》之"素餐"所由作也……今臣居外，非不厚也，而寝不安席、食不遑味者，伏以二方未克为念。伏见先武皇帝武臣宿兵，年者即世者有闻矣。虽贤不乏世，宿将旧卒，犹习战也。窃不自量，志在效命，庶立毛发之功，以报所受之恩。若使陛下出不世之诏，效臣锥刀之用，使得西属大将军，当一校之队；若东属大司马，统偏师之任；必乘危蹈险，骋舟奋骊，突刃触锋，为士卒先。虽未能擒权馘亮，庶将虏其雄率，歼其丑类，必效须臾之捷，以灭终身之愧，使名挂史笔，事列朝荣。虽身分蜀境，首悬吴阙，犹生之年也。

他的书札不像其兄那样平易近人，但写得文采斐然、意气风发，如《与吴季重书》："季重足下：前日虽因常调，得为密坐。虽燕饮弥日，其于别远会稀，犹不尽其劳积也。若夫觞酌陵波于前，箫笳发音于后，足下鹰扬其体，凤观虎视，谓萧、曹不足俦，卫、霍不足侔也。左顾右眄，谓若无人，岂非君子壮志哉！过屠门而大嚼，虽不得肉，贵且快意。当斯之时，愿举泰山以为肉，倾东海以为酒，伐云梦之竹以为笛，斩泗滨之梓以为筝；食若填巨壑，饮若灌漏卮。如上言，其乐固难量，岂非大丈夫之乐哉！然日不我与，曜灵急节，面有逸景之速，别有参商之阔。思欲抑六龙之首，顿羲和之辔，折若木之华，闭蒙泛之谷。天路高邈，良久无缘。怀恋反侧，如何如何！"一连串的排比句、对偶句奔泻而下，以极度夸张的语言表现自己激昂的气势，真实地显露了作者的个性与锋芒。

他的史论和政论逻辑不及其兄的缜密，但比其兄更有激情，也比其兄更无顾忌，以公子之豪纵论古人之优劣，常能言人所不敢言或不能言，如《汉二祖优劣论》比较刘邦与刘秀的优劣说："昔汉之初兴，高祖因暴秦而起，官由亭长，身自亡徒，招集英雄，遂诛强楚，光有天下，功齐汤武，业流后嗣，诚帝王之元勋，人君之盛事也。然而名不继德，行不纯道，直寡善人之美称，鲜君子之风采，惑秦宫而不出，窘项坐而不起，计失乎郦生，忿过乎韩信，太公是谄，于孝违矣！败古今之大教，伤王道之实义"，而"世祖体乾灵之休德，禀贞和之纯精，通黄中之妙理，韬亚圣之懿才。其为德也，通达而多识，仁智而明恕，重慎而周密，乐施而爱人。值阳九无妄之世，遭炎光厄会之运，殷尔雷发，赫然神举。用武略以攘暴，兴义兵以扫残。神光前驱，威风先逝。军未出于南京，莽已毙于西都……故曰光武其近优也"。文章称功量力比德计行，"光武近优"的结论也就有理有据。

就其感情之充沛、笔调之恣肆、气势之磅礴、文体之多样和语言之华靡而言，曹植文章在建安文坛上无与其匹。

建安诸子中文章值得称道的有孔融、王粲和陈琳。孔融是孔夫子二十世孙，张溥曾说孔融文章"豪气直上"（《汉魏六朝百三家集题辞》），刘勰也说他"气盛于为笔"（《文心雕龙·才略》），他的文章的确体现了建安的文风：气势很盛，神采飞扬。现存的《与曹公论盛孝章书》《荐祢衡表》《汝颍优劣论》是其代表作。他的另一类专门嘲讽曹操的文章，如《与曹公论禁酒书》《又与曹公论禁酒书》等，在痛快淋漓中见出幽默和机智。我们来看看他的代表作之一《与曹公论盛孝章书》。信的开头与曹操叙年齿，由老来朋友零落的孤独，说到"惟会稽盛孝章尚存"，并介绍他目前"命不期于旦夕"的危险处境，引出救友的本意，从感情上打动对方；接着从交友之道说明救盛孝章是曹操不容推迟的责任，而且曹操只要举手之劳就可以弘扬友道；最后分析救盛孝章对曹操统一大业的意义。先动之以情，次晓之以义，后陈之以利，在从容的谈吐中显示出他所特有的"盛气"。

王粲是建安"文多兼善"的作家，他的辞赋散文能较深刻地反映当时的社会现实，抒写自己渴望统一天下的理想和建功立业的雄心。他的论文如《安身论》《务本论》等，既逻辑严谨又感情充沛，可惜未留下完篇。现存的书信多是代人捉笔，很难表现个人真实的情怀。他的辞赋完全摆脱了汉赋那种僵硬无味的铺陈，代表作《登楼赋》《初征赋》抒情味很浓，尤其是前者有点像抒情诗："登兹楼以四望兮，聊暇日以销忧。览斯宇之所处兮，实显敞而寡仇。挟清漳之通清浦兮，倚曲沮之长洲。背坟衍之广陆兮，临皋隰之沃流……惟日月之逾迈兮，俟河清其未极。冀王道之一平兮，假高衢而骋力。惧匏瓜之徒悬兮，畏井渫之莫食。步栖迟以徙倚兮，白日忽其将匿。"

此赋抒写久客他乡和蹉跎岁月的幽愤心情，表现了年华虚掷而事业无成的苦闷，"惧匏瓜之徒悬兮，畏井渫之莫食"，点出了他怀乡的真正原因，使怀乡之情具有特定的历史内容。融情入景，以景写情，全赋充满了悲壮苍凉之气。

建安七子之一的陈琳创作领域较宽，但最擅长的还是表章书记，像代表作《为袁绍檄豫州》，以大量的史实和排比句增加文章的气势，写得夸饰雄辩，强劲有力。曹操捉到他后尽管责怪他对自己的辱骂，但更激赏他在文章中所显露出的才华，依曹操后文章照样写得"壮有骨鲠"，张溥为此曾慨叹"文人何常，唯所用之"（《陈记室集题辞》）。现存的《武军赋》和《神武赋》，前者颂扬袁绍灭公孙瓒的武功，后者赞美曹操北征乌桓的壮举，两篇都音情激越，雄放壮伟。

正始散文中建功立业的热情逐渐消失，代之而起的是对理想人格的追寻，对世俗的愤激、厌恶和逃避，文中玄学的色彩不断加浓。当时的文赋作家可分为两派：以王弼、何晏为代表的正始名士，以嵇康、阮籍为代表的竹林名士。前者的文风简约清峻，多为哲学论文，从文学的角度看，嵇、阮之文成就更大。阮籍的《大人先生传》对迂腐虚伪的儒家说教进行了辛辣的讽刺，抒写了自己"超世而绝群，遗俗而独往"的人生理想，以及以"天地为家""与道俱成""与造化为友"的生活态度。文章具有一定的思想深度和闳放的气魄。现存的《东平赋》《首阳山赋》《鸠赋》《猕猴赋》等，大都文境恢奇而又词采华艳。他的论说文虽然在抽象思辨上不如嵇康，但它们不是冷峻的逻辑演绎，而往往迸发为心灵的洞见，具有强大的情感力量，也具有明心见性的特点，刘师培曾评之曰"词必对偶，以气骋词"（《中国中古文学史讲义》）。其文亦如其诗，实为建安时代的积极进取精神遭到黑暗势力无情压抑后的产物，它的主导风格是"才藻艳逸"和"托体高健"（同上）。

和阮籍以诗名家不同，嵇康的文学成就主要是散文。作为当时的精神领袖，他的散文表现了一代士人的人生理想。由于他的济世之志不得施展，他只能到老庄那里寻求解脱，在养生服食之道中寻求慰藉。他不仅公开声言"非汤武而薄周孔"（《与山巨源绝交书》），还提出了"越名教而任自然"的命题（《释私论》），对虚伪的名教表示厌恶和反叛。在现存的文赋中，他的《琴赋》对琴的奏法和表现力，做了细腻动人的铺陈描写，《与山巨源绝交书》更是他人格的写真：

> 吾每读尚子平、台孝威传，慨然慕之，想其为人。少加孤露，母兄见骄，不涉经学，性复疏懒，筋驽肉缓，头面常一月十五日不洗，不大闷痒，不能沐也。每常小便而忍不起，令胞中略转乃起耳。又纵逸来久，情意傲散，简与礼相背，懒与慢相成，而为侪类见宽，不攻其过；又读庄、老，重增其放。故使荣进之心日颓，任实之情转笃。此犹禽鹿少见驯育，则服从教制；长而见羁，则狂顾顿缨，赴蹈汤火，虽饰以金镳，飨以嘉肴，逾思长林而志在丰草也。

表明自己不与司马氏集团合作的政治立场，目空一切以至于无所顾忌，嬉笑怒骂而又严肃刚正，由此可以看出作者刚烈峻急的为人。

在魏晋作家中可能要数嵇康最能持论，刘师培在《汉魏六朝专家文研究》一文中说："嵇叔夜文，今有专集传世。集中虽亦有赋、箴等体，而以论为最多，亦以论为最胜，诚属前无古人，后无来者，研究嵇文者自当专攻乎此。观其《养生论》《声无哀乐论》等篇，持论连贯，条理秩然，非特文自彼作，意亦由其自创。其独到之处一在条理分明，二在用心细密，三在首尾相应。果能得其胎息，则文无往而不达，理虽深而可显。"嵇康议论文的成就与当时的社会思潮是分不开的。两汉之际，一方面由于天下一统而思无二途，另一方面由于师弟相传不贵立异，所以汉世很少有人能在学术上自立门户，在立论时别出机杼，敷旨大多依据六经，立说更不敢稍离师训，汉末传统价值的失范及王纲解纽，使人们从禁锢中解放出来，思维既非常活跃，立论更异常新颖，此时的论说文不仅"师心独见，锋颖精密"（《文心雕龙·论说》），而且个性鲜明，语言优美，前人称其"守己有度，伐人有序，和理在中，孚尹旁达，可以为百世师"（章太炎《国故论衡·论式》）。嵇康的议论文就是"师心独见"的典范，人们视为"理所当然"的旧说在他眼中却"不以为然"。如《礼记·乐记》说："其哀心感者，其声噍以杀；其乐心感者，其声啴以缓。"嵇康一反成说，认为"声音自当以善恶为主，则无关于哀乐；哀乐自当以情感而后发，则无系于声音"。音乐以自身的美妙与否为主，而无关于人的哀乐之情，哀乐之情源于人的情感变化，而与音乐是否美妙没有关系。《声无哀乐论》体物研几，衡铢剖粒，实为魏晋南北朝一篇结构宏伟、逻辑谨严的大文。其时有一位礼法之士引申孔子"学而时习之，不亦说乎"，写了一篇《自然好学论》，认为学习礼教与人的本性和谐一致，嵇康《难自然好学论》针锋相对地反驳说："六经以抑引为主，人性以从欲为欢；抑引则违其愿，从欲则得自然。然则自然之得，不由抑引之六经；全性之本，不须犯情之礼律。故仁义务于理伪，非养真之要术；廉让生于争夺，非自然之所出也。由是言之，则鸟不毁以求训，兽不群而求畜；则人之真性，无为不当，自然耽此礼学矣。"由此可见他的理论勇气和胆量，也可见他思维的敏锐与深刻。

西晋文章虽较建安和正始更加华丽，但缺乏前两者文章中的思辨深度和情感力度，此时语言骈偶化越来越明显，骈文在这时已基本趋于定型，但失去了前期文章中那种萧散疏宕的文气。潘岳的诔文"巧于序悲，易入新切"（《文心雕龙·诔碑》），《夏侯常侍诔》《杨仲武诔》等是其代表作。《西征赋》是潘岳最用力的作品，它开了在赋中大发议论的先河。《闲居赋》《秋兴赋》也是他的得意之作，它们像两首恬淡优美的抒情诗。陆机的《文赋》是一篇杰出的赋体论文，将创作心理和创作过程描摹得生动逼真，对许多理论问题展开了细致的分析。他的《辨亡论》较贾谊的《过秦论》气势不及而文采过之，是当时总结历史经验的鸿篇巨制。《吊魏武文》感情充沛，《豪士赋》《叹逝赋》也堪称佳作。

东晋出现了一些优美的辞赋，如袁宏的《东征赋》、孙绰的《游天台山赋》、郭璞的《江赋》、木华的《海赋》等。此时有些作家的文章偶用散体，其中书法家王羲之的文笔省净，如《兰亭集序》便是一篇难得的散体妙文，序中记述了宴集的盛况和兰亭环境的清幽，并由人事的聚散无常想到了个体存在的短暂，发出了"死生亦大矣，岂不痛哉"的深沉喟叹，表现了魏晋士人对个体存在的极度重视与深切依恋。行文全无两晋风行的骈俪气息，清新自然，风神散朗。王羲之的札帖简约隽永，显示了作者高雅的审美趣味和深湛的艺术修养。

陶渊明是晋宋之交最杰出的散文家，贯穿于他散文辞赋的一个共同主题就是探询并展露真淳的精神境界，表现一种率性任真的存在方式。《五柳先生传》中无论是读书时的"欣然忘食"，还是饮酒时的"期在必醉"；也无论是"环堵萧然"时仍神态"晏如"，还是"常著文章自娱"时的自得其乐，都表现出他对人生"忘怀得失"的超脱，平淡自然的语言与恬淡洒脱的境界构成了高度的和谐。《桃花源记》以洗练清新的文笔描绘了一幅美丽的乌托邦式的社会图画，这里没有皇帝的威严，没有豪强的盘剥，没有人与人之间的欺诈，一切都是那么淳朴、那么安宁，"土地平旷，屋舍俨然，有良田美池桑竹之属……黄发垂髫，并怡然自乐"，此中人"不知有汉，无论魏晋"。作者在这幅图画中寄寓了对现实社会强烈的不满和对理想社会的无限憧憬。文章丝毫没有充斥当时文坛堆红叠翠的脂粉气，完全出之以天然白描，反而更见生动、形象和逼真，对语言运用达到了炉火纯青的境界。《归去来兮辞》更令无数人倾倒，欧阳修曾说"晋无文章，惟陶渊明《归去来兮辞》一篇而已"（引自李公焕《笺注陶渊明集》卷五）。如：

> 归去来兮，田园将芜胡不归！既自以心为形役，奚惆怅而独悲？悟已往之不谏，知来者之可追。实迷途其未远，觉今是而昨非。舟遥遥以轻扬，风飘飘而吹衣，问征夫以前路，恨晨光之熹微。乃瞻衡宇，载欣载奔。僮仆欢迎，稚子候门。三径就荒，松菊犹存；携幼入室，有酒盈樽。引壶觞以自酌，眄庭柯以怡颜；倚南窗以寄傲，审容膝之易安。园日涉以成趣，门虽设而常关。策扶老以流憩，时矫首而遐观。云无心以出岫，鸟倦飞而知还……

全文倾吐自己归隐田园找到精神归宿后的巨大喜悦，字里行间洋溢着洒脱达观的情调，一气呵成的语言流荡奔走，叙事、抒情和写景似乎率尔而成，细读则无处不臻妙境。

第二节 南北朝骈文

骈体文是南北朝文坛上占统治地位的文体，这时的辞赋也完全骈体化了，所以这里用"南北朝骈文"来统括这一历史时期的文赋创作。

南朝散文虽然是魏晋散文的继承和发展，但二者之间无论思想内容还是艺术风貌都大异其趣。刘宋以来魏晋阀阅世家的地位日渐下降，最高统治权落入出身寒门的新贵手中，各朝真正的统治基础是伴随着世族衰落而起的新贵。这一时期的散文主要是新贵思想情感和审美趣味的反映。清谈余风在南朝虽未消歇，但魏晋玄学中普遍关切的主题已不是社会注目的中心，因而南朝散文中表现的已不是个体的精神超越，也不是将自己提升到更高精神境界的追求，它表现的是对现实的充分占有和享受。从最高统治者到一般士人，都羡慕"玉树以珊瑚作枝，珠帘以玑瑠为匣"（徐陵《玉台新咏序》）的奢侈，更迷恋"妖童媛女"（萧绎《采莲赋》）的色相，连"风烟俱净，天山共色，从流飘荡，任意东西"（吴均《与宋元思书》）的山水迷恋，也是仅满足于现实的感官享受和精神乐趣，缺乏"木欣欣以向荣，泉涓涓而始流，善万物之得时，感吾生之行休"（陶渊明《归去来兮辞》）所表现的对解脱世事的深沉追求。哪怕是愤世嫉俗之作，也很少表现出对现实的超越精神，而更多的是没有分得一杯羹的牢骚怨恨。

尽管南朝骈文比魏晋更注重辞藻修饰，但却缺乏魏晋文章那种高雅飘逸的气派，它们的华丽显得"讹而新"（《文心雕龙·通变》），有时甚至显得非常艳俗刺眼，文中辞藻的华艳浓丽与思想情感的苍白往往适成反比。当然，南朝文章也自有它艺术上的优点，它虽不那么超尘绝俗，但它对日常生活美感的把握却比前人更细腻，抹去了魏晋文中的贵族气，它的文风更亲切可人，给人的愉悦更易于领略和感受。这时的散文家通常都追求语言的富艳，"雹碎春红，霜雕夏绿"（刘令娴《祭夫徐悱文》），就是哀悼亡夫也忘不了涂脂抹粉，把祭文中的颜色涂抹得这般浓丽，可是，其中也有许多笔致轻倩灵动、风格流利自然之作，如"零雨送秋，轻寒迎节，江枫晓落，林叶初黄"（萧纲《与萧临川书》），造语实在是秀美清丽之至。骈文在这个时期最为成熟也最为繁荣，作家隶事用典的技巧相比从前更加圆熟，常能够做到活而能化；对偶比前代作家更加精密，不少优秀骈文既属对工巧又流动自然，唐以后盛行的四六文在南朝已导其风，徐陵等作家的大量骈文喜欢以四六相间成文；音调比前代作品更加和谐，作家对平仄的运用更加自觉，增加了文章"八音协畅"（沈约《宋书·谢灵运传论》）的音乐美。当然把文章语言程式化、固定化，有时严重妨碍了作家思想情感的表达，也是造成南朝骈文矫揉造作的病根。

虽然"北朝文人舍文尚质"（刘师培《南北文学不同论》），但北朝文学在其发展过程中不断为南朝所同化。北魏前期没有产生什么出色的散文作品，甚至那时的公文也显得质木干枯。北朝中后期各朝代文人写作散文都用骈体，文风也接近齐梁。北朝虽偶有统治者不满绮丽的文风，如宇文泰命苏绰仿《尚书》作《大诰》，希望以此矫趋尚而树楷模，但没有多少人对这种艰涩聱牙的文章感兴趣。庾信、王褒等南朝著名作家一到长安，北朝文人就争相仿效。当然北方重实用的传统在散文创作中并没有完全中断，较之齐梁，说是"北学南而未至"也好（钱锺书《管锥编》卷四），说是"北方文体固与南方文体不同"也罢（刘师培《南北文学不同论》），北朝的骈文终归显得质朴清劲些。北朝作家中，只有庾信由于独特的经历，成为集南北之大成的骈文作家。

宋代产生了一批优秀的文赋作家，《文心雕龙·才略》篇说："宋代逸才，辞翰鳞萃。"何承天、傅亮、颜延之、谢灵运、鲍照、谢庄、谢惠连皆为一时之选，其中以鲍照的文章成就最高。

何承天（370—447）五岁丧父，幼承母训，博通古今，尤精历数，为时论所重，与傅亮同为朝廷大手笔。最能代表文风的是长篇议论文《安边论》。当时北魏南侵，文帝咨群臣防边之策，此文就是他向皇帝呈上的奏议。文中清晰地分析了敌我双方的政治、经济和军事力量，以及历史上武力征伐与和亲靖边两种策略的利弊得失，在此基础上提出了个人的安边之策。从中可以看出他远不是只懂骈偶、隶事礼仪天文的儒生，而且还颇具政治家的头脑和战略家的眼光，该文用自然朴质的语言写实实在在的内容，绝去对偶浮夸与用典藻饰。《达性论》和《报应问》二文都批驳因果报应，但不是通过抽象的哲学玄思，而是从现实中找出有理有据的事实加以反驳。自然、实在、质朴，他的文章从内容到形式都是如此。

与何承天一样，傅亮也是一位御用文人，并且同样博涉经史，长于文笔。他是宋代的开国元勋之一，也是宋武帝不豫时受诏的顾命大臣。他在晋宋易代之际风光无限，"晋宋禅受，成于傅季友，表策文诰，诵言满堂"（《汉魏六朝百三家集题辞·傅光禄集》）。不过，他深知身居要津同时也就是身处险境，《感物赋》抒写了自己的忧惧之心，《演慎论》阐明为人的诚慎之德，二文都表现了他在政治旋涡中如履薄冰的心境。傅亮被《文选》所收之文，全是他为刘裕写的表章：《为宋公修张良庙教》《为宋公修楚元王墓教》《为宋公至洛阳谒五陵表》《为宋公求加赠刘前军表》。其中《为宋公至洛阳谒五陵表》写于义熙十二年（416）刘裕收复晋朝旧都洛阳晋谒西晋皇帝陵寝时，为旧时章奏中的典范之作：

> 近振旅河湄，扬旌西迈，将届旧京，威怀司、雍。河流遄疾，道阻且长。加以伊洛榛芜，津途久废，伐木通径，淹引时月。始以今月十二日，次故洛水浮桥。山川无改，城阙为墟。宫庙隳顿，钟簴空列。观宇之余，鞠为禾黍。廛里萧条，鸡犬罕音。感旧永怀，痛心在目。

眼见旧都"坟茔幽沦，百年荒翳"，看到晋军后"故老掩涕，三军凄感"，此文"以深婉之思，写悲凉之态"（许梿《六朝文絜笺注》），难怪它在时人和后人中一直享有盛誉了。

元嘉三大家中谢灵运文赋不逮其诗，倾心之作《山居赋》稍嫌冗滞，《诣阙自理表》语意显豁急切，他文都无可称述。颜延之对诗的贡献远不如谢，但文章的成就却在谢之上。收于《文选》的《赭白马赋》写马行之速，如"旦刷幽燕，昼秣荆越"，文思新巧，不落俗套，连李白、杜甫也从中受到启发。《庭诰》类似嵇康的《家诫》，他自己为人偏激疏狂，却告诉后代要"立长多术，晦明为懿"，要世故老练，外圆内方，外暗内明，言辞真挚恳切，但他本人就不能行其所知，怎么可能保证子会遵其父命呢？《又释何衡阳〈达性论〉》《重释〈达性论〉》等文，可以见出作者善于持论的辩才。《三月三日曲水诗序》和《陶征士诔》是他的两篇力作，前者倾力显露文才，后者真切流露情感。

鲍照散文辞赋的成就不只宋代无人可及，清人甚至认为"明远骈体高视六代"（许梿《六朝文絜笺注》）。他的赋多为状物抒情小赋，《舞鹤赋》《野鹅赋》《伤逝赋》《观漏赋》，嗟生伤时则情无不达，摹物写景则景无不显，如以"烟交雾凝，若无毛质"描写鹤优美的舞姿（《舞鹤赋》），直探舞艺的最高境界——将体质融化在艺术造型中，此句不仅是描绘新切而已；"草忌霜而逼秋，人恶老而逼衰。诚衰耄之可忌，或甘愿而志违"（《伤逝赋》），以浅切的语言写出了人生的无奈。《河清颂》虽为歌功颂德的应酬之作，但以其语言的雍容典重和雅洁瑰丽为人所称。《瓜步山楬文》由自然现象联想到社会现象，发出"才之多少不如势之多少"的慨叹，使全文立意高远。

当然鲍照最为人称道的是《芜城赋》和《登大雷岸与妹书》。"芜城"指荒芜后的广陵城。南朝宋孝武帝大明三年竟陵王刘诞反叛，孝武帝平定叛乱后屠杀城中无辜百姓三千余人，兵燹后的广陵城残破不堪。此赋没有正面指斥昏君滥杀无辜，也没有交代广陵城被毁的始末，入手就将广陵昔日的繁华与眼前的破败进行对比，当年借此"图修世以休命"的统治者，无一不落得"委骨穷尘"的下场，这样此赋就不限于揭露某次战争给人民带来的痛苦，给社会造成的破坏，而具有更广阔的现实内容和历史深度。无论是写兴盛还是写凋残，形象都鲜明竦动，感情既波澜起伏，语言也遒劲有力，如赋的最后一段："若夫藻扃黼帐，歌堂舞阁之基；璇渊碧树，弋林钓渚之馆，吴蔡齐秦之声，鱼龙爵马之玩，皆薰歇烬灭，光沉响绝。东都妙姬，南国丽人，蕙心纨质，玉貌绛唇，莫不埋魂幽石，委骨穷尘。岂忆同辇之愉乐，离宫之苦辛哉！天道如何？吞恨者多。抽琴命操，为《芜城之歌》。歌曰：'边风急兮城上寒，井径灭兮丘陇残。千龄兮万代，共尽兮何言！'"收笔感慨淋漓，上下古今，俯仰苍茫。

《登大雷岸与妹书》当作于元嘉十六年，时作者为江州临川王刘义庆的佐吏，在这篇给令晖妹的家书中，叙述了离家后旅途的劳顿、沿途所见的景物以及由此而引起的种种复杂情感。文中的自然景色常因作者情感的不同而具有不同的神韵：当他激荡着"长图大念"时，山似乎也在"负气争高""参差代雄"，当乡愁占据了他的心田时，江河好像也"思尽波涛，悲满潭壑"，因情敷景，景中含情。尤其是描写庐山一节"烟云变灭，尽态极妍，即使李思训数月之功，亦恐画所难到"（许梿《六朝文絜笺注》）："西南望庐山，又特惊异。基压江潮，峰与辰汉连接。上常积云霞，雕锦缛。若华夕曜，岩泽气通，传明散彩，赫似绛天。左右青霭，表里紫霄。从岭而上，气尽金光；半山以下，纯为黛色。信可以神居帝郊，镇控湘、汉者也。"文字精工丰缛而又奇峭幽洁，今人钱锺书称之为"鲍文第一，即标为宋文第一，亦无不可也"（《管锥编》卷四）。

谢惠连的《雪赋》和谢庄的《月赋》都是南朝赋中名篇。前者写下雪之状及雪后之景可谓穷形尽相："其为状也，散漫交错，氛氲萧索，蔼蔼浮浮，瀌瀌弈弈。联翩飞洒，徘徊委积。始缘甍而冒栋，终开帘而入隙。初便娟于墀庑，末萦盈于帷席。既因方而为圭，亦遇圆而成璧。眄隰则万顷同缟，瞻山则千岩俱白。于是台如重璧，逵似连璐。庭列瑶阶，林挺琼树。皓鹤夺鲜，白鹇失素。纨袖惭冶，玉颜掩姱。"《雪赋》明显受惠于宋玉的《风赋》，谢庄的《月赋》又模仿《雪赋》，但谢庄能后出转精，写法上对月遗貌取神，较《雪赋》的正面描写更空灵隽永，许梿在《六朝文絜笺注》中评说："数语无一字说月，却无一字非月。"命意上不限于写景而别有寄托，以假设主客对语发端，描绘了一幅清幽素洁的月夜图，再通过羁旅孤客对秋夜明月的感受，抒写自己怨遥伤远的情怀，把读者带进凄清索寞的意境：

> 若夫气霁地表，云敛天末，洞庭始波，木叶微脱。菊散芳于山椒，雁流哀于江濑，升清质之悠悠，降澄辉之蔼蔼。列宿掩缛，长河韬映，柔祇雪凝，圆灵水镜。连观霜缟，周除冰净。君王乃厌晨欢，乐宵宴，收妙舞，弛清县，去烛房，即月殿，芳酒登，鸣琴荐。
>
> 若乃凉夜自凄，风篁成韵，亲懿莫从，羁孤递进。聆皋禽之夕闻，听朔管之秋引。于是弦桐练响，音容选和，徘徊《房露》，惆怅《阳阿》。声林虚籁，沦池灭波。情纡

轸其何托，愬皓月而长歌。

铺排而不繁冗，用典而不艰涩，文风清澈明净，前人许为"清空澈骨，穆然可怀"（许梿《六朝文絜笺注》）。

尽管《文心雕龙·时序》说"暨皇齐驭宝，运集休明。太祖以圣武膺箓，高祖以睿文纂业，文帝以贰离含章，中宗以上哲兴运，并文明自天，缉熙景祚"，但齐代只产生了优秀的诗人，却没有涌现出非凡的文赋作家，唯张融的《海赋》和孔稚珪的《北山移文》可以名世。晋人木华的《海赋》十分著名，张融对自己的文学才华十分自负，特取同样的题材和题目，其用意在超越前贤，他在赋前的自序中说"木生之作，君自君矣"，言下之意是绝不跟在木华后面亦步亦趋，他有他的高明，我有我的妙法。张赋和木赋一样传出了大海波澜壮阔的气势，但构思和造句又于木赋之外别出新意，如写海风海云说："浮微云之如梦，落轻雨之依依""风何本而自生，云无从而空灭"。拟云如梦张前少有。又如形容海啸时说："湍转则日月似惊，浪动而星河如覆。"不仅比喻新颖生动，出语也奇崛不凡，处处显示出作者戛戛独造的本领。孔稚珪的《北山移文》被收入《文选》四十三卷，六臣注《文选》中吕向说，周颙一度隐居北山（今南京紫金山），后应诏出为海盐令，赴县就职时打算路过此山，孔乃借山灵之意来声讨他。但吕说与史实不符，文中所写也与史实不尽相合，张溥因此认为是朋友之间的"调笑之言"（《孔詹事集题辞》）。文章借山灵的口吻嘲讽了那些"虽假容于江皋，乃缨情于好爵"的名利

之徒，当他们在山中沽名钓誉时是如此潇洒出尘，一旦得到朝廷一
纸诏书，马上便"形驰魄散，志变神动"。文章之所以为历代读者所
喜爱，在于风物刻画之工，兼以人事讥嘲之切，山水清音与滑稽调
侃相得益彰：

> 钟山之英，草堂之灵，驰烟驿路，勒移山庭：夫以耿
> 介拔俗之标，潇洒出尘之想，度白雪以方洁，干青云而直
> 上，吾方知之矣。若其亭亭物表，皎皎霞外，芥千金而不
> 眄，屣万乘其如脱，闻凤吹于洛浦，值薪歌于延濑，固亦
> 有焉。岂期终始参差，苍黄翻覆，泪翟子之悲，恸朱公之
> 哭。乍回迹以心染，或先贞而后黩，何其谬哉！呜呼，尚
> 生不存，仲氏既往，山阿寂寥，千载谁赏？世有周子，隽
> 俗之士，既文既博，亦玄亦史。然而学遁东鲁，习隐南郭。
> 偶吹草堂，滥巾北岳。诱我松桂，欺我云壑。虽假容于江皋，
> 乃缨情于好爵。其始至也，将欲排巢父，拉许由，傲百氏，
> 蔑王侯，风情张日，霜气横秋。或叹幽人长往，或怨王孙
> 不游。谈空空于释部，核玄玄于道流。务光何足比，涓子
> 不能俦。及其鸣驺入谷，鹤书赴陇，形驰魄散，志变神动。
> 尔乃眉轩席次，袂耸筵上。焚芰制而裂荷衣，抗尘容而走
> 俗状。风云凄其带愤，石泉咽而下怆，望林峦而有失，顾
> 草木而如丧……

此文以其"造语精缛"和属对工巧，使它"与徐孝穆《玉台新咏序》并为唐人轨范"（许梿《六朝文絜笺注》）。

梁代是南朝文赋创作的又一个高峰，名家辈出，名作如林。梁武帝萧衍父子都善属文，沈约、任昉都是一时物论所推的文章高手，江淹、刘峻文赋的创作实绩更足以俯视群雄，而吴均、陶弘景等的山水小品百代传诵，就是文论家和诗论家的论文论诗之作也成了后世的典范骈文。

《梁书·武帝纪》赞梁武帝说："历观古昔帝王人君，恭俭庄敬，艺能博学，罕或有焉。"这虽然把话说过了头，但萧衍不失为一位有学问、有才华、能克己也能容人的开国皇帝，连不喜欢他的张溥也说他"负龙虎之相，兼文武之才"（《梁武帝集题辞》）。他的敕、令、书都自成风格，而最能代表他思想与文风的大概要算他的《净业赋序》了。《净业赋》本身都是讲佛家的老套，冠在赋前的长序则语非虚设，大可买椟而还珠。序的上半部分言自己取天下并没有违背儒家的纲常，"汤、武是圣人，朕是凡人，此不得以比汤、武。但汤、武君臣义未绝，而有南巢、白旗之事；朕君臣义已绝，然后扫定独夫，为天下除患"。不仅没有违背儒家纲常，自己取天下还拯救了天下！下半部分说自己治天下未破释家戒律，"因尔蔬食，不啖鱼肉……复断房室，不与嫔侍同屋而处"云云。张溥在《梁武帝集题辞》中说："梁武帝《净业赋序》，即曹孟德之《述志令》也。孟德奸雄善文，自许西伯；梁帝亦谬比汤、武，大言不怍。"二者的确在用意行文上有近似之处，张溥也不得不承认将梁武帝文章"置帝王集中，则魏晋风烈，间有存者"。在文风绮靡艳丽的当时，难得此文如此朴素自然、平易流畅。

萧统编的《文选》在唐代已是家弦户诵的文章奥府，对于该书的研究代有其人，以至后世形成了"选学"。他的学问、见识和鉴赏力尽见于《文选》中。《文选序》中划分文与非文的标准——"事出于沉思，义归乎翰藻"——很长时期内一直是文论家论文的准绳。可惜他自己为文殊苦庸懦，才华上不及其父，下不及二弟。唯《陶渊明集序》《陶渊明传》值得称道。前篇为陶的创作评论，后篇为陶的人物传记，二者相得益彰，使人能完整了解这位伟大的诗人，行文也不像其他篇章那样冗钝。萧纲在世人心目中成了纵情声色的代表，他那"文章且须放荡"的名言自然也被曲解，但就其文章而言，写得淫荡狎邪的并不多见，立意行文谨重者倒是不少，如《答徐摛书》："山涛有言，东宫养德而已。但今与古殊，时有监抚之务，竟不能黜邪进善，少助国章，献可替不，仰裨圣政，以此惭惶，无忘夕惕。驱驰五岭，在戎十年，险阻艰难，备更之矣。观夫全躯具臣，刀笔小吏，未尝识山川之形势，介胄之勤劳，细民之疾苦，风俗之嗜好。高阁之间可来，高门之地徒重。"从内容到形式都大异宫体。其他如《秋兴赋》《序愁赋》无不疏淡省净，看不出史书所说的"伤于轻艳"，即使辞藻较为绮丽的《晚春赋》也不像同时代有些作品那样艳俗，表现了他语言上的敏感与才华，句句都轻倩可诵："待余春于北阁，借高宴于南陂。水筛空而照底，风入树而香枝。嗟时序之回斡，叹物候之推移。望初篁之傍岭，爱新荷之发池。石凭波而倒植，林隐日而横垂……"他的书信或写常人的亲情友情，或抒雅士的艺术情趣，许多短简令人爱不释手。梁元帝萧绎对于梁朝的社稷江山可以说是千古罪人，但作为一个作家和学者，他既富于才气，也饱于学问。他精通佛典，勤于著述，其《金楼子·立言篇》对文体的辨析、对文学特征的思考都比前人深入。他认为文学作品应须有文采、音律和情感，不再满足于以有韵无韵区分"文"与"笔"了。他有一部分文赋体现了齐、梁婉丽绮美的时尚，如《采莲赋》："于时妖童媛女，荡舟心许。鹢首徐回，兼传羽杯。棹将移而藻挂，船欲动而萍开。尔其纤腰束素，迁延顾步。夏始春余，叶嫩花初。恐沾裳而浅笑，畏倾船而敛裾。"以秀丽之语写媛女的妩媚之态，曲传贵族少男少女嬉戏调笑的情景，洋溢着浓郁的江南水乡气息。《荡妇秋思赋》也是他的代表作之一，叙写与夫远离的少妇秋天孤寂落寞、哀怨幽伤的情怀。它将荡妇的孤绪融入寂寥的秋景中，使文章特别含蓄蕴藉："荡子之别十年，倡妇之居自怜。登楼一望，惟见远树含烟；平原如此，不知道路几千？天与水兮相逼，山与云兮共色。山则苍苍入汉，水则涓涓不测。谁复堪见鸟飞，悲鸣只翼！"赋体情微妙细腻，出语浅近清丽，如"鬓飘蓬而渐乱，心怀愁而转叹。愁萦翠眉敛，啼多红粉漫"，读其文似乎能闻到脂粉香，确能令人"性情摇荡"，但艳丽而不低俗。

沈约与任昉在生前就有"沈诗任笔"之称，二人都是梁朝文坛的重镇，朝廷的不少典章策诰都出自他们的手笔。沈约大量的赋、论写得渊博儒雅。《郊居赋》虽是一篇皇皇大赋，但情感内容虚伪矫饰，犹似其《忏悔文》忏小而讳大，倒是《丽人赋》写丽人顾盼生姿风情万种，《与徐勉书》自述衰老之状形象而又亲切，《宋书》中的有些传论情韵俱佳。至于他那些佛教的论文，多是投合梁武帝的胃口，迎合政治的需要，有人批评他说"逢时之意多，则觉性之辞少"（张溥《沈隐侯集题辞》）。任昉现存的文章大多数是为人代笔的表章文诰，虽然能见出他的学识、机智与才华，但难以见到他真实的性情与人格。《王文宪集序》《吊刘文范》等文才不像上述文章那样只揣摩别人的意图，能够真实地表达自己的意见与情感，以大手笔来抒写真情，自然会情辞相映成趣。任昉的文章能显贵于当时，正像张溥所说的那样，在于他的文风既不违于流俗又不同于流俗，完全违时矫俗就难以饮誉生前，完全媚世顺俗又不能卓然自立。齐梁文风一味柔靡艳丽，任昉的不少文章正好丽而能逸，腴而能健。

钱锺书在《管锥编》卷四中说："梁文之有江淹、刘峻，犹宋文之有鲍照，皆俯视一代。顾当时物论所推，乃在沈约、任昉；观《颜氏家训·文章》篇记邢邵服沈而魏收慕任，'邺下纷纭，各为朋党'，则盛名远布，敌国景崇。及夫世迁论定，沈、任遗文中求如《恨》《别》两赋、《绝交》广论之传诵勿衰者，一篇不可得。"江淹创作中最成功的是辞赋，这类作品常表现人生失意与羁旅乡思的主题，如《哀千里赋》说"徒望悲其何极，铭此恨于黄埃"，《青苔赋》说"视青藤之杳杳，痛百代兮恨多"，另外从其赋的标题就可看出赋的内容，如《待罪江南思北归赋》《去故乡赋》《伤友人赋》《泣赋》等。代表作当然是《恨赋》和《别赋》。《恨赋》叙写各种人生之恨，向人们展示了一幅凄惨悲切的人生图景。不仅壮年被杀的高人雅士嵇康、离汉适胡的绝代美人明妃，对人生含辛茹叹、泣下沾襟，也不仅名辱身冤的李陵、罢归田里的冯衍，终身赍志没地、吊影惭魂，就连削平天下不可一世的秦始皇也照样伏恨而死。"恨"是人这种存在物的存在本身，是人生存在过程的展开与归宿。作为一个早年长期俯首侍人的御用文人，江淹不可能领略到什么壮丽的人生，但他能感受到每一阶层的成员不可避免的人生悲剧，并用优美的文字把这种悲剧体验表现得深切逼真，这比那种对人生毫无体验的浅薄乐观要更有价值，也更能打动人心。他利用赋传统的铺陈手法，将不同阶层和不同类型的"恨"集中在一起，并通过浓墨重彩加以渲染，突出地表现了人生之"恨"的普遍性，视野开阔而又笔墨集中，如赋的开头和结尾两段："试望平原，蔓草萦骨，拱木敛魂。人生到此，天道宁论！于是仆本恨人，心惊不已，直念古者，伏恨而死。""已矣哉！春草暮兮秋风惊，秋风罢兮春草生。绮罗毕兮池馆尽，琴瑟灭兮丘陇平。自古皆有死，莫不饮恨而吞声。"《别赋》通过豪富之别、剑客之别、从军之别、夫妇之别、情人之别，刻画了各种人物不同的离情别绪，以及各自离别时不同的心态，如剑客之别以肝胆相酬，富于悲壮慷慨的情调，情人之别又别具一种如泣如诉的幽怨气氛。总之，作者笔下的任何离别都令人"黯然销魂"。它把在朝代频繁更迭、兵火连年和人民流离失所的岁月里，朋友或亲人之间害怕生离死别、珍重个体生命的情感表现得委婉细腻，感伤的情与凄迷的景融为一体，摹情写意，言简而赅，味深而永：

黯然销魂者，唯别而已矣。况秦吴兮绝国，复燕宋兮千里。或春苔兮始生，乍秋风兮暂起。是以行子肠断，百感凄恻。风萧萧而异响，云漫漫而奇色。舟凝滞于水滨，车逶迟于山侧。棹容与而讵前，马寒鸣而不息。掩金觞而谁御，横玉柱而沾轼。居人愁卧，怳若有亡。日下壁而沉彩，月上轩而飞光。见红兰之受露，望青楸之离霜。巡层楹而空掩，抚锦幕以虚凉。知离梦之踯躅，意别离之飞扬……是以别方不定，别理千名，有别必怨，有怨必盈，使人意夺神骇，心折骨惊。虽渊云之墨妙，严乐之笔精，金闺之诸彦，兰台之群英，赋有凌云之称，辩有雕龙之声，谁能摹暂离之状，写永诀之情者乎？

刘峻为人喜欢"率性而动"表里如一，不像沈约等文坛显贵那般老于世故，所以他仕途多蹇，声名寂寞。由于他的坎坷遭遇和率直天性，其文章在内容上愤世嫉俗，在文风上则真率冷峻。《辩命论》和《广绝交论》是他的代表作，狙击世道人心犀利有力，是千百年来传诵不衰的名篇。《自序》《山栖志》《追答刘沼书》都写得十分真诚，不同于一般文人说话半藏半吐、瞻前顾后。另外还值得提起的是，他注《世说新语》引文详博，成为历史上的名注，可见他见闻之博和读书之多。现在专论他的《辩命论》和《广绝交论》。《辩命论》收入《文选》卷五十四，李善注说，作者对自己的才华很自负，以为可以坐致青云，想不到仕进无阶、山栖竟老，他对自己和与自己相似者的遭遇不能做出合理的解释，只好把人生的升降沉浮归结为冥冥中的天命，"士之穷通无非命也""命也者，自天之命也。定于冥兆，终然不变"。命运的安排任何人都不能抗拒，"鬼神莫能预，圣哲不能谋，触山之力无以抗，倒日之诚弗能感"。有人作恶而得福，有人为善却致祸，"为善一，为恶均，而祸福异其流，废兴殊其迹"。最后只好听从天命的摆布了："逝而不召，来而不距，生而不喜，死而不戚。"本文反映了不得志的士人对不合理社会现象的迷惘和怨恨。文章援古论今，议论风发，既愤慨有情，又逻辑严谨。《广绝交论》更有锋芒。刘峻曾以文章见赏于任昉。他亲眼见过任生前"冠盖辐凑，衣裳云合"的显盛，也目睹了任死后诸孤"朝不谋夕，流离大海之南，寄命瘴疠之地"的凄凉，看到任昔日那些"把臂之英，金兰之友"却撒手不管的冷漠，由此他深知人情的冷淡和世态的炎凉，本文就是为此而发的。东汉朱穆有《绝交论》，刘文就是对朱文的进一步推衍，所以他将此文称为《广绝交论》。文中将交友分为五类：势交、贿交、谈交、穷交、量交。这五种形式的交友无一不是"义同贾鬻"，高尚的交友等同于贪婪的交易，还对每种交友类型作了惟妙惟肖的刻画，如"贿交"者当"富埒陶、白，赀巨程、罗，山擅铜陵，家藏金穴"时，大家想到的是如何"分雁鹜之稻粱，沾玉斝之余沥"，于是彼此"援青松以示心，指白水而旌信"，衡量与人结交与否的标准就是看是否有利可图。文章所抨击的已超出了一人一事的狭隘范围，是对整个封建士人道德状况的揭露，也是士人对自身人生价值的反省。李兆洛在《骈体文钞》中评此文说："以刻酷抒其愤懑，真足以状难状之情。"全文愤慨激昂，言辞犀利。

梁代以骈体写论文的另一名家是刘勰。他不仅是杰出的文艺理论家，精通佛学和儒学的学者，而且也是罕见的骈文妙手。《文心雕龙》的主要任务不用说是从理论上剖析文理，但将它作为文学创作来看也是十分出色的佳作。全书五十篇都以精工优美的骈体成文，如此缜密繁富的论点，文章仍然能举重若轻、意无不达，摛文吐藻无不婉转自如，像《情采》《物色》《风骨》《时序》《明诗》等篇都是典丽精彩的骈文上品。如《风骨》论风骨的内涵与特征："《诗》总六义，风冠其首；斯乃化感之本源，志气之符契也。是以怊怅述情，必始乎风；沉吟铺辞，莫先于骨。故辞之待骨，如体之树骸；情之含风，犹形之包气。结言端直，则文骨成焉；意气骏爽，则文风生焉。若丰藻克赡，风骨不飞，则振采失鲜，负声无力。是以缀虑裁篇，务盈守气；刚健既实，辉光乃新。其为文用，譬征鸟之使翼也。"这里对风骨内涵的定义要言不烦，简洁准确，使用不少比喻来说明抽象的命题，又使他的论述形象生动。《物色》更以辞藻文采见称，篇后的"赞"语被纪昀许为"诸赞之中""第一"（见范文澜《文心雕龙注》）："山沓水匝，树杂云合。目既往还，心亦吐纳。春日迟迟，秋风飒飒。情往似赠，兴来如答。"它简直像一首美妙的四言诗。

梁代骈文的另一成就是山水小品。吴均最擅长描山绘水。史称其"文体清拔有古气"，并在当时就形成一种所谓"吴均体"。他现存文集中传世的文章多为短小的书简，如《与顾章书》《与施从事书》《与朱元思书》都是写景名作。三文在写法上互不重复。《与顾章书》

主旨在于突出环境的清幽，却偏从喧闹处着笔，"蝉吟鹤唳，水响猿啼；英英相杂，绵绵成韵"，这样不仅获得了"鸟鸣山更幽"的艺术效果，还使境界幽深而不枯寂。《与施从事书》则着重渲染山势的雄峻连绵，山下青川蜿蜒回旋，山中景物随时序不同而不断变换，不管是"秋露为霜"的澄静，还是"春萝被径"的绚丽，山中总是那样美丽而富于生机。以清秀之笔写阔大之境，咫尺之幅中卷万里之势。《与朱元思书》是写从富阳至桐庐乘舟飘荡时的所闻所见，山水像电影中的蒙太奇不断推移，读者也像坐在舟中一样，美景使人应接不暇，给人一种"急湍甚箭，猛浪若奔"的流动感，笔致轻倩而生气贯注：

> 风烟俱净，天山共色，从流飘荡，任意东西。自富阳至桐庐，一百许里，奇山异水，天下独绝。水皆缥碧，千丈见底，游鱼细石，直视无碍，急湍甚箭，猛浪若奔。夹岸高山，皆生寒树。负势竞上，互相轩邈，争高直指，千百成峰。泉水激石，泠泠作响；好鸟相鸣，嘤嘤成韵。蝉则千转不穷，猿则百叫无绝。鸢飞唳天者，望峰息心；经纶世务者，窥谷忘返。横柯上蔽，在昼犹昏；疏条交映，有时见日。

三文在语言上都简洁省净，殆无长语，辞虽骈丽，绝不冗繁，读之使人心醉。

陶弘景的《答谢中书书》也是以清丽的语言描写清幽秀丽的山水，抒写潇洒出尘的情怀："山川之美，古来共谈。高峰入云，清流见底。两岸石壁，五色交晖。青林翠竹，四时俱备。晓雾将歇，猿鸟乱鸣；夕日欲颓，沉鳞竞跃，实是欲界之仙都。自康乐以来，未复有能与其奇者。"丘迟的《与陈伯之书》写于两军对阵的时刻招降叛将，一方面用梁朝对其家室的礼遇来感化他："松柏不剪，亲戚安居，高台未倾，爱妾尚在"；另一方面又向他指明去就的利害，更用江南春色来激发他思乡怀旧之情："暮春三月，江南草长，杂花生树，群莺乱飞。见故国之旗鼓，感平生于畴日，抚弦登陴，岂不怆恨。所以廉公之思赵将，吴子之泣西河，人之情也，将军独无情哉！"态度恳切真挚，语言也秀美可人。

骈体文的典范作家是徐陵和庾信，而庾信的骈文创作可以说是南北朝骈文的集大成者。徐陵的骈文在梁陈文坛中占有重要位置。现存的作品不少是为人代笔的公文，完全以隶事工巧、藻饰华美为能事。由于他不得不依违于不同政治力量之间，少数应用文的内容前后扞格，无疑有些是违背自己意愿写就的。不过他并非一味仰人鼻息、承颜欢笑的文学侍从，有时他也敢于冒犯虎威强谏弹劾。他抒写个人情感的作品是羁留北方时的一些书信。《在北齐与宗室书》抒发了自己对故园的思念和羁留异国的忧愁心情。《在北齐与杨仆射书》更是慷慨激昂之作，后人有的将它与庾信的《哀江南赋》并提。他最能代表梁陈文风的文章是《玉台新咏序》。该序的主要内容是写后宫佳丽的玉貌和才情，间接说明《玉台新咏》中情诗的由来，最后顺便交代了一下编书的宗旨。它之所以成为骈文中的名篇，完全是因为它出色的表现技巧。用事繁多，对偶工巧，但语言仍然活泼流畅，摇曳多姿，如：

> 凌云概日，由余之所未窥；千门万户，张衡之所曾赋。周王璧台之上，汉帝金屋之中，玉树以珊瑚作枝，珠帘以玳瑁为柙，其中有丽人焉。其人也，五陵豪族，充选掖庭；四姓良家，驰名永巷。亦有颍川、新市，河间、观津，本号娇娥，曾名巧笑。楚王宫里，无不推其细腰；魏国佳人，俱言讶其纤手。阅诗敦礼，岂东邻之自媒；婉约风流，异西施之被教。弟兄协律，生小学歌；少长河阳，由来能舞。琵琶新曲，无待石崇；箜篌杂引，非关曹植。传鼓瑟于杨家，得吹箫于秦女。

妃红俪白，纤丽旖旎，铺锦裂绣，雕缋满眼，在句式上"缉裁巧密"（《南史·徐陵传》），很能代表梁陈的时代风格。

论者常以为庾信的骈文和赋集南北之长，清纪昀许他"屹然为四六宗匠"（《四库全书总目提要》）。他前期的文赋并没有超越他同时代的作家，只是行文结句比他人更灵巧而已。如他早期的代表作《对烛赋》《春赋》《荡子赋》等，内容上以描写贵妇生活为主，笔致固然细腻入微，但体格仍和齐梁的文赋一样浓艳卑弱。《春赋》是早期最好的一篇小赋，生动地描绘了江南的春景和贵族的春游、歌舞、骑射等活动，是一帧形象的贵族春游画。江南的春天"眉将柳而争绿，面共桃而竞红。影来池里，花落衫中"，公子佳人在春天竞相嬉戏，有的拂尘看马埒，分朋入射堂；有的调管鸣弦，回鸾舞凤，人与大自然都洋溢着浓郁的春意。虽然为歌舞升平之作，但语言华艳而不失其清新，秀句怡人，妩媚可爱。出使西魏后他的文赋成就才有了质的飞跃。《伤心赋》《枯树赋》《竹杖赋》《小园赋》都是传诵不衰的佳构，或借物咏怀，或直抒胸臆，遣词既非常工巧，情调又十分悲凉。如《枯树赋》写千年古树有些被虫穿鸟剥，有些被霜雪压得低垂欲倒，他由此联想到自己的命运也有如枯树，老来还飘零异乡，就像树被拔离本根枯萎殆尽。羁旅无归的生涯使他悲伤摇落，因而借枯树来抒发一切希望都已幻灭的感叹。其文字老辣苍劲，在南北朝赋中可谓绝类离伦。《小园赋》是他后期一篇重要的作品，"此赋前半俱从小园落想，后半以乡关之思为哀怨之词"（许梿《六朝文絜笺注》）。作者先极意写"小园"之"小"，"有棠梨而无馆，足酸枣而非台。犹得歆侧八九丈，纵横数十步，榆柳两三行，梨桃百余树"，"一寸二寸之鱼，三竿两竿之竹。云气荫于丛蓍，金精养于秋菊。枣酸梨酢，桃榹李薁。落叶半床，狂花满屋。名为野人之家，是谓愚公之谷"，意在表白自己"不求朝夕之利，且适闲居之乐"，"非有意于轮轩，本无情于钟鼓"，贪恋家居之乐就不屑于北朝厚禄高官，眷恋故国之思蔼然言外。后半部写对梁朝覆亡的沉哀剧痛，对屈身仕敌的负罪感："遂乃山崩川竭，冰碎瓦裂，大盗潜移，长离永灭……荆轲有寒水之悲，苏武有秋风之别。关山则风月凄怆，陇水则肝肠断绝。"用笔深婉含蓄，遣词极意修饰而又不伤柔弱，为历代文人所喜爱和模仿。《哀江南赋》既哀故国又伤身世，先写梁立国之初的繁荣昌盛，接着总结梁亡国的原因，最难得的是对百姓所遭受苦难的描写："城崩杞妇之哭，竹染湘妃之泪。水毒秦泾，山高赵陉。十里五里，长亭短亭。饥随蛰燕，暗逐流萤。"随后写自己身世的悲苦："提挈老幼，关河累年。死生契阔，不可问天。"最后归结到对故国的思念："灞陵夜猎，犹是故时将军；咸阳布衣，非独思归王子。"该赋是作者的自传，更是反映梁代兴亡的史诗，纵意挥洒，波澜壮阔，实属南北朝辞赋中少有的境界。《哀江南赋序》是庾信写得最好的骈文之一，是六朝骈文的典范之作：

　　日暮途远，人间何世！将军一去，大树飘零；壮士不还，寒风萧瑟……钓台移柳，非玉关之可望；华亭唳鹤，岂河桥之可闻！

　　孙策以天下为三分，众裁一旅；项籍用江东之子弟，人唯八千。遂乃分裂山河，宰割天下。岂有百万义师，一朝卷甲，芟夷斩伐，如草木焉。江淮无涯岸之阻，亭壁无藩篱之固。

　　它基本概括了赋的主要内容，在形式上四六句中间以散句，奇偶相生，错综和谐。

第三节　北朝散文名著

　　刘师培在《南北文学不同论》中说："惟北朝文人舍文尚质。崔浩、高允之文咸硗确自雄。温子升长于碑版，叙事简直，得张（衡）、蔡（邕）之遗规；卢思道长于歌词，发音刚劲，嗣建安之佚响。子才、伯起亦工记事之文。岂非北方文体固与南方文体不同哉？"北朝文学的发展过程虽不断为南朝所同化，但在散文创作上重实用的传统一直没有中断，即使北魏中后期朝廷的章奏文诰改用骈体后，北朝文人也并没有因此轻视"笔"，其三部散文名著《水经注》《洛阳伽蓝记》《颜氏家训》，从文体说都属"笔"而非"文"，可见北朝作家的创作风尚和审美趣味。另外，北魏早就有勒石纪功的习惯，今存的碑版北朝远较南朝为多，而碑版又多以散体写成，这在一定程度上促进了北朝散文创作的繁荣。在诗歌创作上北朝文人步趋南人，而散文创作始终保持了自己的特点，学习南方有所选择和去取。它所取得的成就也毫不逊色于南方，南朝除《世说新语》外还没有可与《水经注》《洛阳伽蓝记》等相媲美的散文作品。

　　《水经注》的作者郦道元（？—527）字善长，范阳涿鹿（今河北涿鹿）人。仕北魏历任尚书主客郎、治书侍御史、御史中尉等职，孝昌三年（527）出为关右大使，被雍州刺史萧宝夤杀害。《水经注》虽名为是替《水经》一书所作的注释，但其实是以《水经》为纲重写的专著，注的文字二十倍于经书。全书记述的水道一千三百八十九条，共四十卷，三十余万字。内容主要说明河道概况、水源、支流、流向，对每一流域内的水文、地形、气候、物产、山陵、城邑、名胜、地理沿革、历史掌故、民情风俗都有具体的描述。对北方水系的记述最为详尽，还不时纠正经文中的谬误，南方水系因不能亲身考察，个别地方难免有失实之处。尤为可贵的是作者不但著述态度非常严谨，还十分注意水道与民生的关系，对水利灌溉与河流流量都有详细的记载。

它是我国六世纪以前地理学集大成著作，也是南北朝时期描绘山水杰出的散文作品。书中的山水都千姿百态互不重复，既有汹涌澎湃的长江三峡，有暴虐不驯的黄河，也是秀美恬静的滱水。我们先看见《江水·三峡》：

> 自三峡七百里中，两岸连山，略无阙处。重岩叠嶂，隐天蔽日，自非亭午夜分，不见曦月。至于夏水襄陵，沿溯阻绝。或王命急宣，有时朝发白帝，暮到江陵，其间千二百里，虽乘奔御风，不以疾也。春冬之时，则素湍绿潭，回清倒影，绝巘多生怪柏，悬泉瀑布，飞漱其间，清荣峻茂，良多趣味。每至晴初霜旦，林寒涧肃，常有高猿长啸，属引凄异，空谷传响，哀转久绝。故渔者歌曰：巴东三峡巫峡长，猿鸣三声泪沾裳。

一起手就以刚劲的笔墨勾勒出三峡的雄峻轮廓，然后再描绘出三峡四季不同的景色：夏天江水迅疾凶险，春冬江水又恬静温顺，秋日则林寒涧肃，长啸的高猿使三峡变得格外凄异哀绝。郦道元笔下的三峡不断改变自己的面容，充满了旺盛的生命力，文字短峭有力，生气贯注。再来看看《河水·孟门山》：

> 此石经始禹凿，河中漱广，夹岸崇深，倾崖返捍，巨石临危，若坠复倚。古之人有言："水非石凿，而能入石。"信哉！其中水流交冲，素气云浮，往来遥观者，常若雾露沾人，窥深悸魄。其水尚崩浪万寻，悬流千丈，浑洪赑怒，鼓若山腾，浚波颓叠，迄于下口。方知慎子下龙门，流浮竹，非驷马之追也。

孟门山在山西吉县西，为黄河上游的一个转折地段。本文先用五句概括此间河面的外貌："河中漱广，夹岸崇深，倾崖返捍，巨石临危，若坠复倚。"寥寥数语写出了河岸的险峻，再写河水的咆哮暴怒：悬流千丈，鼓若山腾。描写逼真而又富于层次，下字更为精确传神，动词"捍""坠""鼓""腾"，写河水都极有气势和力量，传出了黄河凶险暴戾的特点。

作者笔下的《浊水·阳城渚》却又是另一番景象。阳城渚不像长江水那样多彩多姿，也不像黄河那样暴虐凶险，他只用八个字交代渚水概貌："渚水潴涨""方广数里"。渚周围的环境可值得一观："匪直蒲笋是丰，实亦偏饶菱藕。至若姿婉丱童，及弱年崽子，或单舟采菱，或叠舸折芰，长歌阳春，爱深绿水，掇拾者不言疲，谣咏者自流响。"这种平缓纡徐的调子同宁静无波的渚水十分和谐,造成一种恬适自在的文境。

《水经注》虽是一本地理学著作,但作者笔端常带感情,他本人也自许为山水的"千古知己"(卷三十四),在准确地把握山水特征的同时,融进了他的感想、体验、惊异、激动,有时记下对某一水域风俗民情的好奇,有时又穿插进儿时的记忆,如《巨洋水》中的一段:

> 水色澄明而清泠特异,渊无潜石,浅镂沙文。中有古坛,参差相对,后人微加功饰,以为嬉游之处。南北邃岸凌空,疏木交合。先公以太和中作镇海岱,余总角之年,侍节东州。至若炎夏火流,闲居倦想,提琴命友,嬉娱永日。桂棹寻波,轻林委浪,琴歌既洽,欢情亦畅,是焉栖寄,实可凭衿。

插入儿时在此处的"嬉游"与"欢情",清冷无情的巨洋水顿时便变得有情,"水色澄明"之境便与"闲居倦想"之情融为一体,山水记述之中顿时便充满了诗意,读来亲切感人。

《水经注》的语言很有特点,散行单句之中时间骈偶,句子多短峭洁净,生动流畅。有时用白描,有时用彩绘,所以时而质朴时而清丽,语言风格显得丰富多彩。更可贵的是书中语言兼具学者的简练精确与文人的细腻诗情,读其文能将我们带进诗情画意之中。

它给后来柳宗元等人的山水游记产生深远的影响。

《洛阳伽蓝记》是写于东魏时期的一部杰出的历史散文。作者杨衒之，北平（今河北满城）人，生平和生卒年不详。在北魏和东魏曾任奉朝请、秘书监、抚军府司马等职。尝与河南尹胡世孝共登洛阳永宁寺，后重至洛阳时见城阙毁坏，寺观庙塔都荡然无存，不禁感慨系之，因而写了这本《洛阳伽蓝记》。他在序中交代了写作的原因和目的：

> 逮皇魏受图，光宅嵩洛，笃信弥繁，法教愈盛。王侯贵臣，弃象马如脱屣；庶士豪家，舍资财若遗迹。于是招提栉比，宝塔骈罗，争写天上之姿，竞摹山中之影。金刹与灵台比高，讲殿共阿房等壮。岂直木衣绨绣，土被朱紫而已哉！暨永熙多难，皇舆迁邺，诸寺僧尼，亦与时徙。至武定五年，岁在丁卯，余因行役，重览洛阳。城郭崩毁，宫室倾覆，寺观灰烬，庙塔丘墟。墙被蒿艾，巷罗荆棘。野兽穴于荒阶，山鸟巢于庭树。游儿牧竖，踯躅于九逵；农夫耕老，艺黍于双阙。始知《麦秀》之感，非独殷墟；《黍离》之悲，信哉周室。京城表里，凡有一千余寺，今日寮廓，钟声罕闻。恐后世无传，故撰斯记。

本书记述北魏王朝盛时洛阳佛寺的壮丽，并通过对昔日京都佛寺的盛衰寄托自己对北魏覆亡的"黍离之悲"，并发出历史兴亡的深沉喟叹，而此书描写这些佛寺的穷形尽巧，客观上批评了统治者耗竭民力佞佛的愚妄行为，也从一个侧面揭示了北魏兴亡的深刻原因。但在涉及南方与北方的人事时，作者常表现出狭隘的政治地域偏见。

全书分城内、城东、城南、城西和城北五卷，除描写北魏洛阳庙宇的兴废外，于北魏的政治、经济、风土、民情也有所记述，有些篇章还不时杂以灵怪异闻。《四库全书总目提要》评其历史与文学价值说："叙次之后先，以东面三门、南面三门、北面三门，各署其新旧之名，以提纲领，体例绝为明晰。其文秾丽秀逸，烦而不厌，可与郦道元《水经注》肩随。其兼叙尔朱荣等变乱之事，委曲详尽，多足与史传参证。其他古迹艺文，及外国土风道里，采撷繁富，亦足以广异闻……他如解魏文之《苗茨碑》，纠戴延之之《西征记》，考据亦皆精审。"

在作者对洛阳寺庙如数家珍的追忆中，他不经意间便流露出对北魏强盛时的神往之态与自豪之情，如《景林寺》：

> 景林寺，在开阳门内御道东。讲殿叠起，房庑连属，丹楹炫日，绣桷迎风，实为胜地。寺西有园，多饶奇果，春鸟秋蝉，鸣声相续。中有禅房一所，内置祇洹精舍，形制虽小，巧构难比。加以禅阁虚静，隐室凝邃。嘉树夹牖，芳杜匝阶。虽云朝市，想同岩谷。净行之僧，绳坐其内，餐风服道，结跏数息。有石铭一所，国子博士卢白头为其文。白头，一字景裕，范阳人也。性爱恬静，丘园放敖。

学极六经，说通百氏。普泰初，起家为国子博士。虽在朱门，以注述为事。注《周易》行之于世也。

景林寺建筑之华丽，寺前奇果之丰饶，蝉鸟鸣声之动听，精舍形制之精巧，还有侍僧禅坐之虔诚，北魏博士之博学，林林总总，絮絮道来，是在追忆，是在纪实，也是在夸耀。又如《景明寺》：

景明寺，宣武皇帝所立也。景明年中立，因以为名。在宣阳门外一里御道东。其寺东西南北，方五百步。前望嵩山、少室，却负帝城。青林垂影，绿水为文。形胜之地，爽垲独美。山悬堂观，光盛一千余间。复殿重房，交疏对溜。青台紫阁，浮道相通。虽外有四时，而内无寒暑。房檐之外，皆是山池。竹松兰芷，垂列阶墀。含风团露，流香吐馥。至正光年中，太后始造七层浮图一所，去地百仞。是以刑子才碑文云"俯闻激电，旁属奔星"是也。妆饰华丽，侔于永宁。金盘宝铎，焕烂霞表。寺有三池，萑蒲菱藕，水物生焉。或黄甲紫鳞，出没于蘩藻，或青凫白雁，浮沉于绿水。碾硙舂簸，皆用水功，伽蓝之妙，最为称首。

时世好崇福，四月七日，京师诸像皆来此寺，尚书祠部曹录像凡有一千余躯。至八日，以次入宣阳门，向阊阖宫前受皇帝散花。于时金花映日，宝盖浮云，幡幢若林，香烟似雾。梵乐法音，聒动天地。百戏腾骧，所在骈比。

名僧德众，负锡为群。信徒法侣，持花成薮。车骑填咽，繁衍相倾。时有西域胡沙门见此，唱言佛国。至永熙年中，始诏国子祭酒邢子才为寺碑文。

　　本文先交代景明寺兴建的年月和命名的由来，再依次记述寺的方位、规模和建筑特点。寺面对中岳嵩山，背负都城洛阳，"青林垂影，绿水为文"。寺庙更是复殿重房，青台紫阁，妆饰华丽，焕烂一方。佛教盛会时此间宝盖浮云，香烟似雾，其场面之热闹为洛阳寺庙之最。文章如一个向人述说前朝盛事的遗老，不只是对对象作客观冷淡的叙述，而是说到繁华处常带感情，以生动富丽的语言向人们述说洛阳最值得北朝人骄傲的时刻。

　　书中也毫不隐讳地揭露了北魏贵族的粗鄙、贪暴和奢华，如《法云寺》中写河间王元琛"引诸王按行府库，锦罽珠玑，冰罗雾縠，充积其内，绣缬、䌷绫、丝彩、越葛、钱绢等不可数计。琛忽谓武王融曰：'不恨我不见石崇，恨石崇不见我！'融立性贪暴，志欲无限，见之怅叹，不觉生疾，还家卧三日不起。"琛固然奢侈骄纵，融又何尝不贪婪暴虐。又如《高阳王寺》写高阳王雍：

　　正光中，雍为丞相。给羽葆鼓吹、虎贲班剑百人。贵极人臣，富兼山海。居止第宅，匹于帝宫。白壁丹楹，窈窕连亘，飞檐反宇，缭绕周通。僮仆六千，妓女五百，隋珠照日，罗衣从风。自汉、晋以来，诸王豪侈，未之有也。

出则鸣驺御道，文物成行，铙吹响发，笳声哀转；入则歌姬舞女，击筑吹笙，丝管迭奏，连宵尽日。其竹林鱼池，侔于禁苑，芳草如积，珍木连荫。雍嗜口味，厚自奉养，一日必以数万钱为限，海陆珍羞，方丈于前。陈留侯李崇谓人曰："高阳一日，敌我千日。"崇为尚书令，仪同三司，亦富倾天下，僮仆千人。

在这则铺陈描写中隐寓了作者的厌恶之情，也可看出他对这种荒淫奢侈生活的痛恨，它间接揭示了北魏"朝家变乱之端，宗藩废立之由"（清吴若准《洛阳伽蓝记集证》）。

《洛阳伽蓝记》的语言句式较为整饬，出现明显的骈偶化倾向，描写寺庙景物常用铺排手法，又可见出吸取了汉代辞赋的写作经验。描写的洁净生动和诗意盎然不及《水经注》，叙事的"雍容自在，举体朗润"又为《水经注》所不及（钱锺书《管锥编》卷四）。

北朝另一散文名著是颜之推的《颜氏家训》。颜氏为琅琊临沂（今属山东）人。仕南朝梁为散骑侍郎，仕北齐为黄门侍郎，入周为御史上士，隋开皇中太子召为学士。他是一个十分矛盾的人物，很想成为一个"专儒"（《勉学》），可又徘徊于玄释；一方面宣称应该"见危授命"，另一方面又指出"人生难得"；大骂齐、梁大臣艰危之际不能死节，而他自己却"一生而三化"（颜之推《观我生赋》）。他也意识到了自己精神的分裂矛盾，说自己"每常心共口敌，性与情竞，夜觉晓非，今悔昨失，自怜无教，以至于斯"（《颜氏家训·序致》）。全书共二十篇，成书于隋初。它旨在以传统的儒家思想训诫子弟，"立身治家之法，辨正时俗之谬"无所不备，同时也涉及南北风俗的不同、豪庶好尚的差异、社会思潮的变化、文字音韵的考辨、文人与学者的区分等，其中有些见解具有积极意义，有些记载具有史料价值。如提倡学贵能行，反对不务实际的高谈空论，讽刺南朝士族"肤脆骨柔"的虚弱无能，考辨文字音韵的专章更有学术价值。《文学》篇较全面地反映了作者的文学主张，认为"文章当以理致为心肾，气调为筋骨，事义为皮肤，华丽为冠冕"，并尖锐地批评了齐梁文风。每篇文章都是一篇杂论，常以生动的小故事阐明事理，如《涉务》说：

> 古人欲知稼穑之艰难，斯盖贵谷务本之道也。夫食为民天，民非食不生矣，三日不粒，父子不能相存。耕种之，莜鉏之，刈获之，载积之，打拂之，簸扬之，凡几涉手而入仓廪，安可轻农事而贵末业哉！江南朝士，因晋中兴，南渡江，卒为羁旅，至今八九世，未有力田，悉资俸禄而食耳。假令有者，皆信僮仆为之，未尝目观起一墢土，耘一株苗，不知几月当下，几月当收，安识世间余务乎？故治官则不了，营家则不办，皆优闲之过也。

《颜氏家训》在古代是家弦户诵的必读物，清人说它"其谊正，其意备。其为言也，近而不俚，切而不激"（黄叔琳《颜氏家训节钞本序》)。一直到现代周作人还说它"理性通达，感情温厚，气象冲和，文词渊雅"(《立春以前·文坛之外》)。它叙事说理时语重心长，行文既不刻板地模拟先秦散文，又不用当时流行的骈体，文笔朴实、平易而又流畅，所以成为风行百代的传统读物。

第七章

魏晋南北朝的小说创作

　　"小说"一词虽出于《庄子·外物篇》"饰小说以干县令",但此处 "小说"是指毫无价值的琐屑闲谈,并不是指一种叙事文体。班固《汉书·艺文志》将小说列入诸子:"小说家者流,盖出于稗官。街谈巷语、道听涂说者之所造也。"就其对小说家的定义而言,仍没有明确的文体特征。可见,古人所谓"小说"主要是指一种无关宏旨的道听途说、街谈巷语。魏晋南北朝小说都是笔记体文言小说,从其题材上可分为志怪与志人两类。这两类小说的作者并非有意写小说,志人者固然将它作为真人真事来描写,志怪者也没有认为所写为虚妄不实,他们都没有自觉地进行艺术虚构。但这无妨此时小说取得了很高的艺术成就,尤其是志人小说《世说新语》成为后来笔记体小说的典范。

第一节　魏晋南北朝的志怪小说

魏晋南北朝的志怪小说从内容上可分为三类：一是记博物异闻，如张华的《博物志》；二是写神仙鬼怪，如曹丕的《列异传》、干宝的《搜神记》、托名陶潜的《搜神后记》和吴均的《续齐谐记》等；三是讲佛法灵异，如王琰的《冥祥记》等。

关于这一历史时期志怪小说的特点和兴盛的原因，鲁迅先生在《中国小说史略》中有相当精当的论述："中国本信巫，秦汉以来，神仙之说盛行，汉末又大畅巫风，而鬼道愈炽；会小乘佛教亦入中土，渐见流传。凡此，皆张皇鬼神，称道灵异，故自晋讫隋，特多鬼神志怪之书。其书有出于文人者，有出于教徒者。文人之作，虽非如释道二家，意在自神其教，然亦非有意为小说，盖当时以为幽明虽殊途，而人鬼乃皆实有，故其叙述异事，与记载人间常事，自视固无诚妄之别矣。"志怪小说在六朝特盛的原因有三：中国本土的巫风传统使人们相信神怪鬼灵，汉以来道教的兴起使鬼道愈炽，东汉末小乘佛教的传入更是推波助澜，加深了人们对异域世界的兴趣。

曹丕的《列异传》的内容"序鬼物奇怪之事"（《隋书·经籍志》），可惜全书已经亡佚，只在几种类书中偶见引录。其中《望夫石》记录了一个美丽的民间故事："武昌新县北山上有望夫石，状若人立者。传云：昔有贞妇，其夫从役，远赴国难，妇携幼子饯送此山，立望而形化为石。"故事表现了丈夫"远赴国难"的献身精神，更表现了妻子对爱情的忠贞。《谈生》写一个人与鬼为婚的故事，后因谈生好奇而失去爱妻，以一波三折的情节写出了女鬼对爱情的主动和专一。《何文》《刘伯夷》等故事，都是写人与鬼的斗争并以人取胜而告终，人的机智聪明和勇敢无畏是战胜鬼怪的法宝。每则故事都比较简单，写法上也是"实录"而非"虚构"。张华的《博物志》十卷，内容主要记述殊方异物及古代琐闻，鲁迅先生说"皆刺取故书，殊乏新异"（《中国小说史略》）。但书中所记或能开阔人们的眼界，或能刺激人们的想象，如《八月浮槎》就表现了前人对天外天的美好幻想：

> 旧说云：天河与海通。近世有人居海渚者，年年八月有浮槎去来，不失期。人有奇志，立飞阁于槎上，多赍粮，乘槎而去。十余日中，犹观星月日辰，自后茫茫忽忽，亦不觉昼夜。去十余日，奄至一处，有城郭状，屋舍甚严。遥望宫中，多织妇。见一丈夫，牵牛渚次，饮之。牵牛人乃惊问曰："何由至此？"此人具说来意，并问："此是何处？"答曰："君还，至蜀郡访严君平，则知之。"竟不上岸，因还如期。后至蜀问君平，平曰："某年月日，有客星犯牵牛宿。"计年月，正是此人到天河时也。

干宝的《搜神记》是六朝志怪小说的代表作。干宝（？—336），字令升，新蔡（今属河南）人，东晋时以著作郎中领国史，所著《晋纪》"直而能婉"，有良史之称。《晋书》本传说他"性好阴阳术数"，尝感于天地间死生鬼神之事，于是"缀片言于残阙，访行事于故老"，搜集古今"神祇灵异人物变化"写成《搜神记》，以"明神道之不诬"（干宝《搜神记序》）。原书三十卷，今仅存二十卷。书中所记虽多为神灵怪异，但它们曲折地表现了人民的鲜明爱憎和人生理想，那些非现实的情节表现了人民现实的愿望：或讴歌面对强权的反抗精神，或描写为民除害的英雄人物，或赞美生死相恋的美丽爱情，因而书中仙灵鬼魂的思想、情感、行为和语言都浸透了人间的气息。

《李寄》和《三王墓》表现了不畏强暴的斗争精神。《李寄》写闽中庸岭有巨蛇作祟，都尉及属城长吏束手无策，竟然听巫祝胡言每年给巨蛇献祭一名十二三岁的少女，已连续有九名少女被害。将乐县适龄少女李寄背着父母"潜行"应募，她凭自己的机智和勇敢杀死了巨蛇后探视穴中，面对被蛇吃掉的"九女髑髅"慨叹说："汝曹怯弱，为蛇所食，甚可哀愍！"这一感叹表现了作者"哀其不幸，怒其不争"的情怀。《三王墓》讲楚国能工巧匠干将莫邪三年为楚王做成一把宝剑，楚王怕他又给别人铸剑危害自己的安全，就寻找借口将他杀死，还想进一步害死他的儿子以斩草除根，其子长大后为父报仇的故事：

　　楚干将莫邪为楚王作剑，三年乃成。王怒，欲杀之。剑有雌雄。其妻重身当产，夫语妻曰："吾为王作剑，三年乃成。王怒，往必杀我。汝若生子是男，大，告之曰：'出户望南山，松生石上，剑在其背。'于是即将雌剑往见楚王。

王大怒，使相之："剑有二，一雄一雌，雌来，雄不来。"王怒，即杀之。

莫邪子名赤比，后壮，乃问其母曰："吾父何在？"母曰："汝父为楚王作剑，三年乃成。王怒，杀之。去时嘱我：'语汝子：出户望南山，松生石上，剑在其背。'"于是子出户南望，不见有山，但睹堂前松柱下石砥之上，即以斧破其背，得剑，日夜思欲报楚王。

王梦见一儿，眉间广尺，言欲报仇。王即购之千金。儿闻之，亡去。入山行歌。客有逢者，谓："子年少，何哭之甚悲耶？"曰："吾干将莫邪子也。楚王杀吾父，吾欲报之！"客曰："闻王购子头千金。将子头与剑来，为子报之。"儿曰："幸甚！"即自刎，两手捧头及剑奉之，立僵。客曰："不负子也。"于是尸乃仆。

客持头往见楚王，王大喜。客曰："此乃勇士头也，当于汤镬煮之。"王如其言。煮头三日三夕不烂，头踔出汤中，瞋目大怒。客曰："此儿头不烂，愿王自往临视之，是必烂也。"王即临之。客以剑拟王，王头随堕汤中。客亦自拟己头，头复堕汤中。三首俱烂，不可识别。乃分其汤肉葬之，故通名"三王墓"，今在汝南北宜春县界。

小说揭露了统治者滥杀无辜的残忍罪行，表现了人民向统治者复仇的强烈愿望。故事写得非常悲壮，鲁迅先生的历史小说《铸剑》

即以这篇故事为题材。

《孝妇周青》控诉了封建社会冤狱滥杀无辜的罪恶，东海孝妇周青奉婆至孝，却不幸屈打成招蒙冤而死，后来这一故事成了关汉卿《窦娥冤》的蓝本。《韩凭夫妇》歌颂了韩凭夫妇忠贞的爱情，鞭挞了统治者的荒淫无耻。《河间男女》写河间一对青年男女两情相悦，女子私许终身，不久男子从军积年不归，女孩顶着父母逼她出嫁的压力，没多久也随之病死。他们之间真挚的爱情感动了天地，少女死而复生使相爱的有情人终成眷属。这则故事具有浪漫的爱情喜剧色彩，它甚至肯定了恋爱自由。如果说《河间男女》是一曲爱情喜剧，那么《吴王小女》就是一曲非常动人的爱情悲剧。当自己与韩重的爱情遭到父亲的摧残以后，紫玉郁郁而死，死后仍钟情于韩重，并主动邀请前来吊丧的韩重在冢内与自己成亲，临别还以明珠为赠。当紫父从韩重那里看到女儿的陪葬品时，误以为韩重"发冢取物""玷秽亡灵"，在父亲要"趣收重"的时刻，女儿突然在父亲面前显灵，向父亲禀报事情的原委。这种生死恋情揭露了古代社会家长在子女婚姻问题上的独断专横，表现了青年男女争取爱情自由和婚姻自主的强烈愿望。《吴王小女》这种情节模式在后来的戏曲小说中常常可以看到，汤显祖的《牡丹亭》可能就是最显著的例子。

《搜神记》的文章继承了前代史家之笔，而非后世小说家之言，笔致简约疏淡，不作细致的刻画描写。干宝在自序中说："虽考先志于载籍，收遗逸于当时，盖非一耳一目之所亲闻睹也，又安敢谓无失实者哉？"书中所记得自传闻者多，出于作者虚构者为少。

刘义庆的《幽明录》是《搜神记》之后另一部较优秀的志怪小说。刘义庆（403—444），彭城（今江苏省铜山县）人。南朝刘宋宗室，袭封南郡公、临川王。《宋书·刘义庆传》称其为人"性简素，寡嗜欲。爱好文义，才词虽不多，然足为宗室之表……招聚文学之士，近远必至"。一时文坛俊彦如袁淑、陆展、何长瑜、鲍照等都聚集在他周围。著有《世说新语》《幽明录》等。《幽明录》共二十卷，或作十三卷，原书已佚，鲁迅《古小说钩沉》辑得二百六十多则。内容与《搜神记》相近，但比《搜神记》更讲求文采，其中有些故事对唐传奇、元明清杂剧戏曲产生了一定的影响。如《刘晨阮肇》：

汉明帝永平五年，剡县刘晨、阮肇共入天台山取谷皮，迷不得返。经十三日，粮食乏尽，饥馁殆死。遥望山上有一桃树，大有子实，而绝岩邃涧，永无登路。攀援藤葛，乃得至上。各啖数枚，而饥止体充。复下山，持杯取水，欲盥漱，见芜菁叶从山腹流出，甚鲜新，复一杯流出，有胡麻饭糁，相谓曰："此知去人径不远。"便共没水，逆流二三里，得度山，出一大溪。溪边有二女子，姿质妙绝，见二人持杯出，便笑曰："刘、阮二郎，捉向所失流杯来。"晨、肇既不识之，缘二女便呼其姓，如似有旧，乃相见忻喜。问："来何晚邪？"因邀还家。其家筒瓦屋，南壁及东壁下各有一大床，皆施绛罗帐，帐角悬铃，金银交错。床头各有十侍婢，敕云："刘、阮二郎，经涉山岨，向虽得琼实，犹尚虚弊，可速作食。"食胡麻饭、山羊脯、牛肉，甚甘美。食毕，行酒。有一群女来，各持五三桃子，笑而言："贺汝婿来。"酒酣作乐，刘、阮忻怖交并。至暮，令各就一帐宿，女往就之，言声清婉，令人忘忧。至十日后，欲求还去。女云："君已来是，宿福所牵，何复欲还邪？"遂停半年。气候草木是春时，百鸟啼鸣，更怀悲思，求归甚苦。女曰："罪牵君，当可如何？"遂呼前来女子，有三四十人，集会奏乐，共送刘、阮，指示还路。既出，亲旧零落，邑屋改异，无复相识。问讯，得七世孙，传闻上世入山，迷不得归。至晋太元八年，忽复去，不知所所。

这篇志怪小说表现了人们想象中人仙之间的美好爱情，后来成了文人们常用的典故，也是后世许多诗词戏曲常用的题材，如后唐李存勖《忆仙姿》词："曾宴桃源深洞，一曲清歌舞凤。长记欲别时，和泪出门相送。如梦，如梦，残月落花烟重。"

志怪小说对后代的影响深而且远，它们不仅丰富了人们的想象，给历代作家提供了他们再加工的题材，而且直接为唐代传奇积累了经验，清代杰出的文言短篇小说《聊斋志异》同样也受惠于它。

第二节 《世说新语》与魏晋南北朝的志人小说

志人小说是与志怪小说相对而言的，大概是鲁迅先生在《中国小说的历史的变迁》中首先使用这一术语，也有的将它称为轶事小说。魏晋南北朝志人或轶事笔记小说不少，如魏邯郸淳的《笑林》、东晋裴启的《语林》和郭澄之的《郭子》、梁代殷芸的《小说》，而成就最高、影响最大的则是宋刘义庆的《世说新语》。

《世说新语》原名《世说》，又名《世说新书》，原共八卷，今存三卷，分为德行、言语、政事、文学、方正等三十六门，其中上卷四门，中卷九门，下卷二十三门，主要记述汉末至东晋间文人名士的言行风貌，所涉及的重要人物不下五六百人。书中所写人物上自帝王卿相、下至士庶僧徒，从中可以看到当时人们尤其是士人的精神面貌、风俗习尚和价值观念，表现了士人对个体存在的肯定、珍惜、依恋和喟叹，展现了他们玄远的精神、脱俗的谈吐、飘逸的风采和超妙的智慧。

此书的上卷虽首列"德行"，但书中名士爱才远甚于敬德，他们毫不掩饰地夸耀自己的才华。曹操欣然领受"乱世之英雄"的品评，全不计较"治世之奸贼"的讥诮。"桓公（温）少与殷侯（浩）齐名，常有竞心。桓问殷：'卿何如我？'殷云：'我与我周旋久，宁作我。'"（《品藻》）每个人在才名上当仁不让，为了决出才气的高低优劣，他们经常通过辩论来进行"智力比赛"：

许掾（询）年少时，人以王比苟子（王修），许大不平。时诸人士及支法师并在会稽西寺讲，王亦在焉。许意甚忿，便往西寺与王论理，共决优劣。苦相折挫，王遂大屈。许复执王理，王执许理，更相覆疏，王复屈。许谓支法师曰："弟子向语何似？"支从容曰："君语佳则佳矣，何至相苦邪？岂是求理中之谈哉！"

——《文学》

许询与王修第一场辩论各持己说来折服对方，第二场辩论又互换观点来进行论战，可见他们的重心并不是求谈中之"理"，并不以探求真理为目的，而是欣赏论辩中所表现出来的智慧，论辩过程中思辨能力重于胜过对手的快感和得意之情。

魏晋门阀士族固然看重门第，但更倾倒于一个人的才情、气质和风度，对那些才藻新奇、析理精湛的天才，对那些气宇恢宏、机智冷静的干才，对那些风流潇洒、英气逼人的美男子，这些高傲的世族无不愿意屈尊与其交往，或者对他们表示景仰和羡慕，如《雅量》载：

羊绥第二子孚，少有俊才，与谢益寿相好，尝早往谢许，未食。俄而王齐、王睹来。既先不相识，王向席有不悦色，欲使羊去。羊了不眄，唯脚委几上，咏瞩自若。谢与王叙寒温数语毕，还与羊谈赏，王方悟其奇，乃合共语。

须臾食下，二王都不得餐，唯属羊不暇。羊不大应对之，而盛进食，食毕便退。遂苦相留，羊义不住，直云："向者不得从命，中国尚虚。"二王是孝伯两弟。

《世说新语》还写了六朝士人精神生活的另一方面，他们既爱智也多情。"嵇康与吕安善，每一相思，千里命驾"(《简傲》)，真是"情之所钟，正在我辈"。连一代枭雄桓温也生就一副温柔心肠："桓公入蜀，至三峡中，部伍中有得猿子者，其母缘岸哀号，行百余里不去，遂跳上船，至便即绝。破视其腹中，肠皆寸寸断。公闻之，怒，命黜其人。"(《黜免》)任性不羁的"阮籍当葬母，蒸一肥豚，饮酒二斗，然后临诀，直言：'穷矣！'都得一号，因吐血，废顿良久"(《任诞》)。人们摆脱了礼法的束缚和矫饰，便自然地坦露出人性中纯真深挚的情怀："桓子野每闻清歌，辄唤奈何，谢公闻之，曰：'子野可谓一往有深情。'"(《任诞》)

同时，士人们追求人格的独立和精神的自由，追求一种任性称情的生活："阮籍嫂尝还家，籍见与别。或讥之。籍曰：'礼岂为我辈设也？'"绝不为名、为利、为禄扭曲自我，率性而行是他们所向往的生活方式，也是他们所企慕的人生境界："张季鹰纵任不拘，时人号为江东步兵。或谓之曰：'卿乃可纵适一时，独不为身后名邪？'答曰：'使我有身后名，不如即时一杯酒。'"(《任诞》)

在爱智、重才、深情之外，士人们同样也非常爱美。荀粲就公开说："妇人德不足称，当以色为主。"(《惑溺》)《世说新语》中随处可见到对飘逸风度的欣赏，对漂亮外表的赞叹：

> 嵇康身长七尺八寸，风姿特秀。见者叹曰："萧萧肃肃，爽朗清举。"或云："肃肃如松下风，高而徐引。"山公曰："嵇叔夜之为人也，岩岩若孤松之独立；其醉也，傀俄若玉山之将崩。"
>
> ——《容止》

> 潘安仁、夏侯湛并有美容，喜同行，时人谓之"连璧"。
>
> ——《容止》

> 裴令公有俊容仪，脱冠冕，粗服乱头皆好。时人以为玉人。见者曰："见裴叔则如玉山上行，光映照人。"
>
> ——《容止》

对内发现了自我，才可能对外发现自然。人物品藻与留连山水具有深刻的内在联系，对"容止"的感受与对自然的审美相辅相成，都以情感的日益丰富和审美不断细腻为前提：

> 王子敬云："从山阴道上行，山川自相映发，使人应接不暇。若秋冬之际，尤难为怀。"
>
> ——《言语》

顾长康从会稽还，人问山川之美，顾云："千岩竞秀，万壑争流，草木蒙笼其上，若云兴霞蔚。"

——《言语》

　　只有优美高洁的心灵才可能应接如此明丽澄净的山水，对自然的写实在这里表现为对精神的写意，大自然中的林泉高致直接展现为社会中士人的潇洒出尘。

　　《世说新语》通过历史人物的一言一行一颦一笑来描绘栩栩如生的人物形象，再通过众多的形象来凸现一代名士的精神风貌。作者只是"实录"主人公的三言两语，便使所写人物神情毕肖："顾悦与简文同年，而发早白。简文曰：'卿何以先白？'对曰：'蒲柳之姿，望秋而落；松柏之质，经霜弥茂。'"（《言语》）简文帝的矜持虚伪，顾悦的乖巧逢迎，经这一问一答就跃然纸上。作者从不站出来发表议论，常用"皮里春秋"的手法月旦人物，表面上对各方都无所谓臧否，骨子里对每人都有所褒贬，如《管宁割席》《庾公不卖凶马》《谢安与诸人泛海》等，在作者不偏不倚的叙述中，不露声色地表达了抑扬可否的态度，笔调含蓄而隽永。

　　由于书中记述的多是名士们的清谈，所以它的语言受清谈的影响很深。魏晋清谈逐渐由义理探寻转向审美品味。首先它要求以简约省净的语言曲传玄远的旨意，这样才能使名士们"披襟解带"和称叹不已；其次，清谈使用的是当时流行的口语俗语，但谈出来的话语又须清雅脱俗，这使得名士们要讲究声调的抑扬和修辞的技巧，义理上的"拔新领异"必须出之以语言的"才藻新奇";最后,清谈是一种或明或暗的才智较量,名士们为了在论辩中驳倒对手,不得不苦心磨炼自己的言谈机锋,以敏捷的才思和机巧的语言取胜,因而《世说新语》的语言兼具简约典雅与机智俏皮之美。明王思任在《世说新语序》中评此书说:"本一俗语,经之即文;本一浅语,经之即蓄;本一嫩语,经之即辣;盖其牙室利灵,笔颠老秀,得晋人之意于言前,而因得晋人之言于舌外,此小史中之徐夫人也。"全书所写的内容主要是魏晋的名士风流,"事起后汉,止于东晋,记言则玄远冷俊,记行则高简瑰奇,下至缪惑,亦资一笑。孝标作注,又征引浩博。或驳或申,映带本文,增其隽永,所用书四百余种,今又多不存,故世人尤珍重之"(鲁迅《中国小说史略》),它早已成为历代骚人雅士案头的清供或枕边的读物。

后记

在西南师大跟曹慕樊师读研究生时，我学的专业方向是唐宋文学，回母校工作后教六朝文学和唐代文学，这才发现六朝文学是我的最爱，建安的诗歌，阮籍的《咏怀》，嵇康的论文，曹丕的书信，徐庾的骈文，《世说新语》中的小品，甚至王弼的注本，更不用说陶渊明、谢灵运……无一不让人着迷。一本《文心雕龙》也是常读常新，它对我来说既是古代文论，"也"是而且"更"是优美散文。六朝是一个崇尚美的时代，应用文也全写成了美文：你看看南朝官府那些"劝农文"，哪里是在劝农民下田春耕，活像是在邀士女们游春；哪怕是普通诏令也要着意出奇，"始以创出为奇，后以过前为丽"；即使是祭文也要浓妆艳抹，"雹碎春红，霜雕夏绿"，如此艳丽的色彩，如此精巧的语言，读来叫人真不知道是该伤心还是该动心。

二三十岁的青年正血气方刚，我下定决心要写多卷本的"六朝精神现象"。为此我还去死啃黑格尔的《精神现象学》，贺麟、王玖兴先生译的这两册书，就我当时的哲学修养而言简直就是天书，《精神现象学》一点也不像"现象"那样一目了然。为了读懂这部"天书"，我听从张世英教授的"经验谈"，先去读黑格尔的《小逻辑》，发现《小逻辑》一点也不"小"，对我而言同样也是一部"大书"。又去读张世英先生的《论黑格尔的逻辑学》(上海人民出版社1982年版)和《黑格尔〈小逻辑〉绎注》(吉林人民出版社1982年版)。将这些书都读完了再重温《精神现象学》，读起来照样还是似懂非懂。看来，要写多卷本的"六朝精神现象"，说好听点是年轻人的学术勇气，说残酷点是年轻人对学术的无知——当时"勇气"和"无知"也许是一回事。于是，我准备先做个案研究，最初打算写王弼，由于教学工作的需要和材料熟悉的程度，后来决定先写陶渊明，这就有了现在的那本《澄明之境：陶渊明新论》。为了弄懂魏晋玄学，为了更好地理解陶渊明，我又学习了先秦的《周易》《老子》《庄子》和《论语》，这就有了现在的《戴建业精读老子》(初版书名为《老子现代版》，上海古籍出版社2002年版)和几篇关于《庄子》的学术论文。

虽然教了多年六朝文学，但从来没有想到要写一本六朝文学史。几年前我所在的文学院进行教材建设，恰好我校出版社邀我主编一套"中国文学史"。早年刘大杰先生的《中国文学发展史》，郑振铎先生的《插图本中国文学史》，虽都由他们一人独编，但现在几乎没有学校采用。时下各大学用的《中国文学史》都成于众手。成于众手的优点是"众人拾柴火焰高"，缺点是容易"各吹各的调"，编者的水平参差不齐，体例和笔调也难以统一。拟写的四卷本《中国文学史》，原分别请四位朋友执笔，让他们每人独写一卷。我刚写完六朝文学部分，教育部就通知大学必须统一用"马工教材"。唐代文学部分刚一开头就得"煞尾"，只好将六朝文学这部分单独出版。

作为一本文学史，《六朝文学史》得吸纳已有的研究成果，当然也融入了我自己的读书心得。据说，今天人们的阅读兴趣日趋淡薄，但愿拙著大家读起来不那么痛苦，读完后还多少有点收获。

如此而已，岂有他哉！

戴建业

2018年12月16日晚

剑桥铭邸枫雅居

[全书完]

六朝文学史

作者 _ 戴建业

产品经理 _ 张莉莉　　装帧设计 _ 陆震　产品总监 _ 贺彦军
技术编辑 _ 顾逸飞　　责任印制 _ 陈金　出品人 _ 吴畏

营销团队 _ 毛婷 阮班欢 孙烨　　物料设计 _ 顾逸飞

果麦
www.guomai.cc

以 微 小 的 力 量 推 动 文 明

图书在版编目（CIP）数据

六朝文学史 / 戴建业著. -- 上海：上海文艺出版社, 2019
ISBN 978-7-5321-7254-2

Ⅰ.①六… Ⅱ.①戴… Ⅲ.①中国文学 - 古代文学史 - 文学史研究 -
六朝时代 - 文集 Ⅳ.①I209.35-53

中国版本图书馆CIP数据核字(2019)第118675号

出 版 人：毕　胜
责任编辑：崔　莉
特约编辑：张莉莉
封面设计：陆　震

书　名：六朝文学史
作　者：戴建业
出　版：上海世纪出版集团　　上海文艺出版社
地　址：上海市闵行区号景路 159 弄 A 座 2 楼　　201101
发　行：果麦文化传媒股份有限公司
印　刷：天津丰富彩艺印刷有限公司
开　本：660mm×960mm　　1 / 16
印　张：17.5
字　数：179 千字
印　次：2019 年 8 月第 1 版　　2022 年 6 月第 9 次印刷
印　数：47, 001－52, 000
I S B N：978-7-5321-7254-2 / I · 5775
定　价：49.00 元

如发现印装质量问题，影响阅读，请联系021—64386496调换。